SAOIRE

SAOIRE

PÁDRAIG STANDÚN

Cló Iar-Chonnachta
Indreabhán
Co. na Gaillimhe

An Chéad Chló 1997
© Cló Iar-Chonnachta Teo., 1997

ISBN 1 900693 59 3

Dearadh Clúdaigh: Johan Hofsteenge
Dearadh: Foireann CIC

Faigheann Cló Iar-Chonnachta Teo. cabhair airgid ón g**Comhairle Ealaíon**

Fuair an t-údár urraíocht ó **Údarás na Gaeltachta** agus an t-úrscéal seo á thaighde aige

Clóchur: Cló Iar-Chonnachta, Indreabhán, Co. na Gaillimhe.
 Fón: 091-593307 Facs: 091-593362
Priontáil: Clódóirí Lurgan, Indreabhán, Co. na Gaillimhe.
 Fón: 091-593251/593157

Leabhair eile leis an údar céanna:

Súil le Breith, Cló Chonamara, 1983
A.D. 2016, Cló Chonamara, 1988
Cíocras, Cló Iar-Chonnachta, 1991
An tAinmhí, Cló Iar-Chonnachta, 1992
Cion Mná, Cló Iar-Chonnachta, 1993
Na hAntraipeologicals, Cló Iar-Chonnachta, 1993
Stigmata, Cló Iar-Chonnachta, 1994

Aistriúcháin:
Lovers, Poolbeg, 1991
Celibates, Poolbeg, 1993
The Anvy, Cló Iar-Chonnachta, 1993
A Woman's Love, Poolbeg, 1994
Stigmata, Brandon Books, 1995

Tháinig Maria amach ar cheann de na balcóiní ina bealach drámatúil féin mar a rinne sí gach maidin agus mar a dhéanfadh sí arís ar chuile cheann de na balcóiní eile as sin go tráthnóna. Bhí seomra amháin glanta aici cheana agus dhéanfadh sí an rud céanna i ndiaidh chuile cheann acu a sciúradh. Pápa i mbun beannachta a chuir sí i gcuimhne do Thomás Ó Gráinne agus é ina luí ar a dhroim ar sórt sráideoige in aice leis an linn snámha ar chúl na n-árasán saoire. Dhearg Maria toitín agus sheas sí ansin ag casadh amhráin Ghréigise di féin. Bhí straois mhór gháire uirthi nuair a d'fhill sí a lámha agus bhreathnaigh síos air. D'ardaigh sí lámh amháin, ag beannú dó.

'Tá an leaba feicthe aici,' a cheap sé. Bhris ceann de na leapacha faoi féin agus Stephanie agus iad ag bualadh craicinn an oíche roimhe sin. Bhí drochdhéanamh ar na leapacha céanna, ní chuirfeá faoi ghasúir sa mbaile iad. Is beag a cheap sé agus an tsaoire á cur in áirithe aige go mbeadh caighdeán na n-árasán chomh híseal sin. I gcomparáid leis na háiteacha inar fhan sé féin agus Máire Áine agus na gasúir i Lanzarotte nó sna hOileáin Chanáracha bliain i ndiaidh bliana roimhe sin bhí droch-chuma ar chaighdeán maireachtála, nó ar a laghad, ar chaighdeán saoire na Créite.

Bhí na leithris uafásach uilig, gan cead agat an páipéar a chur síos iontu ar chor ar bith ach isteach i gciseán bruscair. Agus an cithfholcadán ceangailte leathbhealach suas ar an mballa, shílfeá gur le do thóin a ghlanadh a ceapadh ann é. Ní raibh thíos faoi ach poll san urlár leis an uisce a thógáil, rud a d'fhágfadh do chosa fliuch chuile uair a mbeadh ort dul chuig an leithreas. Ní raibh an ciotal leictreach féin san árasán ach sáspan beag ar fháinne leictreach nach raibh mórán níos mó ná bonn puint. Bhí fáinne eile in aice leis nach raibh mórán níos mó ná sin. Sin a raibh d'fhearas ann le dinnéar a réiteach. Chinntigh seo go ndeachaigh duine amach chuile oíche le béile a chaitheamh i gceann de na bialanna faoin aer le taobh na farraige. Ní raibh locht ar bith aige air sin mar nach raibh Stephanie in ann an ubh féin a bhruith. Ach bhí prionsabal i gceist . . .

'£3,000 air seo agus chuile rud san áireamh,' arsa an Gráinneach leis féin agus olc air. 'Míle go leith beagnach ar na ticéid, na hárasáin agus an taisteal chuig an aerfort. An méid céanna arís ar bhéilí agus airgead póca.' Le míle drachma ar gach trí phunt nó mar sin, d'fhéadfá a rá go raibh milliún acu caite aige. Ach b'fhurasta a bheith i do mhilliúnaí in airgead na Créite nó na Gréige. Cén bhrí dá mbeadh duine ag baint taitnimh as. Ach ní raibh seisean. Ní hé nach raibh dóthain le hithe is le hól nó go raibh Stephanie ag ceilt an ruda eile air. Ach bhí sé míshona, míshuaimhneach, míshásta. Ní raibh a fhios aige cén chúis a bhí leis. Bhí an bheirt eile ag baint an-sásaimh as, de réir gach cosúlachta. Agus ag baint taitnimh as cuideachta a chéile, rud níos iontaí fós nuair a chuimhnigh sé ar an gclampar a tharraing Steff le nach dtabharfaí an iníon is óige, Rosemarie, ar saoire leo.

Is beag an rogha a bhí aige i ndáiríre. Bhí Máire Áine i mbun a scrúduithe ollscoile, mar a bhí Alison, an iníon ba shine acu. Bhí Rosemarie i ndeireadh na hidirbhliana. Agus bhí sí ag iarraidh am a chaitheamh leis. Bhuel, sin é an port a bhí aici ó chlis ar a phósadh. Ach ó tháinig siad don Chréit is ar éigean a chonaic sé ar chor ar bith í, ach b'fhéidir i gceann de na bialanna tráthnóna. Bhíodh deifir uirthi ansin féin, cairdeas déanta aice le cailín dá haois féin as Béal Feirste a bhí ag fanacht lena muintir i gceann de na hárasáin eile.

'Scaoil léi,' a déarfadh Stephanie. 'Ní bhíonn duine óg ach seal.'

Ní bhíodh de thoradh air sin ach Tomás a chur ag cuimhneamh ar an mbearna mhór aoise a bhí idir é féin agus Steff. Agus é ina shuí ar an mbalcóin an oíche roimhe sin ag breathnú anuas uirthi féin agus ar Rosemarie ag teacht aníos an bóthar le chéile, ag ithe uachtair reoite, shíl sé go mba gheall le deirfiúracha iad. 'Agus nuair a chuimhníonn tú air,' ar sé leis féin, 'níl deich mbliana d'aois féin eatarthu, sé déag agus fiche is a cúig.' Chroith sé a chloigeann. Mhothaigh sé a ocht mbliana agus dhá scór féin ina mheáchan ar a ghuaillí.

Bhí a toitín caite ag Maria. Scuab sí an bhalcóin agus sula ndeachaigh sí isteach sa seomra chuir sí an scuab suas agus anuas san aer cúpla uair, comhartha gnéasach a chuir sórt náire ar Thomás. Bean iasachta mheánaosta ag magadh faoi i bhfad ó bhaile. An lena aghaidh sin a tháinig sé ar saoire? Rinne Maria rince beag Gréagach agus d'imigh léi. Bhí náire den chineál céanna air is a bhíodh ag siúl na sráide, na fir óga ag breathnú ar an bhfear liath, lámh ar láimh le cailín óg dathúil. Ba cheart dó a bheith bródúil, a dúirt sé leis féin go minic, ach ní bród a bhí air ach náire, mar a bheadh rud éigin á cheilt aige.

An Nollaig roimhe sin thriail sé gabháil ar ais chuig Máire Áine ach ní raibh aon ghlacadh aici leis. Bhí saol dá cuid féin anois aici, céim ollscoile tosaithe aici agus í sna daichidí, í féin agus a hiníon is sine ag freastal ar chuid de na ranganna céanna. Cén bhrí ach go raibh sí athraithe ar go leor bealaí eile freisin. Bhí meáchan caillte aici. Bhí cuma níos óige uirthi. Bhí sí gealgháireach, gan ghangaid, mar a bhí sí nuair a thit an pósadh as a chéile i dtús báire. Bean nua a bhí inti nach raibh áit dósan ina saol. 'Nach mé a bhí i m'amadán,' ar sé leis féin agus ní den chéad uair é.

Bhí a shaol gaibhte leadránach stálaithe air sular casadh Stephanie ar chor ar bith air. Ba chosúil le sroichint mullaigh aige é – ach gan tada ann roimhe. Ollamh le ceimic a bhí ann, an duine is óige ariamh a ceapadh sa phost sin san ollscoil. Bhí na gasúir ag éirí aníos, Máire Áine ag dul chun raimhre, gan suim aici, go bhfios dósan, in aon rud ach a cuid gasúr. Tharla Stephanie ina rang, agus mar a dúirt sí go minic, ní fada a thóg sé orthu gabháil ó cheimic go fisic.

Leis an bhfírinne a rá níorbh í an chéad mhac léinn í a thit i ngrá leis, nó mar a bhíodh ag lucht na gáirsiúlachta, "a rinne staidéar faoi". Nuair a d'imigh Steff go Meiriceá i ndiaidh a céime shíl sé gurbh in é an deireadh. Ach tharla deireadh eile idir an dá linn. Thréig a bhean é. Dúirt sí nach raibh sí i ngrá leis níos mó, go raibh na gasúir sách tógtha, go raibh uirthi seasamh ar a cosa féin, a saol féin a chur in inneall, na rudaí a chuir sí ar an méar fhada fiche bliain roimhe sin a dhéanamh.

Shocraigh siad ag deireadh na hargóna ar fad gurb eisean a d'fhágfadh an teach. Ní bheadh seisean in ann aire a thabhairt do ghasúir. Ní gasúir a bhí iontu níos mó, ar ndóigh, ach ní raibh eolas ná scil aigesean in obair tí. Fuair sé seomra sa choláiste, réitití a bhéilí dó agus nítí a chuid éadaigh. Thug sé na 'gasúir' amach ag an deireadh seachtaine. Pictiúirí agus

Mc Donalds. Bhí an ghráin aige ar scannáin is ar sceallóga, ach buíochas le Dia bhíodar imithe thairis sin anois, níos mó suime acu dul chuig bialann cheart Shíneach nó Indiach.

D'fhill Stephanie ó na Státaí agus thosaíodar san áit ar chríochnaíodar roimhe sin. Bhí gnó beag iompórtála tosaithe aici, árasán galánta go maith aici amach i dtreo na farraige. Ní raibh siad ag maireachtáil le chéile amach is amach, mar nach mbeadh cead aici fanacht go lánaimseartha ina chuid seomraí. Ach chaith siad cúig nó sé d'oícheanta le chéile gach seachtain, iad amuigh lena gcairde féin na hoícheanta eile, i dtreo nach mbeidís i mullach a chéile i gcónaí. Bean óg aerach a bhí i Stephanie agus níor thuig sé i ndáiríre céard a chonaic sí ann. 'Déanfaidh mé cúis go bhfaighfidh sí an fear atá uaithi,' a déaradh sé leis féin go dubhach.

Chuala sé scairt gháire uaithi ón mbeár a bhí lonnaithe in íochtar na n-árasán, áit ar chaith Stephanie an chuid is mó den lá. Ní hé gur ól sí mórán ach bhí an ghráin aici ar sholas na gréine. I measc na rudaí eile nár thuig sé fúithi bhí an fáth a mbeadh a leithéid fiáin le dul chuig an gCréit. Níorbh ionann agus Máire Áine a chaithfeadh an lá ag déanamh bolg le gréin, agus an oíche freisin dá mbeadh teacht aici ar an ngrian. Bíodh is go bhfanfadh Steff an lá ar fad mórán taobh istigh ag an mbeár, ag caint le Yannis ar chúl an chuntair, ní bheadh uirthi ach éadach na dtrí triantán mar a thug seisean ar an bhfeisteas dearg snámha nár fhág mórán faoin samhlaíocht.

Tháinig sí amach chuige anois, meangadh gáire ó chluas go cluais uirthi, gloine *ouzo* i láimh amháin, an lámh eile taobh thiar dá droim. Leag sí an deoch ar an gcoincréit in aice leis, agus ansin go sciobtha chuir sí mám ciúbanna oighir síos ina chuid éadaigh snámha. Léim sé ina sheasamh, ag croitheadh an oighir amach ar an talamh. Bhí Stephanie sna trithí ag gáire faoi, mar a bhí Yannis, a bhí ina sheasamh ag doras an tabherna. Ní ag iarraidh breathnú ormsa atá sé, a cheap Tomás, ach ar an tóin bhreá a bheadh nocht murach an *g-string*.

'Theastaigh an fuarú sin uait,' arsa Stephanie. 'Leaba-scriostóir! Níor tharla a léithéid sa gCréit ó bhí Uiliséas ina leaid.' Rith sí isteach ón ngrian. Chonaic sé Yannis ag leagan lámh go héadrom ar a tóin agus í ag dul isteach sa mbeár roimhe. Go hard os a chionn tháinig Maria amach go tobann ar bhalcóin eile. *'Irische,'* a bhéic sí, a lámha á gcur suas is anuas san aer aici, straois mhór gháire ar a béal. Chroith sí a cloigeann agus chuaigh sí ar ais isteach sa seomra.

* * *

'Nach bhfuil sé thar cionn go bhfuil Gaeilge ag an mbeirt againn?' a dúirt Rosemarie lena cara nua ó Bhéal Feirste, 'cé go bhfuil tusa níos fearr ná mise. Ní fhaca mé aon mhaith inti ariamh cheana.'

'Nach í ár dteanga féin í?' a d'fhreagair Majella.

'Ó, tá a fhios agam faoin tseafóid sin agus faoi scrúduithe, ach níor cheap mé ariamh go mbeinn á labhairt i bhfad ó bhaile.'

'Shíl mise gur thaitin sí leat.' Bhreathnaigh Majella uirthi. Ní raibh aithne acu ar a chéile i bhfad agus ní raibh sí cinnte cén uair a bhí Rosemarie ag magadh agus cén uair a bhí sí i ndáiríre.

'Nach breá an rud nach bhfuil a fhios ag na diabhail seo timpeall orainn céard táimid ag rá.' Bhíodar ar thrá fhairsing ghainimh rua a shín amach tríocha méadar thíos faoi na bialanna faoin aer. Bhí roinnt mhaith de na daoine a bhí ansin rompu ina luí ar shráideoga, bolg le gréin, formhór na mban, idir óg is shean, cíochnochta. Ní raibh mórán daoine ag snámh an t-am sin den lá, ach bhí daoine óga ag gabháil amach ar an bhfarraige ar dheiseanna a bhí cosúil le gluaisrothair ar bharr an uisce.

'Ní dóigh liom go bhfuil Béarla ag mórán acu ach an oiread,' a d'fhreagair Majella. 'Is ar éigean a chuala mé focal Béarla ó tháinig muid ach amháin ag na Gréagaigh.'

'Tá Béarla iontach ag cuid acu, go háirid ag na mangairí sráide.' Rinne Rosemarie aithris ar na díoltóirí sráide i gcanúint Chréitise: *'For you, my friend*, dhéanfainn rud ar bith.'

'Dhéanfaidís freisin, a déarfainn,' a gháir Majella. 'Dá dtabharfaí ugach ar bith do na diabhail.'

'Caithfimid cúpla duine acu a *shift*eáil sar i bhfad.' Chaith Rosemarie a tuáille ar an ngaineamh agus thóg sí buidéal plaisteach d'ungadh gréine Ambre Soléire amach as a mála. 'An gcuirfidh tú cuid den stuif seo ar mo dhroim sula ndófar mé uile?'

'Cén fáth nach bhfaigheann muid cúpla ceann de na leapacha sin?'

arsa Majella, ar fheiceáil di cé chomh compordach is a bhí na daoine eile, cuid acu ina gcodladh, tuilleadh ag léamh nó ar a leasluí agus iad ag caint lena chéile.

'Chosnódh sé míle drachma nó cibé céard a thugann siad orthu . . . chosnódh sé an méid sin orainn péire de na leapacha sin a fháil,' arsa Rosemarie. 'Agus b'fhearr liom cúpla buidéal Bud a bheith agam ná mo chuid airgid a chur amú ar leaba den sórt sin.'

'Tú féin is do bhod.'

'Budweiser, a bhitch,' a dúirt Rosemarie ag gáire. Thaitin an cailín fionn fiáin seo ón Tuaisceart léi. Bhí faitíos uirthi agus í ag teacht ar an saoire nach mbeadh roimpi ach grian agus snámh. B'fhearr é sin féin ná a bheith ag caitheamh an ama sa mbaile, ag imirt leadóige agus ag breathnú ar an teilifís. Ach bheadh spraoi anois aici leis an Majella seo, cé go raibh sí bliain go leith níos sine ná í, na scrúduithe A-leibhéil déanta aici, súil aici dul le banaltracht i Londain an fómhar sin chucu.

'Is dóigh nach fiú airgead a chur amú orthu,' arsa Majella, ag tagairt do na leapacha, 'nuair is féidir úsáid níos fearr a bhaint as.'

'Táimse ag sábháil mo dhóthain go bhfaighidh mé *shitfaced* óltach anocht.' Rinne Rosemarie sciotaíl bheag gháire. '*Shitfaced* agus *shift*eáil. Sin é atá ar mo *mhenu* an fhad is atáim ar an oileán seo.'

'Ó, á!' Thosaigh Majella ar an ungadh gréine a chuimilt ar ghuaillí Rosemarie. 'Agus céard a cheapann d'athair agus do mháthair faoi sin?'

'Tá mo mháthair sa mbaile . . .' Mhínigh sí an scéal nuair a thug sí faoi deara an t-iontas i súile Mhajella. 'Ná habair gur cheap tú gurb í an *bhimbo* sin a chonaic tú sa mbeár ar ball mo mháthair?'

'Ní raibh a fhios agam . . .'

'Sin í an 'píosa ar an taobh' atá ag m'athair, Stephanie. Sórt *bimbo* í, ach níl sí ródhona. Tá sí togha i ndáiríre ina bealach féin.' Bhí sé ar barr a teanga aici insint faoin leaba a bhris orthu an oíche roimhe sin, ach shíl sí nach raibh dóthain aithne curtha aici ar Mhajella fós chun a leithéid sin a rá léi. Ach bhí sé barrúil, cinnte, a cheap sí. Rith sí féin isteach chuig an seomra nuair a chuala sí an torann. D'fhógair a hathair uirthi an seomra a fhágáil go beo, ach bhí dóthain feicthe aici, an bheirt acu i mullach a chéile, a gcosa san aer, an tolg tite go talamh tríd an admhad briste.

D'airigh sí aisteach ar feadh tamaillín a hathair a fheiceáil mar sin, lomnocht, agus cailín óg ina theannta. Ach nuair a chuimhnigh sí air, céard le n-aghaidh a raibh Stephanie aige ach le dóthain craicinn a bhualadh uirthi? Chuir an eachtra sin mothúcháin aisteacha tríthi. Níor thaitin sé léi ar bhealach eicínt agus cé go raibh an scéal thar a bheith barrúil ní raibh sí lena insint do Mhajella.

'Tá a fhios ag do mháthair?' Ní raibh a fhios ag Majella ar cheart di a béal a choinneáil dúnta nó nár cheart.

'Ó, is cuma léi. Bhíodar imithe óna chéile sular thosaigh sé ag gabháil amach léi siúd. Is le héad a chur ar mo mháthair a thosaigh sé ag gabháil léi seo,' a dúirt Rosemarie le cinnteacht.

'Agus an bhfuil buachaill ag do mháthair?' Lean Majella lena fiosrú.

' Bréagán*boy*? *Toy*bhuachaill?' Gháir Rosemarie. 'Níl sí leath chomh seafóideach. Pósta lena cuid leabhar atá sí anois.'

'An scríbhneoir í?'

'Mac léinn ollscoile. Chuaigh sí ar ais chuig an ollscoil le céim a dhéanamh agus í os cionn an dá scór.'

'Agus an gcónaíonn tú le t'athair agus Stephanie?'

'Ní chónaím, ach le mo mháthair. Ach tháinig mé ar saoire le mo dheaide agus léi siúd. Nach cuma ach an deis a fháil teacht chuig áit mar seo?'

'Táim ag cur an iomarca ceisteanna ort.' Thug Majella an t-ungadh gréine do Rosemarie le cuimilt uirthi féin.

'Is cuma liom sa diabhal. Nach fearr an chaoi a bhfuil siad anois ná a bheith ag ithe a chéile, agus ag troid sa mbaile an t-am ar fad?'

'Is fearr is dóigh.' Tar éis a raibh de cheisteanna curtha aici féin, níor theastaigh ó Mhajella a muintir féin a phlé. 'An bhfeiceann tú í sin thíos in aice na farraige? An bhfaca tú a leithéid riamh? Bean chomh ramhar léi?'

'Chonaic,' a d'fhreagair Rosemarie. 'Sa zú. *Rhinoceros* a thug siad air.' D'iompaigh roinnt daoine thart nuair a chuala siad an bheirt ag gáire. Chuir sé sin lena bhfonn gáire; luigh siad siar, ag scairteadh chomh hard is a bhíodar in ann.

'Beidh a fhios acu go bhfuil na *biddies* tagtha go Hersonisis ar chaoi ar bith,' a dúirt Majella. 'Meas tú an Gearmánaigh a bhformhór seo, nó cé as iad?'

Shuigh Rosemarie agus bhreathnaigh sí ina timpeall. 'Tá siad breá beathaithe ar chaoi ar bith, cibé cérb as dóibh. Déarfainn go bhfuil Gearmánaigh ann cinnte ón gcúpla focal a chuala mé anseo is ansiúd. Bíonn Gearmáinis ar scoil againn,' a mhínigh sí. 'Ach b'fhéidir gurb as an Ísíltír cuid eile acu a bhfuil an craiceann sórt buí sin orthu.'

'Neart gréine a dhéanann é sin,' arsa Majella, 'agus neart airgid.'

'Tá cúpla leaid breá thíos ansin, áit a bhfuil na báid sin ar déanamh scútair.' Bhí Rosemarie ag breathnú níos faide anonn ná na leapacha a bhí lán de sheandaoine den chuid is mó. 'Gabh i leith uait síos chun cainte leo.'

'Níl a fhios agam. Nílimid ach tagtha.'

'Nárbh fhearr é ná bheith ag breathnú ar na beithígh sin timpeall orainn?'

'Céard tá tú ag dul a rá leo?'

'Fiafraigh cé mhéid a chosnaíonn sé?' Sheas Rosemarie: 'Gabh i leith. Ceard tá le cailleadh againn? Bheadh sé difriúil dá mbeadh péire de na leapacha sin ar cíos againn mar go mbeidís goidte ag daoine eile.'

Bhailigh siad a gcuid tuáillí agus balcaisí eile le chéile agus chuadar síos go dtí na fir óga a bhí ag ligean na mbád beag amach ar cíos. D'fhiafraigh Rosemarie de dhuine acu cén costas a bheadh ar fiche nóiméad ar an bhfarraige.

'Duitse, mo chara, cúig chéad.'

'Ródhaor.' D'iompaigh sí uaidh. Ghlaoigh sé ar ais uirthi agus thairg an turas ar cheithre chéad.

'Níl ionainn ach scoláirí,' a dúirt sí. 'Níl airgead mar sin againn.'

'Bheadh faitíos orm gabháil ar cheann acu,' a dúirt Majella.

'Mise agus tusa le chéile,' a dúirt an fear óg léi. 'Mo chara, Arí, agus do charasa le chéile. Dhá chéad go leith. Taispeánfaidh mé duit conas iad a thiomáint.'

'Dhá chéad,' arsa Rosemarie.

'Má thagann sibh ag damhsa linn sa tabherna anocht,' a d'fhreagair Arí.

'Cén tabherna?'

'Thalassa.' Thaispeáin sé an áit dóibh a raibh an t-ainm scríofa ar bharr tí a bhí thart ar leathchéad méadar suas ón trá. 'Thalassa. An fharraige mhór. An tabherna is fearr sa gCréit.'

'Thalassa anocht.' D'aontaigh Rosemarie leis. Ansin labhair sí i nGaeilge le Majella, a bhreathnaigh sórt amhrasach: 'Ní gá dúinn gabháil ann anocht muna bhfuilimid sásta, muna bhfuilimid ag iarraidh dul ann. Ach gheobhaimid an turas farraige seo leo ar dhá chéad an duine. Céard eile a bheadh uait.'

'Is cuma liomsa fad is a bhíonn seaicéad tarrthála orainn,' arsa Majella, cé nár bhreathnaigh sí róshásta. Bainfimid triail as.'

Chuir an chéad fhear ar labhair siad leis a lámh amach le croitheadh agus chuir sé é féin in aithne: 'Dimítrí.' 'Mary' agus 'Jane' a thug na cailíní orthu féin go magúil. Chuireadar orthu na seaicéid tarrthála agus shuigh taobh thiar de na fir. Dhúisigh na hinnill agus is gearr go raibh siúl acu amach chun farraige, taobh le taobh. Chas siad tar éis tamaill agus thugadar aghaidh ar an trá. Nuair a bhí Rosemarie lánchinnte go raibh siad le dul díreach isteach ar an ngaineamh, chas Arí arís agus rith siad rás le Dimítrí agus Majella amach chomh fada le baoi dearg.

Chuaigh gluaisbhád amháin acu amach ar thaobh amháin, an ceann eile ar an taobh eile agus ansin thugadar aghaidh ar a chéile. Bhí na cailíní scanraithe ach bhí fios a ngnaithe ag na fir agus chuadar thar a chéile gan ach cúpla méadar eatarthu. Ar ais leo chuig an trá arís, áit a scaoileadh i dtír iad, lag, lúcháireach.

'Tá mo chosa tugtha.' Shuigh Rosemarie síos ar a tóin go díreach san áit ina raibh sí. 'Ach bhí sé sin thar cionn uilig.'

'Arí nó an scútar uisce?' a d'fhiafraigh Majella di.

'Iad araon.'

'Thalassa anocht?' arsa Dimítrí nuair a bhí na seaicéid tarrthála tugtha ar ais acu.

'Thalassa anocht,' arsa na cailíní le chéile.

* * *

Bhí Stephanie suite faoi na craobhacha pailme amach ar aghaidh an bheáir a bhí mar chuid d'urlár íochtarach na n-árasán ina raibh siad ag fanacht, Tomás imithe ag siúlóid, Rosemarie cois trá. Bhí úrscéal ramhar leagtha ar an mbord roimpi, gan léite aici ach cúpla leathanach de. Ina lámh dheas bhí deoch ildaite, manglam, a bhí á ól aici go mall, í ag breathnú ar na daoine ag siúl na sráide agus ar na cait ag dul suas ar bhoird na bialainne trasna an bhóthair uaithi.

Cait fhada thanaí a bhí iontu siúd ach is ag cuimhneamh ar an mbéile a bhí acu san áit sin cúpla oíche roimhe a bhí sí. 'Is dóigh go raibh na cait ar an mbord an lá sin freisin,' a cheap sí. 'Tá súil agam nár chac siad sna dinnéir.' Chuimhnigh sí gur bhain siad an-taitneamh as an mbéile céanna, colgán aici féin, píosa gabhareola ag Tom agus gan ach glasraí Gréagacha ag Rosemarie a bhí ag iarraidh meáchan a chailleadh. 'B'fhéidir go ndéanann muid an iomarca den ghlaineacht sa mbaile,' a cheap sí. 'Ní raibh ceachtar againne ag casaoid ina dhiaidh.'

Ní raibh a fhios aici cén fáth a raibh Tomás i ngiúmar chomh dona sin ó tháinig siad ar saoire. Ní fhaca sí mar sin riamh é ó casadh ar a chéile iad. Fiú amháin nuair a thosaigh siad i dtosach ag an gColáiste, é pósta ag an am agus údar imní aige go mbéarfaí orthu ar bhealach eicínt, ní raibh sé mar sin. 'B'fhéidir go bhfuil sé ag feiceáil an iomarca díom,' a smaoinigh sí. 'Idir an eitleán agus an áit seo táimid i bpócaí a chéile, d'fhéadfá a rá, ó d'fhágamar an baile.'

D'ól sí deoch. Shocraigh sí í féin sa chathaoir, sona sásta cé is moite den bheagán imní a chuir drochghiúmar Thomáis uirthi. 'Tá an t-árasán chomh beag sin,' a smaoinigh sí. 'Ní hiontas ar bith é gur theastaigh uaidh dul ag siúlóid leis féin.' Dheimhnigh sí ina hintinn féin go dtabharfadh sí níos mó spáis dó. Ní raibh cleachtadh aige ar dhaoine a bheith faoina cosa ó thosaigh sé ina chónaí leis féin sa choláiste.

'B'fhéidir go dtabharfaidh mé Rosemarie liom in áit eicínt amárach,' a cheap sí. 'Agus d'fhéadfadh seisean turas dá chuid féin a dhéanamh an lá céanna.' Bhí an-suim aige sna músaeim agus sna háiteacha stairiúla. Thaitin na suímh sin léi féin chomh maith ach ní nach ionadh bhí an ghráin ag Rosemarie ar a leithéid. Bhí sí féin amhlaidh agus í ina déagóir. 'Tabharfaimid tuilleadh spáis dá chéile.'

Rinne sí gáire beag léi féin. Bhí sé mar stail cheart sa leaba aréir go dtí gur bhris an leaba fúthu. 'Caithfidh sé go bhfuil rud eicínt san *ouzo*. Nó sa *raki*.' Chuimnigh sí gur chaith sé siar trí cinn acu sin i ndiaidh a bhéile, trí cinn in aisce a thug lucht na bialainne dóibh nuair a chríochnaigh siad a ndinnéar. Níor theastaigh ceann uaithisean agus níor ól Rosemarie os a chomhair. 'B'fhéidir gurb í an phóit atá ag cur as dó,' a cheap Stephanie.

Níor stop briseadh na leapa ach an oiread é. Chríochnaigh siad a raibh tosaithe acu faoin aer ar an mbalcóin sula ndeachaigh siad a chodladh agus an tolg leagtha ar an urlár. Mhúscail a cuimhne ar a bpaisean agus pléisiúr faoin aer ar an mbalcóin go hard os cionn na cathrach mothúcháin áilne aisteacha inti. Ag breathnú amach trína spéaclaí gréine ar na daoine ag dul thar bráid, bhí sí ag smaoineamh: 'Dá mbeadh a fhios acu céard air a bhfuil mé ag cuimhneamh.' Dhún sí a súile agus scaoil leis na mothúcháin sin a thuilleadh.

'I do chodladh atá tú?'

'Beagnach.'

'Deoch eile, b'fhéidir?'

Thaispeáin sí an méid a bhí fanta ina gloine do Yannis. 'An mbíonn sibh i gcónaí ag iarraidh rud eicínt a dhíol?'

'Ní thuigim.'

'Gach uair a shiúlaim síos an tsráid bíonn daoine dom' stopadh ag iarraidh orm seo, siúd nó eile a cheannach. Seoda, málaí leathair, éadaí, béile. Díol, díol, díol,' arsa Stephanie. 'Agus ní bhíonn deoch amháin ólta agam go mbíonn an chéad cheann eile á tairiscint. Nílim ag fáil locht air. Molaim dul chun cinn mar sin i ndaoine. Faraor nach bhfuil muintir na hÉirinn leath chomh maith libh ag díol.'

'Ní díol,' a dúirt Yannis, faoin deoch. 'Saor in aisce.'

'Ach níl an ceann seo críochnaithe agam.'

'Do mo chara. Saor in aisce. Sea?'

'Cén mhaith tú a eiteachtáil?'

'Agus beidh ceann agamsa freisin,' a dúirt seisean, nuair a thug sé na deochanna amach agus shuigh síos os a comhair. 'Sláinte!' Bhí an méid sin Gaeilge foghlamtha aige óna chustaiméirí Éireannacha.

'Nach bhfaigheann tú tuirseach de strainséirí?' a d'fhiafraigh sí de nuair a bhí buíochas glactha aici as an deoch.

'De strainséirí mar thusa ní bhfaighinn tuirseach go deo.'

'Tá focal againn sa mbaile ar chaint mar sin,' a dúirt Stephanie. 'Plámás.'

Dúirt sé an focal ina diaidh chomh maith is a bhí sé in ann: 'Plám-más. Cén chiall atá leis?'

Smaoinigh sí. 'An dtuigeann tú *bullshit*?'

'*Bullshit*. Sea.' Chroith sé a chloigeann agus é ag gáire.

'An chaint a dhéanann tú leis na cailíní.' Chaoch Stephanie a súil air.

'Sin plámás, *bullshit*, cibé ainm acu is maith leat a thabhairt air.'

'Ní le gach cailín. Le cailín deas as Éirinn.' Bhí cuma ar éadan Yannis go raibh sé i ndáiríre.

'Céard a dhéanann tú ag deireadh an tséasúir nuair a bhíonn na cailíní ar fad imithe?' a d'fhiafraigh Stephanie de.

'Téim abhaile.' Shín Yannis lámh amach i dtreo na sléibhte.

'Agus cé tá sa mbaile? Do bhean is do chlann?'

Bhreathnaigh sé uirthi ar nós duine a bhí gortaithe ag a caint, ar nós nach raibh súil aige d'aon bhean eile ariamh sular fhreagair sé: 'Mo mháthair.'

'Agus an bhfuil deartháireacha agus deirfiúracha agat?'

'Deartháir mór.' Chuir sé a lámh suas troigh níos airde ná a cheann. 'San Aithin. Cispheil. Go maith.'

'Imríonn sé cispheil?'

'Éire, Roy Keane, sacar,' a dúirt sé. 'Créit, Gréig, cispheil.'

'Imríonn sé go proifisiúnta?'

Chroith Yannis a chloigeann. 'Imríonn sé go maith. Mise go maith, freisin, ach níl mé chomh maith leis sin.'

'Agus an bhfuil aon duine eile sa mbaile?' Rinne Stephanie iontas as chomh fiosrach is a bhí sí, ach go raibh sé spéisiúil a fháil amach cén chaoi ar mhair na daoine i gcuid eile den Aontas Eorpach.

'Níl,' a dúirt sé. Mhínigh Yannis go bhfuair a athair bás go hóg nuair a thit sé anuas d'aill agus é ag aoireacht caorach sna sléibhte. Thug sé féin aire do na crainn olóige sa mbaile san earrach, a dúirt sé, ach tháinig sé chun an chósta le hairgead tirim a shaothrú ar feadh an tsamhraidh.

'Agus an bhfuil caoirigh agat féin?'

Chuir sé suas trí mhéar.

'Trí cinn?' Chroith sé a chloigeann. 'Trí chéad?' a d'fhiafraigh sí.

'Ar a laghad,' a dúirt sé. Chroith sé a ghuaillí. 'Ar an sliabh. Deacair iad a chomhaireamh.'

'Is dóigh go mbíonn siad comhairthe go maith agaibh don Bhruiséil,' a dúirt Stephanie, agus í ag cuimhneamh ar dheontas do gach cloigeann. Níor thuig Yannis, nó lig sé air nár thuig céard a bhí i gceist aici. Bhí sé ródheacair a mhíniú a cheap sí agus chuir sí ceist eile air: 'Agus sú na n-ológ? Céard a dhéanann sibh leis?'

'Agora,' a dúirt sé. 'Margadh, monarcha.'

'An bhféadfainn é a cheannach díreach ón monarcha?' Chuimhnigh Stephanie ar chomh deacair is a bhí sé ola olóige cheart a fháil in Éirinn. Phléigh siad an scéal agus faoin am a raibh an deoch ólta acu bhí cinneadh déanta go dtabharfadh sé chuig gníomhaire í a chuirfeadh ar an eolas í faoi ola olóige a iompórtáil go hÉirinn. Bheadh lá saoire ón obair aige i gceann cúpla lá, a dúirt Yannis, agus shocródh sé cruinniú idir í féin agus an gníomhaire.

'Caithfidh tú deoch a ghlacadh uaimse anois,' a dúirt sí. 'Agus gnó mar sin déanta againn.' Ach d'eitigh sé mar go raibh oíche fhada oibre amach roimhe fós. 'Ag deireadh na hoíche, b'fhéidir?'

'Níl a fhios againn céard a bheas muid féin ag déanamh fós ag deireadh na hoíche,' a dúirt sí. 'Táimid ag smaoineamh ar ghabháil ag ithe i mbaile beag éigin suas i measc na gcnoc.'

'Nuair a thiocfas d'athair ar ais beidh a fhios againn?' Thóg sé cúpla nóiméad uirthi a thuiscint céard a bhí i gceist aige. Tomás, a hathair? Bhreathnaigh sí go géar air, féachaint an raibh sé i ndáiríre, nó an ag magadh a bhí sé. Níorbh fhéidir léi a dhéanamh amach óna shúile.

'Nuair a thiocfas sé ar ais,' a dúirt sí le Yannis sula ndeachaigh sé isteach sa mbeár, meangadh beag gáire ar a béal aici faoina mhíthuiscint, más é sin a bhí ann.

D'oscail sí úrscéal leis an am a chaitheamh ach ní raibh ach cúpla leathanach léite aici nuair a d'fhill Tomás. Bhí an chosúlacht air go ndearna an tsiúlóid maith dó, é gealgháireach, cainteach.

'An mbeidh deoch agat?' a d'fhiafraigh sí de.

'Níos deireanaí,' a dúirt sé. 'D'ól mé cúpla ceann thíos ar an mbaile. Ar tháinig Rosemarie ar ais?'

Bhreathnaigh Stephanie ar a huaireadóir. 'Níl sí ceaptha a bheith ar ais go dtí a sé,' a dúirt sí.

'Ar chuir siad caoi ar an leaba?'

'Chuir, a dúirt Maria liom ar ball,' a d'fhreagair Stephanie. 'Bhuel, sin é a thuig mé uaithi. Tá a fhios agat féin Béarla Mharia.'

'B'fhéidir gur cheart dúinn í a thriail,' arsa Tomás, loinnir ina shúile.

'Cén fáth nach ndéanfaimis?' Chaoch sí súil air.

* * *

Chuaigh Rosemarie agus Majella ag snámh tar éis dóibh a bheith ar na scútair uisce. D'fhan siad tamall eile ina luí faoi sholas na gréine agus nuair a d'éirigh siad tuirseach chuadar ag siúl cois farraige. Bhí sórt cé san áit ar chríochnaigh an trá agus séipéal beag tógtha ar charraig os cionn na céibhe.

'Níl tú ag dul isteach ansin?' arsa Rosemarie nuair a thug Majella a haghaidh ar dhoras an tséipéil.

'Tuige?' Sheas Majella ag breathnú uirthi.

'Ní raibh a fhios agam gur *holy Mary* a bhí ionat.'

'Is Caitliceach mé.'

'Agus . . .? Tá tú ar do laethanta saoire.'

'Nach bhfuil cead agam breathnú ar áit ar bith is maith liom?'

'Lean ort.' Shuigh Rosemarie síos ar bhalla beag trasna ón séipéal. Ach nuair a thug sí faoi deara go raibh go leor daoine ag dul isteach is amach chuaigh sí féin isteach i ndiaidh Mhajella. Chuir an áit iontas uirthi. Bhí pictiúirí chuile áit, cuid acu péinteáilte ar an tsíleáil, fiú. Ag an am céanna bhí cloch gharbh na carraige móire ag cúl na céibhe mar chuid de bhalla an tséipéil. Bhí dathanna órga den chuid is mó ar na pictiúir agus ar chailísí.

'Nach bhfuil sé go hálainn?' ar sí le Majella, a raibh coinneal á lasadh aici.

'Séipéal Ceartchreidmheach atá ann, ach is beag nárbh ionann iad agus muide,' a dúirt Majella.

'Muide?' a d'fhiafraigh Rosemarie.

'An Eaglais Chaitliceach.' Bhreathnaigh Majella uirthi: 'Gabh mo leithscéal,' ar sí. 'Rinne mé dearmad. Ghlac mé leis gur Caitliceach thú.'

Chroith Rosemarie a guaillí. 'Is dóigh.'

'Is dóigh . . .?'

'Baisteadh mé ceart go leor, agus rinne mé an rud eile, céard a thugann tú air? Bíonn easpag ann.'

'Cóineartú?'

'Sin é é. Is cuimhneach liom go maith an hata aisteach a bhí air. Agus an buille beag a thug sé ar an leiceann dom.'

'Ach ní chleachtann tú? Ní théann tú ag an Aifreann?'

'Bhí mé ann nuair a fuair mo sheanathair bás. Agus nuair a phós m'aintín. Bhíodh muid ag dul ann corruair fadó.'

'Ach nuair a chlis ar an bpósadh?'

'Bhíomar stoptha i bhfad roimhe sin,' arsa Rosemarie go haerach. 'Céard tá ann ach seafóid?'

'Cén fáth ar las tú an choinneal sin mar sin?' arsa Majella.

'Nár las tusa coinneal? An gcaitheann muid íoc nó rud eicínt? Ní bhíonn uathu ach airgid.' Chuardaigh sí ina sparán.

'Ar las tú an choinneal d'éinne ar leith?'

'Dom féin is dóigh,' arsa Rosemarie. 'Nach aisteach go gcuireann tú ina seasamh i ngaineamh iad?'

'Nach bhfuil do mháthair ag déanamh scrúdú? Cén fáth nach lasann tú coinneal?' arsa Majella.

'Agus Alison, mo dheirfiúr.' Las Rosemarie péire eile. Thosaigh sí ag gáire ansin agus nuair a bhreathnaigh Majella uirthi d'inis sí a húdar gáire: 'Bhí mé ag brath ar phéire eile a lasadh d'Arí agus Dimítrí i gcomhair na hoíche anocht, ach b'fhéidir nár mhaith leo a gcoinnle a bheith dóite.'

'Gabh i leith,' arsa Majella léi. 'Tá tusa úafásach uilig. Ag caint mar sin istigh i séipéal Dé.' Ní raibh a fhios ag Rosemarie an raibh sí i ndáiríre nó nach raibh, agus ba chuma léi. Shiúil siad leo go mall ar ais i dtreo an árasáin. Tar éis tamaill d'fhiafraigh Rosemarie de Majella cén t-am a bhí sí ceaptha a bheith ar ais lena muintir.

'Am ar bith roimh a sé.'

Bhreathnaigh Rosemarie ar a huaireadóir: 'Tá luach dhá Bhud agamsa. Beidh cúpla deoch againn ar an mbealach ar ais.'

'Níor mhaith le mo mhuintir go mbeinn ag ól,' arsa Majella.

'Nár dhúirt tú liom go bhfuil tú ocht mbliana déag?'

'Is cuma leo faoi ghloine fíona ag béile.'

'An rud nach bhfuil a fhios acu ní chuirfidh sé as dóibh,' a dúirt Rosemarie go haerach léi.

'Ólfaidh mé cupán caife leat.'

'Roimh nó i ndiaidh duit deoch cheart a ól?'

Gháir Majella; 'Ina dhiaidh.' D'fhanadar taobh istigh den bheár tar éis chomh breá is a bhí an lá, ar fhaitíos go mbeadh muintir Mhajella ag dul thar bráid agus go bhfeicfidís in ósta í. Bhí ceol ard ar an *jukebox*, chomh hard sin gur ar éigean a bhíodar in ann a chéile a chloisteáil.

'Caithfidh sé go bhfuil siad uafásach dian ort?' arsa Rosemarie isteach i gcluas Mhajella. 'Do thuismitheoirí?'

'Ní hiad is measa,' a fuair sí mar fhreagra. Tar éis tamaill, dúirt Majella: 'Ní raibh an saol sábháilte thuas againne go dtí le deireanas. Is ar éigean a bhíomar in ann dul in áit ar bith. Bíonn sórt imní orthu i gcónaí dá bharr sin.' Bhí uirthi an rud céanna a rá an dara huair mar nach raibh Rosemarie in ann í a chloisteáil i gceart. 'Tá an ceol sin damanta,' a dúirt sí. Ní dhearna Rosemarie ach gabháil amach ar an urlár agus damhsa léi féin ar feadh tamaillín, Majella ag gáire fúithi: 'Tá tú ar meisce.'

'Faraor nach bhfuil.' Chuaigh Rosemarie ar ais ag an gcuntar agus chríochnaigh sí a raibh ina buidéal in aon iarraidh amháin. 'B'fhéidir go dtabharfadh sé sin *buzz* dom.' D'ordaigh sí ceann eile. Ní mórán eile a dúirt na cailíní go dtí go raibh siad ar ais ar an tsráid arís. Rosemarie a labhair: 'Ar a laghad, d'fhan siad le chéile.'

'D'fhan siad le chéile?' Ní raibh a fhios ag Majella céard faoi a bhí sí ag caint.

'D'athair is do mháthair.'

'Bhíodar scartha óna chéile ar feadh deich mbliana,' arsa Majella.

'Agus céard a thug ar ais iad?'

'Rialtas na Breataine.' Rinne sí gáire searbhasach. 'Bhí m'athair sa Cheis. An tsíocháin a thug ar ais é, is dóigh.'

'Tá sé san IRA?' D'oscail súile Rosemarie le hiontas.

'Fuist!' Bhreathnaigh Majella ina timpeall go cúramach. 'Ní gá é a inseacht don saol mór.'

'Nach cuma leo sin sa diabhal?' Bhreathnaigh Rosemarie ar na sluaite a bhí ag siúl na sráide, griandóite, dea-ghléasta, cuma orthu nach raibh imní dá laghad orthu seachas taitneamh a bhaint as an saoire.

'D'fhéadfadh spíodóirí, Brainse Speisialta, SAS . . .'

'Nach bhfuil siad ar fad thart anois, na trioblóidí?' Shíl Rosemarie go raibh paranóia aisteach ag baint lena cara nua.

'Ná hinis d'aon duine an rud a dúirt mé leat,' arsa Majella, mar a bheadh aiféal' agus faitíos uirthi gur inis sí ar chor ar bith é. 'Ná hinis do do mhuintir, fiú amháin.'

'Ar mharaigh sé aon duine sna trioblóidí?' Rud eile ar fad a bhí ag déanamh iontais do Rosemarie.

Rinne Majella gáire ach níor fhreagair sí an cheist: 'Maróidh sé Dimítrí agus Arí má thriálann siad aon cheo anocht,' a dúirt sí.

* * *

Thart ar a seacht a chlog an tráthnóna céanna chuaigh Tomás, Stephanie agus Rosemarie i dtacsaí chuig Sean-Hersonisis agus Episcopiano thuas i measc na gcnoc os cionn an bhaile. Ní raibh siad an-chinnte faoi ainm na háite ach bhí a fhios ag Tomás go raibh baint eicínt aige leis an nGréigis atá ar easpag. Bhí bialann na háite sin molta go haer ag fear ón bhFionlainn a casadh air i mbeár níos túisce an tráthnóna sin. 'Agus tá an bia níos saoire ná mar atá sé anseo ar an mbaile,' arsa an Fionlannach. 'Sábhálfaidh tú luach an tacsaí.'

Ní róshásta a bhí Rosemarie nuair a chuala sí i dtús báire go raibh siad ag imeacht amach as an Hersonisis nua ina raibh siad ag fanacht agus ina raibh formhór na n-árasán agus siopaí tógtha le blianta beaga anuas in aice na farraige. Bhí coinne aici le Majella ar a deich. 'Nach mbeimid sna sléibhte ar a seacht,' a dúirt Tomás, 'agus an dtógfaidh sé dhá uair an chloig orainn béile a ithe?'

'Tógfaidh, agus níos mó,' a d'fhreagair Rosemarie, agus í ag breathnú ar Stephanie á réiteach féin trasna uaithi sa seomra.

'Is maith liomsa am a thógáil ag an mbord,' a dúirt sise. 'Le mo dheoch a chríochnú ar mo shuaimhneas. Ach is féidir linn an oíche a chríochnú ar ais ar an mbaile seo, agus beidh tusa in ann do chara a fheiceáil. Beidh chuile dhuine sásta ansin.' Bhreathnaigh Stephanie anonn: 'Caithfidh sé gur cailín an-speisialta í seo,' ar sí. 'An bhfuil tú cinnte nach coinne le buachaill atá agat?'

'Tá a fhios agam an difríocht idir buachaillí agus cailíní,' a d'fhreagair Rosemarie go borb.

'Ná labhair mar sin le Stephanie,' arsa a hathair.

'Tuige?' Bhreathnaigh a iníon go dána air.

'Mar go bhfuil tú mímhúinte.'

'Éist léi,' arsa Stephanie. 'Nílimid ag iarraidh a bheith ag troid sa bhialann.'

Bhraith Rosemarie ar 'Foc Stephanie' a rá, féachaint céard a déarfadh nó a dhéanfadh a hathair, ach choinnigh sí a béal dúnta. 'Beidh sé dá focáil ar aon chaoi,' a smaoinigh sí, 'an slut bhrocach. Striapach ghránna.'

'Cé hí an cailín seo a bhfuilimid ag caint uirthi?' a d'fhiafraigh Tomás de ghlór foirmeálta ollscoile.

'Majella. Casadh ort cheana í.'

'Ní cuimhneach liom castáil léi.'

'Ó Bhéal Feirste.'

'Mmmm . . .' Bhí cosúlacht ar Thomás go raibh a intinn in áit éigin eile ar fad, agus ag an nóiméad sin bhraith Rosemarie trua ina croí dó.

'Is deas an cailín í,' a dúirt sí faoi Mhajella. Bhí sí ag pléascadh leis an eolas gur chaith athair a carad deich mbliana i ngeibheann, ach bhí geall tugtha aici. Ní raibh aithne aici ar aon neach riamh cheana a raibh daoine muinteartha leis faoi ghlas. Agus faoi ghlas ar son na hÉireann. 'Bhíomar ag smaoineamh ar siúl thart ar fud an bhaile níos deireanaí leis an gcraic a fheiceáil.'

'Níl a fhios agam an mbeadh sé sin sábháilte.'

'Á, Tom,' a dúirt Stephanie. 'Nach bhfuil siad seacht déag, ocht déag?'

'Níl Rosemarie seacht mbliana déag fós,' ar seisean.

'Is gearr go mbeidh.' Rinne sise í féin chomh sean is a bhí sí in ann. 'Níl ann ach cúpla mí go mbeidh.'

'Agus dúirt Yannis nach bhfuil aon chontúirt ar an mbaile seo i ndáiríre.' Thacaigh Stephanie le Rosemarie.

Bhog Tomás. Chaoch sé a shúil ar Stephanie. 'Nach bhféadfainnse siúl thart in éindí leo? Nó níos fearr arís, an bheirt againn.'

'Ní dhéanfaidh tú a leithéid de rud.' Bhí a freagra tugtha ag Rosemarie sular thug sí faoi deara gur ag magadh a bhí sé. 'Níl aon bhaol ann. Tá na Gréagaigh go deas. Deir chuile dhuine é sin.'

'Ach ní Gréagaigh amháin atá ann,' a dúirt Tomás, 'ach daoine ó chuile thír san Eoraip, na tíortha saibhre go háirid.'

'Ach ní bhíonn trioblóid ar bith ann ina dhiaidh sin,' arsa Stephanie. 'Dúirt an treoraí é sin chomh maith.'

'Ní bheidh éinne ag dul in aon áit muna ndéanann sibhse deifir,' arsa Tomás. 'Cén fáth a dtógann sé chomh fada sin ar mhná iad féin a réiteach?'

'Bíonn orainn a bheith ag breathnú ar nós banphrionsaí, ag dul amach le do leithéidse,' a d'fhreagair Stephanie.

'Ní thuigim cén fáth a dtógann sé chomh fada sin nuair nach bhfuil i gceist ach T-léine agus treabhsar gearr.'

'Treabhsar gearr,' ar sise go magúil. 'A leithéid d'ainm a thabhairt ar mo Christian Dior.' Rinne sí fiodrince beag ar an urlár.

'Níl a fhios agamsa faoi Christy Dwyer,' a dúirt Tomás, 'ach tá mise scrúdta leis an ocras. Seo linn!'

Shiúladar leo go dtí an phríomhshráid. Ar an mbealach chonaic Tomás focal agus é scríofa ag coirnéal a thug laethanta a mheánscoile ar ais chuige.

'Agora,' a dúirt sé. 'Sin margadh.'

'Cá bhfios duitse?' a d'fhiafraigh Rosemarie.

'Mar gur fhoghlaim mé Gréigis ar scoil.'

'Gréigis?' Chuir an t-eolas sin iontas ar a hiníon. 'Tá Gréigis agatsa?'

'Gréigis agus Laidin. Fear clasaiceach mise, bíodh a fhios agat.'

'D'fhéadfá a rá.' Thug Stephanie brú beag spraíúil dó. Thaitin sé léi go raibh sé i ndea-ghiúmar arís. Rinne an uair an chloig a bhí acu sular tháinig Rosemarie ar ais tráthnóna maitheas don bheirt acu, a cheap sí. Chuadar suas staighre an uair sin, chaitheadar tuáille fúthu ar fhaitíos go mbrisfí an leaba arís agus rinneadar gníomhartha an ghrá ar an urlár crua chomh maith is a rinneadar riamh. Is beag nach raibh a cosa lag fós de bharr a raibh de phaisean agus pléisiúr aici. Ach níos tábhachtaí ná sin arís luigh siad i lámha a chéile ina dhiaidh, póga beaga agus focla moltacha á dtabhairt acu dá chéile. Bhraith sí níos gaire do Tom anois ná mar a bhí sí le tamall.

Nuair a bhí a sáith de phléisiúr acu, ag tarraingt ar a sé a chlog chuadar síos go dtí an linn snámha bheag ar chúl na n-árasán agus shnámh siad le taobh a chéile siar agus aniar fiche uair. Is beag nach raibh sé sin chomh maith leis an ngnéas féin, an mothú grámhar a d'airigh sí lena thaobh. Ba é an trua é nár fhéad siad é a dhéanamh ansin san uisce, ach bhí daoine suite amuigh ar na balcóiní os a gcionn. 'Roimh dheireadh na saoire,' a gheall sí di féin.

Sean-Mhercedes Benz a bhí sa tacsaí, fíorbheagán Béarla ag an tiománaí. Ach d'aithin sé ainm na háite nuair a bhí an chanúint cheart curtha air. Shocraigh Tomás ar an bpraghas sular fhág siad agus d'íoc sé an tiománaí míle drachma roimh ré. Bhí sé ráite ag an bhFionlannach a casadh air go ngearrfaí táille ard orthu muna ndéanfaí ar an gcaoi sin é.

'Cén fáth nár labhair tú Gréigis leis?' a d'fhiafraigh Rosemarie de.

'Ní mar a chéile an Ghréigis chlasaiceach agus Gréigis an lae inniu.'

D'fhiafraigh Rosemarie de go loighiciúil: 'Cén fáth ar fhoghlaim tú í mar sin?'

'Cén fáth a bhfhoghlaimeofása Gearmáinis agus Fraincis ar scoil?' a d'fhiafraigh a hathair di.

'Mar go gcaithim. Mar nach bhfuil aon rogha eile agam.'

'An fáth céanna ar fhoghlaim mise na clasaicí. Bhí an tuiscint ann an uair sin gur theastaigh na teangacha sin le hoideachas ceart a chur ar dhuine.'

'Bhí sé sin i bhfad ó shin,' a dúirt Stephanie. 'Fadó, fadó.' Chuimhnigh sí ansin ar cé chomh mór is a ghoill an difríocht aoise air. Chuir sí lámh ar a chos lena taobh i gcúl an chairr. 'Nílim ach ag magadh,' a dúirt sí. Thug sí póg ar an leiceann dó.

'Cuirfidh tú an tiománaí trína chéile,' a dúirt Tomás, ag síneadh a láimhe i dtreo an scátháin. Ach is ar Rosemarie a bhí sé ag cuimhneamh. Ní raibh sé riamh ar a shocracht agus méiseáil á dhéanamh aige os a comhair.

'Ba mhaith liom jab a fháil anseo agus gan dul ar ais ar scoil ar chor ar bith,' arsa Rosemarie agus an tacsaí ag gabháil thar charr eile ar chasadh contúirteach.

'Maróidh an diabhal seo muid,' a dúirt Tomás.

Stephanie a thug aird ar ar dhúirt Rosemarie: 'Bíonn geimhreadh anseo chomh maith le samhradh. Ní bhíonn duine ar bith fanta. *Ghost-town* a thug Yannis air tráthnóna nuair a bhíomar ag caint ar na cúrsaí sin.'

'D'fhéadfainn gabháil abhaile sa gheimhreadh.'

'Críochnóidh tú ar scoil agus ar ollscoil,' a dúirt a hathair. 'Is féidir leat do rogha rud a dhéanamh ansin.'

'Is leamh liom an scoil. Tá sí chomh *boring*.'

'Tóg sampla do mháthar,' arsa Tomás. 'Bhí aiféal' uirthi nár chríochnaigh sí an scolaíocht i gceart an chéad uair.'

'Nach féidir liomsa dul ar ollscoil nuair a bheidh mé sean freisin?' a dúirt a hiníon le loighic ar dheacair a bréagnú.

'Gabhfaidh tú ann nuair atá tú óg agus bainfidh tú taitneamh as,' a dúirt sé. 'Féadfaidh tú do rogha rud a dhéanamh ina dhiaidh sin.'

'Cén mhaith atá ann má dhéanann tú dearmad ar chuile shórt mar a tharla duitse agus do chuid Gréigise?'

Chosain sé é féin: 'Ní dhearna mé é ach ar feadh trí bliana,' a dúirt sé. 'Bhí rogha sa scoil s'againne idir Gréigis agus Eolaíocht an uair sin agus, ar ndóigh, roghnaigh mé an t-ábhar a bhfuil mé ag plé leis go dtí an lá atá inniu ann.'

'Agus d'imigh an rud eile ar fad as do chloigeann?'

'Ach rinne sé maith dom, a Rosemarie. Chuidigh sé liom focla a thuiscint. Is ón nGréigis agus ón Laidin a tháinig go leor de na focla atá san eolaíocht.'

'Agus d'aithin tú an focal sin ar ball.' Rinne Stephanie iarracht cuidiú leis. 'An focal sin ar mhargadh.'

'Focal amháin,' arsa Rosemarie, ach chuir an tiománaí deireadh leis na hargóintí le focal amháin eile: 'Old Hersonisis.' Bhí an baile beag sléibhe bainte amach acu.

'Is geall le tír eile ar fad í,' a dúirt Stephanie nuair a d'fhág siad an tacsaí agus nuair a bhreathnaigh timpeall. 'Tá an áit seo chomh haerach ag breathnú le hais an bhaile mhóir.

'Níl Hersonisis ina bhaile mór,' a dúirt Rosemarie. 'Shiúil mé féin agus Majella inniu é laistigh de chúpla uair an chloig.'

'Beidh ocras ort mar sin,' a dúirt a hathair.

'Cén fáth nach siúlfadh muid thart ar feadh tamaillín i dtosach?' a d'fhiafraigh Stephanie. 'Tá an áit seo fíorálainn.'

'Tá ocras ormsa.' Thug an chaoi ar bhuail Rosemarie a cos ar an talamh Tomás siar na blianta go dtí an t-am a raibh sí ina cailín beag. 'Agus bhíomar inár gcomhluadar sona sásta lena chéile an uair sin,' a chuimhnigh sé.' Ach scaoil sé an smaoineamh sin thairis agus dúirt lena hiníon: 'Cén fáth nach roghnófá bialann dúinn. Faigh *starter* duit féin agus beimid ar ais ar ball.'

Shín sí amach a lámh: 'Airgead. Ní bhfaighidh mé tada gan airgead.' Chuaigh Tomás ag tóraíocht ina phóca, Stephanie ina mála, ach is ó lámh a hathar a thóg sí é. 'Ná bí rófhada,' a dúirt Rosemarie leo. 'Caithfidh mise a bheith ar ais ar a deich.'

'Ó, tá a fhios againn go bhfuil coinne agat,' a dúirt Stephanie.

Bhreathnaigh Rosemarie uirthi mar a bheadh sí ag cuimhneamh, 'Cén chaoi an bhfuil a fhios agat?' Gháir sí ansin. 'Coinne le Majella.'

'Go raibh maith agat as a bheith chomh cneasta léi,' a dúirt Tomás le Stephanie agus iad ag siúl na sráide, a lámh ina timpeall. D'airigh sé níos scaoilte anseo ar bhealach eicínt nó mar a bhí sé thíos i Hersonisis féin.

'Is cailín maith í,' a d'fhreagair sise, 'ach tá a fhios aici chomh maith liomsa nach mise a máthair.'

'Chaithfeá gasúr a bheith agat agus tú ocht nó naoi mbliana d'aois le hiníon chomh mór sin a bheith anois agat,' a dúirt sé, agus a lámh á fáisceadh aige.

'Bhí tráthnóna an-deas againn inniu,' a dúirt Stephanie agus iad ina seasamh ar ard os cionn an bhaile ag breathnú amach ar an bhfarraige agus corrán an chósta thíos fúthu, na soilse á lasadh sna tithe agus sna hárasáin. Phóg siad a chéile.

'Thóg sé i bhfad orm socrú síos,' arsa Tomás, 'ach bhí tú an-fhoighdeach liom.' Thug sé póg eile di.

'Níor chuimhnigh mé i gceart go dtí inniu ar chomh tuirseach is a bhí tú, i mbun oibre go dtí deireadh an téarma, na scrúduithe le réiteach agus mar sin de.' Bhreathnaigh sí sna súile air: 'Ach bainfimid taitneamh as chuile lá as seo amach.'

Phóg siad arís, agus thosaíodar ag siúl ar ais chuig an mbaile. 'Ba mhaith liom do ghasúir a bheith agam.' Is beag an t-athrú a tháinig air, ach d'aithin sí teannas éigin ann láithreach. 'Nílim ag caint ar an oíche anocht,' a dúirt sí.

'Níl a fhios agam,' a dúirt Tomás, 'an bhfuil mé réidh lena aghaidh sin fós.'

'Le méid mo ghrá a thaispeáint duit a bhíos.'

'Tá a fhios agam.' D'fháisc sé a lámh ar a básta, ach chuimhnigh sé go gcaithfeadh sé a bheith cúramach. An rud is deireanaí ar an saol a theastaigh uaidh ag an nóiméad sin ná páiste. 'Níor éirigh tú as an b*pill* fós?' a d'fhiafraigh sé ar bhealach chomh héadrom is a d'fhéad sé.

'Dá n-éireodh féin, stopfadh do *wellington* chuile shórt,' ar sí go magúil.

'Ba cheart do dhaoine páistí a sheachaint go mbíonn siad réidh lena n-aghaidh,' a dúirt Tomás go fórsúil. 'Anois cá bhfuil an páiste eile seo a bhfuilimid ceaptha aire a thabhairt di?'

'Nach bhfeiceann tú í agus a lámh san aer ansin thall?'

Bhí ceithre nó cúig de bhialanna ar chearnóg bheag an bhaile. Roghnaigh Rosemarie ceann ina raibh na foirnéisí sin ina raibh feoil agus iasc á róstáil, le feiceáil lena taobh agus í ag ithe. Bhí sí suite agus í ag fanacht leo, toitín á chaitheamh aici, an chéad uair ar chaith sí go poiblí os comhair a hathar. Thug sé faoi deara ach níor lig sé air.

'Bhuel, an bhfuil do dhóthain ite agat?'

'Bhí *moussaka* agam,' ar sí, 'agus tá mé lán go béal. Agus an bhfuil a fhios agat céard a bheas anois agam ach an laofheoil.'

'Shíl mé go raibh tú lán go béal?' arsa a hathair, ag gáire.

'Chonaic mé ceann acu ag dul amach ag mo dhuine thall atá cosúil le lao é féin,' a dúirt Rosemarie, 'agus bhreathnaigh sé go hálainn.'

'Blais de,' a dúirt Tomás, 'ach tá faitíos orm go dtugann siadsan laofheoil ar an rud a dtugann muide mairteoil air.'

'Tuilleadh den ghabhar agat féin, is dóigh?' a d'fhiafraigh Stephanie, ag gáire. 'A phocaide.'

Bhreathnaigh Tomás ar an mbiachlár. 'Tosóidh mé leis an *moussaka*, mar a rinne Rosemarie, agus an t-iasc atá siad a róstáil ansin ina dhiaidh.'

'Triailfidh mise na ribí róibéis,' arsa Stephanie, 'mar thús, agus beidh mé i mo dhiabhal. Beidh an gabhar agam ina dhiaidh.'

Bhreathnaigh Tomás uirthi agus phléasc sí ag gáire. 'An gabhar, agus má bhíonn an t-ádh liom, an pocaide ina dhiaidh.'

'An mbeadh fonn ar cheachtar agaibh turas a thabhairt timpeall an oileáin amárach?' a d'fhiafraigh Tomás díobh nuair a bhí an chéad chuid den bhéile tagtha.

'Ar rothar?' an cheist a chuir Rosemarie. 'Nó ar bhus?'

'I ngluaisteán.'

'Há, há, Daid. Níl aon charr againn.'

'Tá fáil orthu go han-saor ar cíos. Sheiceáil mé nuair a bhí mé ag siúl thart tráthnóna. Níl ach ocht míle drachma ar charr beag agus aon chéad déag ar jíp.'

'Ar nós ceann de na Suzúkí sin?' arsa Rosemarie agus bhuail sí a lámha le chéile agus í ag breathnú ar a hathair, meangadh mór gáire uirthi.

'Tá siad trí mhíle níos daoire ná gnáthcharr.'

'Níl ansin ach cúpla punt,' a dúirt Stephanie.

'Cúpla punt a cheannódh buidéal fíona,' ar seisean.

'Nach bhfuil dóthain fíona agaibh?' arsa Rosemarie.

Bhí leigheas ag Stephanie ar an scéal: ' 'Bhfuil a fhios agat céard a dhéanfaimid, bíodh vóta againn air. Lámha in airde na daoine atá ag iarraidh jíp?'

'Géillim,' arsa Tomás, agus d'ardaigh sé a lámh in éineacht leo.

'Beidh sé sin go hálainn,' a dúirt Stephanie. 'Roinnfimid an costas agus ní bheidh sé daor ansin.'

'Agus leath is leath leis an tiomáint?' arsa Tomás.

'Má dhéanann tusa na sléibhte, déanfaidh mise na bóithre réidh,' ar sise. 'Scanraíonn bóithre sléibhe mé.'

'Tá mise in ann tiomáint chomh maith,' a deir Rosemarie.

Bhreathnaigh a hathair uirthi. 'An ag magadh atá tú? Cár fhoghlaim tú?'

'Ligeann Mam agus Alison dom tiomáint go minic.'

'Ach níl aon árachas agat.' Bhí sórt náire ar Thomás a laghad sin aithne a bheith aige ar a iníon, é leath ar buile ag an am céanna lena bhean chéile, Máire Áine, a ligfeadh ag tiomáint gan árachas í.

'San áit pháirceála ar chúl an ollmhargaidh,' a dúirt sí. 'Bíonn sé folamh ar feadh an lae Dé Domhnaigh.'

'Sin é an áit a dtéann an peitreal,' a dúirt Tomás go dubhach. Ó d'fhág Máire Áine a cuid oibre le freastal ar an ollscoil bhí na billí ar fad ag titim airsean. Ach níor thaitin leis an taobh sin dá mheon a thaispeáint do Stephanie agus rinne sé iarracht an dochar a bhaint as an scéal: 'Bhuel, tá sé sin níos saoire ná a bheith ag íoc ar cheachtanna. Má fhaigheann muid áit chiúin shábháilte amárach, scaoilfimid leat ag tiomáint ar feadh tamaill.' Chuir sé méar amháin suas roimpi. 'Go mall.'

'Agus an dtógfaidh sibh pictiúr díom ag tiomáint?'

'Tógfaidh,' arsa Stephanie, 'agus dosaen acu.'

'Óóó, tá sé sin chomh *cool*. Fan go dtaispeánfaidh mé do mo chuid cairde sa mbaile iad.' Rinne sí mar a bheadh sí ag tiomáint. 'Sooozooou-kí. Cén t-am a mbeidh muid ag imeacht?'

'An chéad rud ar maidin. Tá sé chomh maith dúinn luach an airgid a fháil,' a dúirt Tomás.

'Táimid ar saoire,' arsa Stephanie. 'Ní call dúinn éirí róluath ar fad.'

'Táim ag caint ar thart ar a deich, nuair a bheas bhur n-éadain curtha oraibh agaibh. Tá a fhios agaibh féin na mná.'

Bhuail imní Stephanie: 'Beidh mé dóite ag an ngrian.'

Bhí réiteach ag Rosemarie ar an bhfadhb: 'Cuir neart *shit* ar t'éadan agus clúdaigh chuile áit eile.'

'Neart céard?' a d'fhiafraigh Tomás di, sórt iontais air faoi chaint a iníne.

'*Shit*, uachtar, *factor* rud eicínt, tá a fhios agat.'

'Ní raibh a fhios agam gur as cac a dhéantar na rudaí sin.'

'Is mar sin a labhraíonn dream óg an lae inniu,' arsa Stephanie.

'Ní cheapaim go bhfuil sé feiliúnach ag bord ar ócáid fhoirmeálta,' ar seisean.

'Céard tá foirmeálta faoin áit seo?' a d'fhiafraigh Stephanie de, ag breathnú timpeall uirthi, 'daoine leathnocht, an dinnéar ag róstáil in aice linn, cait suas is anuas ar na boird sna bialanna.'

'Is maith le daoine caighdeán áirithe a choinneáil.'

D'ith siad an príomhbhéile agus iad ina dtost den chuid is mó. Nuair a chríochnaigh Rosemarie las sí toitín ach níor scaoil a hathair léi an uair seo.

'Múch é sin,' ar sé go lom díreach léi.

Bhreathnaigh sí ar Stephanie. Bhreathnaigh sise ar an sceanra. Níor theastaigh uaithi páirt a thógáil in aighneas ar bith eatarthu. 'Céard dúirt tú?' arsa Rosemarie lena hathair, ar nós nach raibh a fhios aici an ag magadh nó i ndáiríre a bhí sé.

'Múch é.'

Bhreathnaigh sí ar an toitín.

'Múch an focan toitín,' a dúirt Tomás trína fhiacla. Chuir sise an barr lasta síos sa bhraon fíona a bhí fanta ina gloine. 'Anois,' a dúirt sé. 'Má tá tú ag iarraidh toitín a lasadh fiafraigh de na daoine atá in éindí leat ar mhiste leo dá lasfá toitín.'

'An bhfuil cead agam toitín a dheargadh?' a d'fhiafraigh Rosemarie de Stephanie.

Chuir sise a dhá lámh suas roimpi: 'Táimse neodrach sa chogadh seo.'

'Níl sé ina chogadh, ach tá tosca áirithe maireachtála ag daoine, múineadh orthu agus iad ag plé le daoine eile, gnás an phobail i gcoitinne . . .'

'An bhfuil cead agam toitín a dheargadh?' arsa Rosemarie, cuma uirthi nach raibh sí ag tabhairt aird ar bith ar a raibh á rá aige.

'Níl,' ar seisean go borb.

Go tobann thosaigh Stephanie ag gáire, ach d'éirigh léi stopadh agus rug greim ar a liopa íochtarach lena cuid fiacla. 'Tá brón orm,' a dúirt sí. 'Níl a fhios agam céard a tháinig orm.' Ach bhí an bheirt eile ag gáire faoi seo, an teannas briste.

Tháinig an freastalaí anonn ansin le deochanna saor in aisce dóibh, Metaxa, brandaí na háite. Nuair a luaigh Stephanie go raibh Béarla iontach aici, thosaigh sí ag gáire. 'Tuige nach mbeadh?'

'Is Meiriceánach thú?' a d'fhiafraigh Tomás di. 'Aithním do chanúint.'

'Tá an ceart agat ar bhealach,' ar sise, 'sa méid gur chaith mé cúig bliana déag i Meiriceá, agus is ann a casadh mo Ghréagach orm, Giorghio. Ba leis an áit seo, agus d'fhill muid ar a bhaile siúd trí bliana ó shin.'

'Ach ní Gréagach thú?' a d'fhiafraigh Stephanie di.

'As an Ísiltír mé.' Shín sí a lámh amach chuici. 'Sophie.'

'Agus taitníonn an áit seo leat?'

'Ceist amaideach,' arsa Tomás, 'mar is cosúil le muintir na háite thú.'

Gháir Sophie: 'Abair é sin le máthair Ghiorghio, nó lena mhuintir, ceapann siad gur coimhthíoch amach is amach mé.' Cheartaigh sí í féin: 'Tuig i gceart mé, ní hé nach mbíonn muid ag tarraingt le chéile, ach tá a fhios agaibh féin na difríochtaí móra idir cultúir éagsúla.'

'An bhfilleann tú ar an Ísiltír go minic?' a d'fhiafraigh Tomás di.

'Faoi dhó sa mbliain, taobh amuigh de shéasúr na turasóireachta, agus tagann mo mhuintir anseo idir an dá linn. Tá an domhan beag.' Lean sí uirthi tar éis tamaillín: 'Agus tá Giorghio thar cionn, cuireann sé ar mo shocracht mé, níl sé chomh *macho* leis na Gréagaigh eile.'

'*Macho*?'

Bhreathnaigh Sophie ar Stephanie a chuir an cheist: 'Níor thug tú faoi deara? Níl tú i bhfad anseo fós, ar ndóigh.'

'Ní raibh mé ag caint ach le duine amháin i gceart i ndáiríre,' arsa Stephanie, 'Yannis, atá ag obair sa tabherna sna hárasáin, agus ceapaim go bhfuil sé go hálainn.'

'Tá a fhios againn go gceapann.' Rinne Tomás gáire.

'Tig leo a bheith go hálainn,' a dúirt Sophie, 'ach is ón meánaois a thagann an dearcadh atá ag a bhformhór acu ar chearta na mban.' Bhí uirthi imeacht uathu ansin le freastal ar chustaiméirí eile agus nuair a tháinig sí ar ais bhí cuid den fhíon as a bhfíonghort féin aici dóibh.

'An-bhlasta,' an breithiúnas a rinne Stephanie ar an bhfíon, 'ach is maith liom beagán níos fuaire ná sin é.'

'Díreach as an mbairille a tháinig sé sin,' arsa Sophie, 'ach is féidir é a fhuarú, ar ndóigh.' Chuaigh sí ar ais chuig an gcuntar le samplaí eile a fháil, agus chríochnaigh siad triúr ar dheochanna éagsúla, fíon dearg ag Rosemarie, fíon geal á ól ag Tomás, agus Stephanie ar an rosé.

'Iomprófar abhaile muid,' arsa Tomás, 'idir fhíon is bhranda.'

'Nach ar saoire atá sibh,' a deir Sophie.

'Cén chaoi a mbíonn an t-am agaibh?' a d'fhiafraigh Tomás di, 'le fíon agus gach rud a dhéanamh chomh maith leis an mbialann a choinneáil?'

'Ón gCáisc go Fómhar a bhíonn an áit seo oscailte,' a dúirt Sophie, 'agus ar ndóigh ní muide a dhéanann an obair ar fad. Ligeann muid an talamh agus in áit airgead a ghlacadh glacann muid le fíon is le feoil ghabhair is le hola olóige.'

Mar go raibh obair Sophie ag éirí níos cruógaí in aghaidh an nóiméid, níor choinnigh siad a thuilleadh moille uirthi ach buíochas a ghlacadh léi as an mbéile iontach agus na deochanna saor in aisce; gheall siad go mbeidís ar ais san áit roimh dheireadh na saoire.

D'inis Rosemarie do Stephanie faoi Arí agus Dimítrí nuair a bhí Tomás imithe chuig an leithreas. 'Ach as ucht Dé ort ná hinis dó go bhfuilimid ag castáil leo ar ball.'

'Ach bí cúramach,' a dúirt Stephanie léi. 'Is ar mhaithe leat a bhíonn sé ag tabhairt amach agus ag leagan síos na rialacha.'

'Tá a fhios agam, tá a fhios agam.' Is ar na fir óga a bhí a haird iomlán dírithe ag Rosemarie. 'Táimid ag gabháil ag *shift*eáil an dá *ride* is fearr dá bhfaca tú ariamh.'

'Tá sibh céard?' Bhí Tomás tagtha ar ais agus é ina sheasamh ansin ag éisteacht le deireadh an chomhrá.

'Bhí Rosemarie ag caint ar bheirt bhuachaillí a casadh uirthi féin agus ar Majella ar an trá.'

'An dá *ride* is fearr dá bhfaca tú ariamh,' ar seisean.

'Ní chiallaíonn *ride* an rud a cheapann tusa,' arsa Stephanie.

'Agus céard a cheapaimse?' a d'fhiafraigh Tomás di.

'B'fhéidir gurbh fhearr gan é a lua sa chomhluadar seo.'

'Agus céard a chiallaíonn sé i gcaint an lae inniu nach dtuigfeadh seanfhondúir mar mise?' arsa Tomás.

'Fear breá,' arsa Stephanie. 'Ar nós thú féin . . . Nach in é é, a Rosemarie?'

'Duine dathúil slachtmhar,' a dúirt sí.

'*Sexy*, mar a déarfá,' a dúirt Tomás, ag iarraidh tabhairt le fios go raibh a fhios aige beagán faoi shaol an lae inniu. Gháir an bheirt eile.

Leag Stephanie a lámh ar a lámh siúd. 'Níor chaill tú ariamh é.'

'Tá súil agam nár chaill.' Ach ní raibh sé réidh fós le leaganacha cainte Rosemarie. 'Agus an bhfuil míniú chomh neamhurchóideach céanna leis an *shift*eáil seo?'

Bhreathnaigh Rosemarie ar Stephanie, aoibh an gháire ina súile. 'Abair leis.'

'Ní saineolaí mé,' ar sise, 'ach chomh fada le m'eolas, agus munar athraigh rudaí rómhór le blianta beaga anuas, ciallaíonn sé pógadh agus barróga agus iomrascáil den sórt sin. An bhfuil an ceart agam?'

Chroith Rosemarie a guaillí. 'Is dóigh.'

'Tá súil agam go dtuigeann daoine na contúirtí,' arsa Tomás.

'Inis dom faoi na héanacha agus na beacha, a dheaide,' arsa Rosemarie go searbhasach, ach thóg Stephanie a pháirt seisean:

'Tá an ceart ag d'athair. Níl a fhios agat cá raibh na fir óga sin an tseachtain seo caite. Tá galracha ann . . .'

'Ní *slut*anna nó *slag*anna muide,' arsa Rosemarie ar ais, olc uirthi. 'Nílimid ag caint ar iad a *shag*áil, ach píosa comhrá a bheith againn le daoine óga ar ár nós féin.'

'Agus cén fáth nár inis tú dúinn níos túisce faoi na fir seo?' a d'fhiafraigh Tomás di. 'Tá mise freagrach do do mháthair.'

'Tá,' a dúirt a iníon. 'Sin é an fáth a bhfuil tú . . .' Stop sí. Stop sí í féin óna rá: 'Sin é an fáth a bhfuil tú anseo le do *bhimbo*.' Ní raibh a fhios aici cén chaoi ar mhothaigh sí faoi Stephanie. Thaitin sí léi ach ag an am céanna níor thaitin léi í a fheiceáil san áit ar cheap sí gur cheart dá máthair a bheith.

'Sin é an fáth a bhfuil mé céard?' a d'fhiafraigh Tomás di, ach ní raibh Stephanie ag fanacht le freagra Rosemarie.

'Cén fáth nach gcuireann tú fios ar thacsaí anois?' ar sí. Nuair a bhí sé imithe chuig an teileafóin dúirt sí le Rosemarie. 'Tá sé faoi bhrú oibre faoi láthair, ach tá sé ag teacht chuige féin.' Chaoch sí a súil: 'Éistimis leis go ceann tamaillín go mbíonn strus na hoibre curtha de aige. Ócé?' Níor dhúirt Rosemarie aon rud ach toitín eile a dheargadh.

Tháinig an tacsaí sula raibh súil acu leis agus bhí deifir orthu ar feadh nóiméid, ag íoc an bhille sa bhialann, ag cinntiú nach raibh aon rud fágtha ina ndiaidh acu. Sa suíochán tosaigh in aice leis an tiománaí a bhí Rosemarie. Chaith sí an toitín amach tríd an bhfuinneog, d'iompaigh sí thart agus dúirt: 'Go raibh maith agaibh as an mbéile.'

'Fáilte romhat,' a dúirt Tomás léi, ag cur a theanga amach mar a dhéanfadh sé len í a chur ag gáire nuair a bhí sí beag.

'Nach bhfuil daoine ceaptha caighdeán áirithe a bheith acu,' a dúirt sí, ag casadh a fhocla féin ar ais air.

'Seo dhuit,' arsa Tomás, ag cur airgid isteach ina lámh. 'Íoc an *ride* sin le do thaobh ag deireadh an aistir.'

'Ní ghabhfadh asal in airde air sin,' a d'fhreagair sí.

Gháir Stephanie: 'Is mór an t-ionadh nach ngabhann, an chaoi a thiománann sé, dhéanfá iontas nach mbíonn asail agus beithígh agus daoine ag tuirlingt ar bhoinéad an Mhercedes aige.'

'Táimid chomh maith le hAirí Rialtais sa mbaile,' a dúirt Tomás, Mercedes faoinár dtóin ghaelach agus muid ag dul ó áit go háit.'

'Ach ní *bangers* ar nós an chairr seo atá acu sin, déarfainn.' Chuir Stephanie a lámh chuig a béal le méanfach a chosc. 'Táim tuirseach de bheith ag déanamh tada.'

'Bhí a fhios agam go maródh an gabhar sin thú,' a d'fhreagair Tomás.

Chuir Stephanie a lámh ar fhlapa a threabhsair sa dorchadas. 'D'íosfainn tuilleadh gabhair fós anocht,' a dúirt sí go híseal agus d'airigh sí é ag cruachan ina lámh. 'D'fhéadfá bratach na hÉireann a chrochadh air sin.'

'Éist,' ar sé, 'nó beidh an Mercedes spraeáilte taobh istigh, chomh maith le taobh amuigh.'

'An mbeimid ag dul ar an turas sin amárach?' arsa Rosemarie, ag casadh timpeall arís nuair a bhí an tacsaí ag teacht aníos trí shráideanna cúnga Hersonisis.

'Cuirfimid an jíp in áirithe ar an mbealach ar ais chuig an árasán,' a dúirt a hathair. 'Is cosúil nach ndúnann dream ar bith anseo go dtí a dó dhéag san oíche.'

'An bhféadfadh mise dul chuig árasán Mhajella an fhad is atá sibh á dhéanamh sin?' arsa Rosemarie. 'Caithfidh mé a rá léi nach mbeimid ag gabháil amach.'

'Tuige?'

'Nár dhúirt tú?'

'Níor dhúirt mé a leithéid de rud,' a d'fhreagair a hathair. 'Níor dhúirt mé ach go mbeadh sé go deas dá n-inseofá cá mbeadh tú agus céard a bhí tú ag dul a dhéanamh. Níl aon duine ag iarraidh bac a chur ar do *lovelife*.'

'*Lovelife*,' a dúirt sí ag gáire. 'Níl a leithéid de rud agam.'

'Bhuel, nach bhfuil sé in am agat tosú?'

'Is cuma libh mar sin?'

'Bí sa mbaile ar a dó dhéag.'

'Dó dhéag, ní bheidh sé ach ag tosú ag a dó dhéag.'

'Céard a cheapann tusa?' a d'fhiafraigh Tomás de Stephanie. Is ag am mar seo, a cheap sé, a theastaigh máthair.

'Cén fáth nach dtagann tusa agus Majella ar ais chuig an bh*flat* sula dtéann sibh amach?' a dúirt Stephanie. 'Socróimid am ansin.'

D'imigh Rosemarie lena cara a fheiceáil agus chuaigh Tomás agus Stephanie ó cheann go ceann de lucht na gcarranna ar cíos go dtí go bhfuair siad an margadh ab fhearr, dar leo. Cé nach raibh siad sa gCréit ach cúpla lá , bhí sé foghlamtha acu go raibh gach praghas solúbtha agus nach n-íocfadh ach amadán an praghas a d'iarrfaí.

Nuair a chuadar as ais chuig an árasán bhí Rosemarie suite go dubhach feargach ar na céimeanna taobh amuigh. 'Ní ligfeadh na *bitch*eanna amach í,' a dúirt sí.

'Níl cead ag Majella gabháil leat?' arsa Tomás. 'Bhuel, taispeánann sé nach muide atá as ár meabhair nuair a luann muid na contúirtí atá amuigh ansin.'

'*Focars*,' a dúirt Rosemarie faoina hanáil.

'Gabhfaidh mise in éindí leat.' Shuigh Stephanie ar an gcéim choincréite in aice léi agus chuir a lámh ar ghualainn Rosemarie. 'Ach ní bheidh mé ag déanamh aon *shift*eáil.' Bhreathnaigh sí ar Thomás: 'An cuma leat?'

Chroith sé a ghuaillí: 'Coinnigí oraibh. Ólfaidh mise cúpla *ouzu* leis na leaideanna anseo thíos sa mbeár.'

'An ngabhfá in éineacht liom?' Is ar éigean a chreid Rosemarie Stephanie.

'Muna bhfuil mé róshean ag na *ride*anna.'

'Ní raibh muid ach ag dul ag damhsa leo.'

' 'Bhfuil tú cinnte?' a d'fhiafraigh Stephanie de Thomás nuair a chuadar isteach ina seomra féin san árasán. 'Ach teastaíonn uaithi a bheith amuigh le daoine dá haois féin chomh maith le bheith ag ithe béilí agus mar sin linne.'

'Bain taitneamh as,' a dúirt seisean go haerach, 'ní fhéadfaimid a bheith faoi chosa a chéile an t-am ar fad. Nach bhfeicfimid dóthain dá chéile ar an turas sin amárach?'

Thug sí póg dó. 'Ná hól an iomarca. Caithfear an pocaide a scaoileadh amach fós anocht, tar éis a bhfuil de ghabhar ite agam.'

'Arís?' a dúirt sé agus é ag gáire. 'An gcaithfidh mé?'

'Chonaic mé dealbh bheag de Pheter Pan i bhfuinneog an tsiopa sin thíos inniu a bhí mé ag brath ar a cheannach duit. *Whopper* air ar do nós féin!'

'Más é an ceann céanna é a chonaic mise,' a dúirt Tomás, 'ní bheinn san iomaíocht leis. Sa bhriogáid dóiteáin ba cheart dó a bheith.'

'Is ag lasadh mo thine a bhíonn tusa.' Chuir Stephanie a lámha timpeall air. 'Agus ní á múchadh.'

' 'Bhfuil tú réidh?' Tháinig Rosemarie isteach sa seomra go tobann.

'Nóiméad amháin,' a dúirt Stephanie, agus thug sí póg do Thomás.

* * *

Chuaigh Tomás Ó Gráinne síos chuig an tabherna in íochtar an tí ina raibh an t-árasán acu. Chuir an méid daoine a bhí ann iontas air mar nach bhfaca sé ann i rith an lae ó tháinig siad ach cúpla duine anois is arís. Ní raibh ann an chuid is mó den am ach Stephanie agus Yannis. Bhí formhór na ndaoine i láthair ag breathnú ar chluiche sacair ar an teilifís. Ba léir ó bheith ag éisteacht le béiceach an tslua go raibh Sasana ag imirt i gcomórtas idirnáisiúnta éigin. Nuair a d'fhiafraigh sé de dhuine den lucht féachana cé eile a bhí ag imirt ní bhfuair sé mar fhreagra ach nach raibh ach aon fhoireann amháin ann.

'*Lager lout,*' a dúirt sé faoina anáil agus d'iarr sé *ouzo* ar Yannis.

'Níl Steefannie ag ól anocht?'

'Níl sí ag ól anseo,' a dúirt sé agus shuigh sé síos. Bhí an ghráin aige ar an nGréagach sin agus ar a 'Steefannie.' 'Tabharfaidh mise *stiff fanny* dó má thriálann sé aon rud léi,' a dúirt sé leis féin.

'Faraor gan punt beag amháin *semtex* ag duine . . .'

Bhreathnaigh Tomás ar an bhfear féasógach gealgháireach le canúint Thuaisceart Éireann a shuigh síos lena ais. 'Céard?' Ní raibh a fhios aige ar chuala sé i gceart.

'Ag magadh,' arsa mo dhuine. Shín sé amach a lámh: 'Seán Ó Frighil.'

'Caithfidh sé gur tú athair Mhajella?' a dúirt Tomás leis nuair a chroith sé a lámh agus chuir sé é féin in aithne dó.

'Ar casadh Majella ort?' Bhí cuma an iontais ar an bhFrighileach.

'Bhí m'iníon ar an trá in éineacht léi inniu. Tá sibh i gceann de na hárasáin eile thuas staighre?'

'Chuaigh sí féin agus a máthair a chodladh go luath,' a dúirt Seán. 'Bhíodar traochta i ndiaidh an lae, snámh agus siúl.'

Bhraith Tomás ar thagairt a dhéanamh don choinne a bhí ag Rosemarie le Majella agus chomh gortaithe is a bhí sí nuair nár ligeadh an cailín eile amach. Ach cá bhfios dó nach cumadóireacht a bhí déanta ag a iníon féin, mar a rinne sí faoi chúrsaí eile? B'fhearr a bhéal a choinneáil dúnta, a cheap sé. D'fhiafraigh sé tar éis tamaill: 'An bhfuil sibh ag baint taitnimh as an saoire?'

'Is maith liom an teas, ach dhéanfainn gan an comhluadar seo,' a dúirt Seán faoi na Sasanaigh a bhí ag breathnú ar an gcluiche.

'Nach Eorpaigh ar fad anois muid?' Bhí Tomás ag iarraidh cúrsaí polaitíochta a sheachaint chomh fada agus ab fhéidir.

'D'éirigh linn iad a chur de shráideanna Bhéal Feirste, agus cá ndeachaigh siad ach go dtí an áit a raibh muid ag gabháil ar saoire?'

'Ní dóigh liom gur d'aon turas a lean siad anseo thú.'

'Bím sách paranóiach uaireanta 's go gceapfainn sin.'

Bhreathnaigh Tomás suas ar na fir óga a bhí ag faire an chluiche: 'Céard tá iontu seo ach dream óg aerach?'

'Bheadh an tsaoire níor fearr dá n-uireasa,' a dúirt Seán. 'Á, foc iad. Nach bocht an saol é freisin go bhfuil canúint Bhrit in ann muid a chur trí_na chéile.

Tá a fhios agamsa nach bhfuil tuiscint ar bith ag na leaids óga a chuir siad anall chugainn ar na céadta bliain a bhfuil muide faoi chois, ach tá siad ann ina dhiaidh sin leis an gcos ar bolg a dhéanamh orainn . . .'

'Ach níl siad ag cur isteach oraibh mórán níos mó?' a d'fhiafraigh Tomás de.

'Ní dheachaigh siad ar ais abhaile ach an oiread.'

'Shílfeá go mbeadh tú in ann an pholaitíocht a fhágáil i do dhiaidh agus tú i bhfad ó bhaile?'

'Agus fágaim, an chuid is mó den am, ach nuair a chloisim na *wankers* sin . . .' Thosaigh Ó Frighil ag gáire. 'Táim á rá sin ach tá súil agam mar sin féin go mbuafaidh Sasana an cluiche.'

'Tá airgead agat orthu?'

'Níl ach tá scil acu, cúpla *striker* iontach acu faoi láthair.'

'Níl tú i gcoinne chuile Bhrit acu go huile is go hiomlán mar sin?' arsa Tomás.

'An fhad is go gcoinníonn siad amach as Éirinn,' a dúirt an Béal Feirsteach.

'Agus cén chaoi a raibh a fhios agat nach duine acu mise?' a d'fhiafraigh an Gráinneach de.

'Nár aithin mé do ghlór?'

'Ach labhair tusa liom i dtosach.'

'D'aithin mé do ghimp.' Gháir sé nuair a bhreathnaigh Tomás go haisteach air. 'Agus bhí mé ag éisteacht leat agus tú ag ordú dí. An mbeidh ceann eile agat, deoch an dorais?'

'Ní miste liom.' Bhreathnaigh Tomás ar chosa láidre an fhir eile nuair a bhí sé ag an gcuntar agus é ag ordú na ndeochanna, bríste gearr á chaitheamh aige ar nós beagnach chuile fhear eile san áit. Ba dhuine é a raibh go leor aclaíochta déanta aige, a cheap sé, iarpheileadóir nó dornálaí, b'fhéidir. 'Is aisteach an rud le rá,' a dúirt sé le Seán, nuair a tháinig sé ar ais leis na deochanna, 'ach d'aireoinn níos mó ar mo shuaimhneas ag caint le Sasanach ná leatsa.'

'Go raibh maith agat.' Chorraigh an Tuaisceartach ar a stól mar a bheadh croitheadh bainte as. 'Foc thú féin freisin.'

'Ná tóg orm é,' arsa Tomás. 'Táim leath ar meisce, nó ní bheinn á rá seo ar chor ar bith, ach cuireann sibhse, lucht an Tuaiscirt, déanann sibh neirbhíseach mé.'

Tharraing Seán amach a chuid pócaí go magúil: 'Chífidh tú nach bhfuil *semtex* ar bith ar iompar agam.'

'Ní ag caint air sin atá mé . . .' Ní raibh a fhios ag Tomás céard go díreach a bhí sé ag iarraidh a rá. 'Níl a fhios agam cén chaoi le labhairt libh nó rud eicínt.'

'Déarfainn go bhfuil tú ag leagan do mhéire ar rud éigin ansin ceart go leor. Tá muid gearrtha amach ón saol thíos agaibhse rófhada. Cén chaoi a mbeadh a fhios ag daoine céard a bhí ag tarlú nuair nach ndeachaigh siad riamh thar an teorainn?'

'An raibh tú féin i mBaile Átha Cliath riamh?'

'Bhíos cinnte. Bhí mé ag an gcluiche ceannais anuraidh. Agus thug muid linn an Sam Mac Guidhir ó thuaidh.'

'An raibh tú i nGaillimh, nó i gCorcaigh, nó i Luimneach?'

'Céard é seo? Castlerea?' a d'fhiafraigh Seán Ó Frighil.

'Feictear domsa,' a dúirt Tomás, 'go mbíonn go leor Tuaisceartach ag casaoid faoi nithe nach bhfuil eolas ag an dream ó dheas orthu. Ach an bhfaca tú riamh Tuaisceartach ag cur spéise in Iarthar na hÉireann? An áit ab as dom féin? Céard tá ar eolas acu faoi Mhaigh Eo nó Liatroim, fadhbanna deoraíochta nó bánú na tíre?'

'Ach níl arm iasachta ar na sráideanna agaibh.'

'Ach tá muide inár ndaoine iasachta ar chuile shráid ar domhan ach ar ár gcuid sráideanna féin. Agus is cuma libhse sa diabhal fúinn.' Bhí iontas ar Thomás go raibh sé ag éirí chomh corraithe sin. Sheachain sé argóintí den sórt sin de ghnáth. 'Ná tabhair aon aird orm,' a dúirt sé agus chríochnaigh sé a ghloine. 'Deoch eile an dorais, nó deoch an dorais eile. Nó deoch an staighre, ba chirte dom a rá, b'fhéidir?'

'Tá sé ró-éasca an t-*ouzo* sin a ól,' arsa a chompánach. 'Beidh cloigne aisteacha orainn ar maidin.'

'Má choinníonn muid go dtí sin iad.' Sheas Tomás suas leis na deochanna a ordú. B'fhada ó d'airigh sé a chloigeann chomh héadrom. 'Ach cén dochar?' a dúirt sé leis féin, 'ní bhíonn duine óg ach scaitheamh.' Thaispeáin sé na gloineacha folmha do Yannis a bhí thíos ag an taobh eile den bheár. 'Dúbláil iad,' a dúirt sé. Chroith sé a chloigeann nuair a tháinig a chaint amach mar 'Dúblabáil iad.'

'Táim *piss*áilte,' a dúirt sé le Seán, nuair a shuigh sé síos in aice leis.

'Ach cén dochar? Nach í an Nollaig í, nó saoire, nó diabhal eicínt mar sin. Am le spraoi agus spórt agus pléáil a phocaide.'

'Is breá a bheith beo,' a dúirt seisean, ag croitheadh a chloiginn, agus leis féin níos ísle: 'Beo agus saor.'

'Peter Pan,' a bhí Tomás ag rá, greim ag an ól ar a chloigeann. 'Sin é a thug sí orm. Peter Pan. Tá mé chomh maith leis lá ar bith, a dúirt sí. Chomh maith le Peter Pan lá ar bith den tseachtain . . .'

'Gabh i leith uait suas an staighre,' arsa Seán. 'Caith siar é sin agus beimid abhaile in éineacht.'

'Nach fada ó bhaile atáimid. Nach fada a tháinig muid le castáil ar a chéile. Meas tú an raibh sé leagtha amach sa chinniúint?'

'Tá tú féin sách leagtha ar chaoi ar bith. Gabh i leith.'

D'airigh Tomás a chloigeann ag dul timpeall ach lean sé an fear eile. Cé go raibh a chosa ag bogadh faoi anois is arís, d'éirigh leis an staighre a dhreapadh agus é féin a ligean isteach san árasán. Tháinig fonn múisce air chomh luath is a dhún Seán an doras ón taobh amuigh. Amach leis ar an mbalcóin agus scaoil sé lena raibh ina ghoile aige. Chuala sé daoine ag casaoid agus ag béiceach thíos in íochtar nuair a thit a mhúisc orthu agus iad ar a mbealach amach ón mbeár. Ba chuma leis. Ní raibh uaidh ach codladh agus luigh sé ar an leaba os cionn an éadaigh, a chosa tarraingthe aníos ar nós páiste aige.

Bhí Stephanie suite scartha air ag dul suas agus anuas, an-phléisiúr go deo á fháil aige nuair a chuimhnigh sé nach raibh aon choiscín air. Bhí sí ag iarraidh a pháiste, cleas á imirt aici air. Thriail sé tarraingt amach aisti ach níor fhéad sé. Bhí sé ag pléascadh istigh inti nuair a dhúisigh sé agus d'éirigh sé de léim. Ní raibh a fhios aige cá raibh sé, leis féin i seomra coimhthíoch, a threabhsar fliuchta aige. Chuala sé caint taobh amuigh, Stephanie ag rá 'Oíche mhaith, a Yannis.' Chuimhnigh sé gur sa Chréit a bhíodar. Nuair a chuala sé Rosemarie agus Stephanie ag teacht isteach doras an árasáin chuaigh sé faoin éadach leapa.

'A phocaide . . .' a dúirt Stephanie go híseal nuair a tháinig sí isteach sa seomra. Tá mé ar ais . . .' Lig sé air go raibh sé ina chodladh. Ní raibh sé chomh sásta riamh gur dhá leaba le taobh a chéile a bhí sna hárasáin Ghréagacha in áit leaba dúbailte.

'Tá boladh bréan san áit,' a chuala sé í a rá le Rosemarie sular thit sé ina chodladh i ndáiríre.

* * *

Rosemarie a dhúisigh iad thart ar a hocht a chlog ar maidin: 'Shíl mé go rabhamar ag dul ar turas inniu.'

Bhí cloigeann Thomáis ag pléascadh le pian. Bhreathnaigh sé ar a uaireadóir: 'Téirigh ar ais a chodladh go dtí a deich, maith an cailín.'

'Níl mé in ann codladh,' a dúirt sí. 'Ar inis Stephanie duit faoin *time* a bhí againn aréir?' ar sí.

'As ucht Dé ort, téirigh ar ais a chodladh.'

'Ní fheicfimid tada muna dtosóimid in am,' a dúirt a iníon, agus shuigh sí ar thaobh na leapa.

'An bhfuil aon cheo agat le léamh? Leis an am a chaitheamh. Táimse traochta tuirseach. Dúisigh ag a deich muid.'

'Níl suim ar bith agaibh i . . .'

Ní raibh a fhios aige an é 'shaggáil' nó 'shag all' a dúirt sí agus í ag fágáil an tseomra, ach ba chuma leis, bhí sí imithe. Chodlódh sé. Ach bhí rud eile ina hintinn ag Stephanie. Chuir sí a lámh trasna agus isteach faoi éadach na leapa agus thosaigh sí ag cur dinglise ina chuid magarlaí. Bhrúigh sé a lámh ar leataobh ach bhí an damáiste déanta aici, a bhod ag éirí ina sheasamh in aghaidh toil a mháistir.

'Tóg go réidh go fóill,' a dúirt sé nuair a tháinig a lámh ar ais. 'Tá mé uafásach tuirseach.' Ach nuair a d'airigh a lámh sise toradh na hoibre a bhí tosaithe aici ní raibh sí le ligean leis.

'Codlóidh tú níos fearr ina dhiaidh,' a dúirt sí, agus chroch sí suas na héadaigh le breathnú air. 'Ó, nach deas é,' ar sí, 'bricfeasta Eorpach.' Chuir sí a teanga go barr a bhoid agus theagmhaigh sí leis ar éigean. Bhí sé ródheireanach í a stopadh ansin mar go raibh idir fhiacla agus teanga á chur as a mheabhair.

'Faigh do *wellington* go beo,' a dúirt sí, 'nó íosfaidh mé uilig thú.' Thit sé ina chodladh ina lámha nuair a chríochnaíodar.

An doras ag dúnadh de phlimp a dhúisigh iad. Bhí Rosemarie ar a bealach isteach len iad a dhúiseacht ar a deich nuair a chonaic sí nocht ar an leaba iad, lámha agus cosa trasna ar a chéile. 'Focars,' a dúirt sí.

'Cá bhfuil tú ag dul?' arsa Stephanie nuair a léim Tomás amach as an leaba.

'Ag dul ina diaidh, caithfidh mé rud eicínt a rá léi.'

'Déanfaidh tú rudaí níos measa. Nach bhfuil a fhios aici go maith go bhfuil an bheirt againn ag luí le chéile?'

'Ach muid a fheiceáil mar seo,' arsa Tomás agus é ina sheasamh lomnocht i lár an urláir. 'Agus ní den chéad uair é.' Chuimhnigh sé ar an oíche ar bhris an leaba fúthu.

'An rud is fearr a d'fhéadfaimís a dhéanamh ná deifriú agus dul ar an turas sin go beo,' a dúirt Stephanie, ag éirí amach as an leaba.

'Réiteoidh mise an tae don bhricfeasta.' Bhreathnaigh Tomás thart, ag iarraidh a chloigeann tinn a dhíriú ar rud eicínt.

'Bhí mo bhricfeasta agamsa cheana.' Bhí Stephanie ag gáire agus í ag breathnú air, 'bricfeasta Eorpach, agus as ucht Dé ort, cuir tuáille nó rud eicínt timpeall ort sula dtagann Maria isteach leis na seomraí a chóiriú.'

'Tá deamhan slaghdán nó rud eicínt orm,' a dúirt Tomás, 'tá mo cheann ina bhulla báisín, agus níl mo ghoile an-mhaith ach an oiread.'

'Ar ól tú mórán aréir i ndiaidh muide a dhul anfach?' a d'fhiafraigh Stephanie de.

'Blogam den *ouzo* sin.'

'Agus cé chomh mór nó chomh beag is atá blogam?'

Chuimhnigh Tomás ar chuid den oíche. 'Ó, casadh athair an chailín sin orm.'

'Athair Mhajella?'

'Bhí cúpla deoch againn nó trí.'

'Tar éis a raibh d'fhíon agus Metaxa agat sa bhialann. Gan trácht ar ar ól tú níos túisce sa lá,' arsa Stephanie.

'Bhí *skip* maith agam nuair a bhreathnaíonn tú mar sin air.'

'Tabhair *skip* air, ní iontas ar bith thú a bheith tinn.'

'B'fhéidir go bhfuil an stuif sin níos láidre nó mar a cheap mé,' a dúirt Tomás, agus chuir méara a láimhe clé siar trína chuid gruaige.

'Is tusa an ceimiceoir, an t-anailísí. Bá cheart go n-aithneofá nimh nuair a fheiceann tú í,' arsa Stephanie. 'Bhuel, ní fhéadfaidh tú ribe an ghadhair a bheith agat ach an oiread mar go bhfuil tú ag dul ag tiomáint.'

'Nách féidir leatsa tiomáint?'

'Cuir ort do chuid éadaigh nó ní bheimid ag dul in aon áit.' Thosaigh Stephanie ag gáire. 'An bhfuil do mheabhair uilig caillte agat? Chuala mé caint ar dhaoine ag dul 'ape,' ach is tú an chéad duine acu a chonaic mé ina mhoncaí beo beathach.' Rinne sí aithris ar an gcaoi ina raibh sé ina sheasamh leathchromtha.

'Gabhfaidh mé ag snámh,' a dúirt Tomás. 'Dúiseoidh sé sin mé.'

'Bí cúramach sa linn snámha agus an bhail atá ort,' arsa Stephanie.

'Gabh i leith ag snámh in éindí liom. Beidh tú in ann súil a choinneáil orm. Iarrfaidh mé ar Rosemarie teacht linn.' Tharraing sé air a chuid éadaigh snámha.

'Beidh sí ar buile,' arsa Stephanie faoi Rosemarie, 'mar go bhfuilimid chomh mall ag gabháil ar an turas.'

'Is fearr go deireanach nó go brách,' a d'fhreagair Tomás. 'Beidh sí ceart go leor nuair a thuigeann sí gur ar éigean a d'fhéadfainn tiomáint mar atá mé.'

'Nach féidir linn fanacht go dtí an lá amárach?'

'Tá an t-airgead íoctha.' Bhí argóintí acu cheana faoi chúrsaí airgid, ise ag rá nach raibh aon stró orthu mar go raibh an bheirt acu ag saothrú, drogall airsean ach an méid a bhí leagtha amach i gcomhair an lae a chaitheamh. Lig sí leis, níor theastaigh tuilleadh argóna uaithi. 'Lean ort síos,' a dúirt sí leis. 'Caithfidh mé m'éadan a chur orm.'

'Agus tú ag dul ar snámh?'

'Ní bheadh a fhios agat cé a bheadh ag breathnú orm,' a dúirt sí.

Bhí pus ar Rosemarie nuair a ghlaoigh sé uirthi, ach nuair a gheall sé go mbeidís ar an mbóthar taobh istigh d'uair an chloig, d'fheabhsaigh a giúmar.

'Agus tógfaidh tú mo phictiúr sa jíp?'

'Ná dearmad an ceamara a thabhairt leat.'

'Beidh rás againn.' Léim Rosemarie isteach roimhe sa linn snámha, ach ní dhearna Tomás iarracht ar bith coinneáil suas léi. An rud deireanach a theastaigh uaidh ná a bheith traochta tuirseach ar an turas. Ach d'airigh sé gur dhúisigh an t-uisce láithreach é agus go raibh sé ag aireachtáil níos fearr.

'Tá mo chuid dreancaidí curtha díom,' ar sé le Rosemarie.

Is beag nár scread sí: 'An bhfuil dreancaidí san árasán?'

'Ar scéilín beag a bhí mé ag cuimhneamh,' a dúirt a hathair. Bhí an bheirt acu le taobh a chéile ag taobh domhain na linne, greim láimhe ar an ráille. 'Rud a chuala mé ar an raidió faoin gcaoi a bhfaigheann sionnach réidh lena dhreancaidí. Téann sé i ndiaidh a chúil isteach san uisce go dtí go mbíonn an dreancaid dheireanach ar bharr a shróna.' Luigh sé siar san uisce go dtí nach raibh ach a bhéal agus a shrón os a chionn. 'Síos leis ansin.' Chuaigh sé faoi uisce agus tháinig aníos arís ag séideadh as a pholláirí. 'Sin deireadh curtha aige leis na dreancaidí.'

'Ag caint ar dhreancaidí . . .' arsa Rosemarie. Bhí sí ag breathnú ar Stephanie agus Yannis ag teacht amach doras an bheáir taobh le taobh. Shnámh sí óna hathair suas go dtí an taobh eile den linn. Tharraing sí í féin aníos as an uisce, rug ar a tuáille agus thosaigh á triomú féin.

D'fhan Tomás san áit a raibh sé, sórt amhrais air. An raibh sé ag éisteacht le Stephanie ag rá 'oíche mhaith,' le Yannis am eicínt i rith na hoíche a chuaigh thart, nó an ag brionglóideach a bhí sé? Cén ghnaithe a bheadh aici le Yannis an t-am sin den oíche? 'Caithfidh mé fiafraí de Rosemarie,' ar sé leis féin. 'Tá a fhios agam anois cén fáth a raibh a héadan le cur uirthi sula ndeachaigh sí ag snámh,' ar sé leis féin go gruama agus é ag breathnú ar chomh hóg agus chomh sona is a bhreathnaigh sí agus í ina seasamh ansin sa doras ag caint le fear dá haois féin.

Cibé céard a thug a bhean chéile a bhíodh, Máire Áine, isteach ina intinn, is uirthi a chuimhnigh sé ag an nóiméad sin. 'Ní sa linn snámha amháin atá mé as mo riocht,' a cheap sé, 'ach i linn mhór an tsaoil. Lig mé uaim an saol socair suaimhneach sásúil, agus céard a fuair mé ina áit?'

Chuimhnigh sé ar laethanta eile saoire i bhfad ó bhaile nuair a bhí na gasúir beag, an bheirt acu sínte taobh lena chéile faoin ngrian, na leanaí ag spraoi agus ag tógáil caisleán sa ghaineamh. B'aoibhinn an saol é sin – ag breathnú siar air – i gcomparáid leis an saol a bhí anois aige. Cé's moite den leaba céard eile a bhí comónta idir Stephanie agus é féin? Níor cheap sé go mbeadh sí leis i gceann bliana. Ní imeodh sí leis an Yannis seo, a cheap sé, ach bheadh Yannis éigin eile ann. Bhí sé féin róshean di. Chaillfeadh sé í. Agus cén sórt saoil aonaránach uaigneach a bheadh ansin aige leis féin gan bhean, gan chlann, gan leannán?'

Tháinig Stephanie anall faoi dheifir. Rug sí ar a srón lena lámh agus léim sí isteach san uisce. Chuaigh sí ó thaobh go taobh faoi dhó. Chríochnaigh sí ag an staighre agus ghlaoigh ar Thomás: 'Gabh i leith uait.'

'Cén deifir atá ort?' ar sé.

'Caithfidh mé imeacht as seo. Dóitear duine san uisce freisin,' a dúirt sí, ag éirí amach as an linn agus í ag rith i dtreo dhoras an bheáir, áit a raibh Yannis réidh leis an tuáille mór a chur timpeall uirthi. Shnámh Tomás chomh fada leis an staighre, rug ar a thuáille agus chuaigh suas chuig an árasán, á thriomú féin ar an mbealach.

'Bhuel, ar thriomaigh an Gréagach gréisceach thú?' a d'fhiafraigh sé de Stephanie nuair a tháing sí isteach sa seomra ar ball beag.

'An Gréagach gnéasach?' Lig sí uirthi nár thuig sí é.

'Gréisceach,' a dúirt Tomás. 'Is dóigh gurb é sú na holóige sin a dhéanann chomh buí sleamhnach gréisceach sin iad.'

'Marach an aithne atá agam ort,' arsa Stephanie agus í ag triomú a gruaige, 'déarfainn gur ciníochas atá i gceist i ráiteas den sórt sin.'

'Is fíor dom é,' ar seisean, 'shílfeá gur ola a bhíos ar a gcraicne orthu.'

'Níl a fhios agam mórán fúthu maidir le craiceann,' a d'fhreagair Stephanie, ' ach is leaid deas é an Yannis sin.'

'Ghabhfadh a leithéid sin suas ar thom aitinne,' arsa Tomás. 'Gigaló den chéad scoth, ag faire ar a sheans . . .'

'A Thomáis!' Bhreathnaigh Stephanie air, iontas ina súile.

'Chonaic mé sa Spáinn cheana iad, níl uathu ach an t-aon rud amháin.'

'Ceapaim gur duine thar a bheith múinte cúirtéiseach lách cineálta é,' a dúirt Stephanie. 'Is é an trua é nach bhfuil níos mó atá cosúil leis thiar sa mbaile.'

'Níl aon dabht agam ach gur naomh ar talamh atá ann le breathnú air nó le bheith ag caint leis,' arsa Tomás. 'Ach níl sé ach ag faire ar a sheans. Nach é an cleas is sine ar domhan é?'

'A sheans ar céard?'

'Ortsa, ar ndóigh.'

'Ag magadh atá tú,' a dúirt Stephanie.

'Ní maith liom sleamhnáin den sórt sin.'

'Sleamhnán?'

'Duine sleamhan sciorrach glic . . .'

'Thug sé cuireadh dom dul ag breathnú ar a chuidológ,' arsa Stephanie.

Phléasc Tomás amach ag gáire. 'Ag breathnú ar a chuid ológ, beag agus uaine, déarfainn. Bíonn báillíní glasa i bhfad ó bhaile.'

'Dáiríre. Táim ag smaoineamh ar ola olóige den chéad ghrád a iompórtáil go hÉirinn. Níl cuma ná caoi ná blas ceart ar an gcuid is mó den stuif atá ar díol sna siopaí thiar sa mbaile.'

'Agus i measc feilméaraí uile oirthear na hEorpa cé aige a bhfuil an ola olóige is fearr agus is deise ar fad ach ag Yannis s'againne?' Labhair Tomás chomh searbhasach is a bhí sé in ann.

'Is iontach an seans dom é.' Chroith Stephanie a cloigeann ó thaobh go taobh le linn a cainte. 'Chosnódh sé an t-uafás orm deis mar seo a eagrú ón mbaile, agus má éiríonn liom gnó a dhéanamh mar chuid de mo laethanta saoire . . .'

'Tá tú i ndáiríre faoi seo?' a d'fhiafraigh Tomás di.

'Cén fáth nach mbeinn?'

'Caithfidh sé go n-aithníonn tú seansálaí nuair a fheiceann tú é.'

'Tá a fhios agam nach dtaitníonn Yannis leatsa go pearsanta,' arsa Stephanie, 'ach ní féidir liom mo shaol a eagrú thart ar mhothúcháin chlaonta mar sin.'

'Nílim ag rá go dtaitníonn sé liom nó nach dtaitníonn, ach nílim caoch. Feicim cén sórt duine é. Tá a leithéid le fáil ag chuile áit saoire cois trá san Eoraip,' a dúirt Tomás. 'Tá siad feicthe agam sa Spáinn agus sa Phortaingéil, agus táim cinnte go bhfuil siad chuile áit eile chomh maith.'

Tháinig Rosemarie isteach sa seomra: 'An bhfuil muid ag dul ar an turas seo nó nach bhfuil?' ar sí.

'Bhfuil do cheamara réidh agat?' a d'iarr Tomás.

'Tá chuile shórt réidh agam ó mhaidin,' a d'fhreagair sí. 'Tá chuile rud réidh ach sibhse.'

'Beidh an jíp taobh amuigh ar an sráid agam i gceann cúig nóiméad,' a dúirt a hathair agus é ag dul amach an doras.

'An raibh sibh ag troid arís?' a d'fhiafraigh Rosemarie de Stephanie nuair a bhí sé imithe.

'Ní raibh,' a dúirt sise. 'Agus níl a fhios agam céard a chiallaíonn tú le arís. Chomh fada le m'eolas ní raibh muid ag troid riamh.'

'Bhí sibh ag caint ard go maith.'

'Bhí rudaí á bplé againn, roinnt argóintí beaga faoi chúrsaí gnó. Tá ár n-intinn féin againn,' a dúirt Stephanie. 'Ní ghéilleann ceachtar againn go héasca, ach ní troid é sin. Caitheann duine seasamh leis prionsabail a gcreideann siad iontu. Cumarsáid a thabharfainnse air, tuairimí láidre i ngleic lena chéile.'

'Bhíodh sé féin agus mo mhamaí i gcónaí ag troid,' a dúirt Rosemarie.

'Meas tú an bhfuil chuile rud agam?' Bhreathnaigh Stephanie ina mála agus an t-ábhar cainte á athrú aici. Níor theastaigh uaithi aon rud a bhain le máthair Rosemarie a phlé léi. 'Nach cuma. Ní bheimid imithe ach as seo go tráthnóna.'

'Déarfainn gurb in é an fáth ar chlis ar a bpósadh,' a dúirt Rosemarie. 'Bhí siad i gcónaí ag troid is ag argóint faoi rud eicínt.'

'An bhfanfaimid leis thíos staighre?' arsa Stephanie. 'Bhfuil an eochair agatsa?'

Thaispeáin Rosemarie go raibh an eochair ina lámh aici.

'Fág ag an gcuntar sa mbeár í, ar fhaitíos go gcaillfidh muid in áit eicínt i bhfad ó bhaile í.'

'An dtabharfaidh tú féin do Yannis í?' arsa Rosemarie.

'Is cuma liom.' Chroith Stephanie a guaillí. 'Tuige?'

'Shíl mé gur mhaith leat é a fheiceáil arís.'

'Céard atá á rá agat?' Bhreathnaigh Stephanie go géar uirthi.

'Tada.' Rinne sí sciotaíl bheag gháire.

'Céard tá chomh barrúil sin?'

'Tada.'

'Tada, tada, tada. Cén fáth nach ndeir tú amach go lom díreach an rud a cheapann tú.'

'Nach mbeidh sé *cool* sa Suzukí?' a dúirt Rosemarie.

'Déarfainn go mbeidh sé sách te,' a d'fhreagair Stephanie agus d'imigh sí léi leis an eochair a thabhairt do Yannis.

Bhí Rosemarie suite istigh i gcúl an Suzukí nuair a tháinig Stephanie ar ais ón mbeár, a pictiúr á thógáil ag a hathair.

'Nach bhfuil an jíp go hálainn,' a dúirt sí le Stephanie.

Níor fhreagair sise, an rud is deireanaí a dúirt Rosemarie léi faoi Yannis ag dul trína hintinn i gcónaí.

'Tá Rosemarie ag caint leat,' a dúirt Tomás agus é ag suí isteach ar thaobh na láimhe clé chun tosaigh, le dul ag tiomáint.

' 'Bhfuil tusa sábháilte ag tiomáint an ruda seo?' arsa Stephanie.

'Táim ceart go leor ó bhí mé ag snámh,' a d'fhreagair sé. 'Cé nach bhfuil mórán cleachtaidh agam ar a bheith ag tiomáint ar an taobh mícheart den bhóthar.' Labhair sé lena iníon taobh thiar de: 'Tabharfaidh muid seans duit í a thiomáint nuair a thiocfaimid chuig áit dheas chiúin.'

Leag Rosemarie a lámh ar ghualainn Stephanie: 'Nach bhfuil sé go hálainn! Beidh ceann acu seo agamsa nuair a bheas mé scór.'

'Tá súil agam go bhfaighidh tú mian do chroí, a Rosemarie,' ar sise ar ais gan mórán dhíograise.

' 'Bhfuil tusa ceart go leor?' a d'fhiafraigh Tomás de Stephanie, ag leagan a láimhe go héadrom ar a glúin.

'Táim sórt tuirseach. Cé againn nach bhfuil? Beidh mé níos spleodraí is dóigh nuair a fhaighim féin seans an bréagán nua a thiomáint.'

'Gheobhaidh tú cinnte, ar ball,' arsa Tomás. 'Ach bhí mé ag iarraidh a fháil amach i dtosach an raibh sí stuama staidéarach ar an mbóthar.'

'Á, nach tú atá tuisceanach.'

Ní raibh a fhios aigesean an searbhas nó dáiríreacht a bhí ina freagra ach ag an bpointe sin ba chuma leis. Chuimhnigh sé gurbh fhíor di, gur chosúil é le buachaill agus bréagán nua aige. 'Agus céard tá mícheart leis sin?' a dúirt sé ina intinn féin. 'Nach ar mo laethanta saoire atáim?'

'Agus cén chaoi a bhfuil sí ar an mbóthar?' a d'fhiafraigh Stephanie de.

'Togha, go dtí seo, ach ní bheidh a fhios agam i gceart go mbeidh sí suas ar na harda.' Shín sé a lámh amach i dtreo na sléibhte. 'Bhí a fhios agam go raibh roinnt trioblóide leis na jípeanna beaga seo nuair a tháinig siad ar an margadh i dtosach. Mar gheall ar na rothaí a bheith chomh gar sin dá chéile. D'iompaídís go héasca. Ach b'fhéidir go bhfuil an fhadhb sin réitithe anois acu.'

'Tóg go réidh é ar chaoi ar bith,' arsa Stephanie. 'Níl cuma ná caoi ar thiománaithe na tíre seo.' Ní tuisce an méid sin ráite aici nuair a bhí ar Thomás an bóthar a fhágáil beagnach ag casadh, mar gheall ar charr beag a tháinig chucu i lár an bhóthair. 'Nach bhfeiceann tú anois?' a dúirt sí.

'Turasóirí a bhí iontu sin,' a dúirt sé. Rinne sé iontas ina intinn féin

cén fáth a raibh na Gréagaigh á gcosaint aige, ach bhí gach cosúlacht ar
an dream sa chairrín oscailte gur strainséirí a bhí iontu.

'Nach cuma sa diabhal cé hiad féin,' arsa Stephanie. 'Níl aon duine
acu le trust, nach in atá mé a rá?'

'Casfaidh mé ó dheas ag an gcéad chrosbhóthar eile,' a dúirt Tomás.

'Cén chaoi a n-aithneoidh tú thuaidh thar theas?'

'Tá mo chompás féin i mo chloigeann agam. Nach luíonn sé le réasún
gur ó dheas a bheadh casadh ar thaobh na láimhe clé ag dul?'

'Nach cuma cá gcríochnóimid?' a d'fhreagair Stephanie. 'Nílimid ag
gabháil in aon áit speisialta, ach leis an tír a fheiceáil.'

'Déanfaimid an chéad lá eile a phleanáil níos fearr,' ar seisean. 'Níl sa
lá inniu ach triail go bhfeicfimid cén leagan amach atá ar chúrsaí bóithre
agus taistil. Breathnóimid ar an léarscáil an chéad uair eile féachaint cén
áit ba mhaith linn nó ba cheart dúinn a ghabháil.'

'Ón méid atá léite agamsa faoi,' arsa Stephanie, 'tá chuile áit ann
fíorstairiúil agus ba mhaith liom cuid de na suímh sin a fheiceáil.'

' 'Bhfuil tú linn i gcónaí?' a d'fhiafraigh Tomás de Rosemarie i gcúl an
chairr.

'Cá bhfuilimid ag dul?' ar sí ar ais.

'Níl a fhios againn fós. Áit eicínt. Amuigh faoi na sléibhte, b'fhéidir,
le píosa den tír a fheiceáil.'

'Nach leamh é mar scéal.' Lean sí uirthí i mBéarla 'Boring, boring!'

'Bhuel, céard ba mhaith leatsa?'

'Dul chuig trá, dul ag snámh nó rud eicínt.'

'Déanfaimid é sin ar ball.' Bhí air béiceach le go gcloisfeadh sí é os cionn
torann an chairr agus na gaoithe. 'Tiocfaimid amach ag trá ar an taobh
eile den oileán.'

Thóg Tomás casadh ar chlé ag an gcéad chrosbhóthar eile agus ní fada
go raibh siad ar bhóthar cúng cnapánach a bhí ag éirí agus ag casadh
suas i measc na gcnoc. Talamh spalptha le crainn olóige ag fás thall is
abhus a bhí ann, níorbh ionann agus na línte néata crann a chonaic siad
ar an talamh íochtarach. Bhí gabhair agus caoirigh le feiceáil anseo is
ansiúd, corrtheach i bhfad óna chéile, cúpla seanbhean faoi sheál dubh
timpeall ar na tithe.

'Ar a laghad ar bith tá gnáthshaol na ndaoine le feiceáil anois againn,' a dúirt Stephanie. 'Samhlaím gurb as áit mar seo a thagann Yannis.' Chomh luath is a bhí sé sin ráite aici bhí aiféal' uirthi, mar gheall ar na leideanna a bhí caite ag Rosemarie agus ag Tomás cheana faoi Yannis.

'Ba dheacair an fear céanna a fheiceáil ag salú a chuid lámha amuigh faoin tuath,' a dúirt Tomás.

'Ach tá lámha móra feilméara air,' a dúirt Stephanie. 'Bheadh a fhios agat ag breathnú air gur ar an talamh a tógadh é.'

'Ní dhearna mé staidéar chomh mór sin air.'

'Is ar lámha chuile dhuine a bhreathnaímse i dtosach,' ar sise. 'Sin é a thaitin liom an chéad uair a chonaic mé thusa.'

'Agus mise ag ceapadh . . .'

'Coinnigh glan anois é,' a dúirt sí.

'Coinním glan i gcónaí é.' Ba léir di go raibh sé in ardghiúmar anois go raibh sé ag tiomáint leis amuigh faoin aer úr.

'An cuma leat má théim chuig feilm le Yannis amárach?' a d'fhiafraigh Stephanie de. 'Tá an lá saor aige go dtí a seacht.'

'Is cuma liom.' Leag Tomás a lámh ar a lámh siúd. 'Rud ar bith a chuidíonn leat do ghnó a chur chun cinn. Feictear dom gur an-seans é.'

'Níor cheap mé gur thaitin an smaoineamh leat a bheag ná a mhór i dtosach.' Bhreathnaigh Stephanie go géar air, féachaint cén glacadh a bhí aige i ndáiríre lena raibh le rá aici.

'Ag magadh a bhí mé i ndáiríre. Agus dhéanfadh sé maith dom féin agus do Rosemarie an lá a chaitheamh in éindí.'

'Níl aon cheo idir mise agus Yannis.'

'Nach bhfuil a fhios agam go maith.' Leag sé a lámh anonn ar a glúin arís. 'Ach cá mbeimis gan beagáinín magaidh?'

Tháinig siad chuig séipéilín beag go hard i measc na gcnoc. D'fhág siad an jíp ag ceann an bhóithrín agus shiúil chomh fada leis. Cheap Rosemarie, fiú amháin, go raibh sé gleoite agus bhí díomá uirthi a fháil amach go raibh glas ar an doras. Bhreathnaigh sí isteach trí na fuinneoga.

'Tá na pictiúir an-chosúil leis an séipéilín i Hersonisis,' a duirt sí.

'Céard a thug isteach i séipéal i Hersonisis thusa?' a d'fhiafraigh a hathair di.

'Fiosracht, b'fhéidir,' a dúirt Stephanie.

'Majella,' a d'fhreagair Rosemarie.

'Agus mise ag ceapadh gur amuigh ag tóraíocht buachaillí a bhí sibh,' arsa Tomás, ag gáire.

'É sin, freisin, ach shíl mé go raibh an séipéilín go hálainn.' Bhí a cloigeann ag an bhfuinneog arís ag Rosemarie. 'Is é an trua é nach féidir linn coinnle a lasadh.'

'Céard lena aghaidh?' a deir Stephanie.

'Céard lena aghaidh a lasann éinne coinneal?' a dúirt Rosemarie ar ais léi go tobann. 'Le haghaidh mo mhamaí. Agus Alison.'

'Maith an cailín.' Ní raibh a fhios ag Tomás céard ba cheart dó a rá. Bhí cúrsaí creidimh ina gcúis náire dó. Bhí sé chomh tógtha leis nuair a bhí sé ina ghasúr gur chuir sé a ainm ar aghaidh le bheith ina Phrionsiasach nuair a tháinig sagart chuig an scoil a labhair faoi Naomh Prionsias. Ach níor thug a mhuintir cead dó mar go raibh sé ró-óg, agus nuair a tháinig sé in aois fir is mó suim a bhí aige i mná ná sa chreideamh.

'Is dóigh go bhfuil na scrúduithe críochnaithe anois acu,' arsa Rosemarie.

'An dtógfaidh tú pictiúr den bheirt againn le taobh an tséipéilín?' a d'fhiafraigh Tomás de Stephanie. Níor thaithin sé leis go raibh ainm a máthar á lua chomh minic sin ag Rosemarie os comhair Stephanie, ach céard a d'fhéadfadh sé a dhéanamh? 'Nach í a máthair í,' ar sé leis féin.

Ghlac Stephanie an pictiúr, ach dhiúltaigh sí seasamh isteach i gceann acu í féin. 'Nílim chomh bréagchráifeach sin,' a deir sí.

'Bheadh do mháthair an-tógtha leis,' a dúirt Tomás.

'Mé féin agus mo leannán le taobh an tséipéil,' a d'fhreagair sí. 'Thabharfadh sé sin taom croí di. Cheapfadh sí gur pósta a bhí an bheirt againn in ionad a bheith ag maireachtáil i bpeaca.' Shiúil sí léi síos an bóithrín rompu.

'Ní fhaca tú Majella ó shin?' a d'fhiafraigh Tomás dá iníon agus iad ag siúl síos go mall ina diaidh.

'Ní raibh aon am agam. B'fhéidir go bhfeicfidh mé anocht í.' Chroith sí a guaillí. 'Má ligtear amach í.'

'Bhí mé ag caint lena hathair aréir.'

'Faoi Mhajella?'

'Tarraingníodh anuas sa chomhrá í. Dúirt sé go raibh sí róthuirseach le gabháil amach in éindí leat.'

'Cac,' a dúirt Rosemarie. 'Níor lig siad amach í. Is dóigh go gceapann siad go bhfuil an áit seo chomh contúirteach le Béal Feirste.'

'Níor inis tú dhom cén saghas oíche a bhí agaibh féin?

'D'inis. Fadó! Ach bhí tú róthuirseach le n-éisteacht liom.'

'Rómhór ar meisce, faraor,' a dúirt sé.

'An raibh tú ar meisce i ndáiríre?' a d'fhiafraigh sí de, ar nós gur onóir mhór a bhí ann. 'Cé mhéad a d'ól tú?'

'An iomarca.' Chuimhnigh sé air féin agus ar an drochshampla a bhí á thabhairt aige di. 'Ólaim piontaí sa mbaile agus níor chleacht mé riamh an *ouzu* sin. Tá sé ró-éasca le n-ól agus chuaigh sé sa chloigeann orm.'

'Agus an raibh athair Mhajella *shitfaced* chomh maith leat?'

'Ní raibh ceachtar againn *shitfaced*,' ar sé, 'ach déarfainn go raibh níos mó ólta agamsa ná mar a bhí aigesean.'

'Tá an dream sin dúr,' a dúirt Rosemarie.

'Cá bhfios duitse?'

'Níl a fhios agam, ach is eol dom mar sin féin.'

'Is iontach an cailín thú.' Thug sé sórt barróige di. 'Ach fós féin níor inis tú dom cén saghas craic a bhí aréir agaibh.'

'Bhí an-oíche againn!'

'An raibh sibh ag ól nó ag damhsa, nó ag *shift*eáil, mar a deir tú féin?'

'Beagán de chuile cheann acu.'

'Casadh an dá *ride* oraibh mar sin?'

'Ní raibh siad ann,' a dúirt Rosemarie. 'Bhuel, ní raibh siad ann an fhad is a bhí muide ann. Níor fhan muid i bhfad ag an mbeár sin, Thalassa, mar go raibh an dream a bhí ann sórt garbh.'

'Muintir na háite, nó strainséirí?'

'Sasanaigh agus Gearmánaigh, déarfainn. Nó as an Ísiltír, b'fhéidir. Bhí Béarla maith acu, ach bhí siad ag argóint leis na Sasanaigh.'

'Faoin gcogadh?'

'Faoin gcluiche a bhí ann aréir, déarfainn. D'imigh muid tar éis deoch amháin agus chuamar ag damhsa suas i lár an bhaile. San Hibernian, sílim. Ainm eicínt mar sin a bhí air. Áit Éireannach cé gur Gréagaigh is mó a bhí ann. Is cosúil go dtaitníonn na hÉireannaigh go mór leo.'

'Agus an raibh mórán damhsaí ag mo chailínse?' arsa Tomás.

'Ag Stephanie?' Bhíodar stoptha anois i lár an bhóthair, ag caint.

'Ba thusa mo chailínse i bhfad sular casadh Steff orm,' a dúirt sé.

'Chaith muid an oíche ar an urlár,' a dúirt Rosemarie.

'Bhí na fir fairsing mar sin?' ar sé.

'Ag damhsa lena chéile a bhí muid an chuid is mó den am, ach thug Yannis agus cúpla duine eile amach sna damhsaí malla muid.'

'Ó, bhí Yannis ann?' Bhí iontas le tabhairt faoi deara i nguth Thomáis.

'Bhí sé ann ag deireadh na hoíche,' a dúirt Rosemarie. 'Nuair a chríochnaigh sé sa tabherna san áit a bhfuil muide ag fanacht.'

'Agus an eisean a d'fhág sa mbaile sibh?' Chuimhnigh Tomás ar an nguth sin 'Oíche mhaith, a Yannis,' i lár na hoíche. Ní ag brionglóideach a bhí sé.

'Shiúil an triúr againn abhaile in éindí. Níl an Hibernian i bhfad as seo.' Cheartaigh Rosemarie í féin. 'I bhfad as an áit ina bhfuil muid ag fanacht.'

Chuala siad bonnán an jíp ag séideadh, Stephanie ag éirí mífhoighdeach: 'Agus cá raibh an *shift*eáil mar sin?' a d'fhiafraigh Tomás di agus é ar nós cuma liom.

'Ní raibh aon *shift*eáil ann i ndáiríre.' Rinne Rosemarie meangadh gáire leis. 'Tá sí ag fanacht linn.'

Bhí Stephanie suite ag an roth tiomána, a lámh sínte amach. 'Tabhair dhom na heochracha.'

'Ach shíl mé go raibh tusa le tiomáint ar an talamh réidh?'

'Nach leath agus leath a dúirt tú?' Thug sé na heochracha di agus thiomáin sí léi faoi luas. Ródheifreach dar le Tomás.

'An bhfuil tú ag iarraidh muid a mharú?' ar seisean léi.

'Nílimid ach ag déanamh leathchéad san uair,' ar sí.

'Leathchéad san uair ar bhóithre mar seo?'

'Ciliméadair,' ar sí. 'Céard atá ansin ach thart ar tríocha míle san uair?'

'Tá sé sin rósciobtha.'

'Nuair a bhí tusa san áit a bhfuil mise anois shíl mé go raibh tú ag dul rósciobtha freisin,' a d'fhreagair sí, casadh á thógáil aici ró-éasca d'aonturas le geit a bhaint as.

'Coinnigh ort,' a bhéic Rosemarie, í ina seasamh anois, a lámha i ngreim ar an mbarrarolla. 'Tá sé seo thar cionn uilig.'

'Tá duine agaibh chomh dona leis an gceann eile,' a dúirt Tomás.

'Níl dochar ar bith i mbeagáinín siúil.' Leag Stephanie a lámh anall ar a ghlúin, agus as sin suas chuimil an taobh istigh dá chois. Rug sé ar lámh uirthi, leath le teann náire os comhair Rosemarie, leath le faitíos faoin tiomáint, agus chuir sé ar ais ar an roth í. 'As ucht Dé ort, coinnigh do dhá lámh air sin an fhad is atáimid ar bhóithre mar seo.'

'Ag meascadh na ngiaranna a bhí mé,' ar sise, ag gáire.

Bhíodar an-ard suas ar shliabh faoin am seo, gan aon chosaint le taobh na mbóithre, fána ar thaobh amháin ag titim síos na mílte troithe. Thug an chéad chasadh eile timpeall an chnoic iad agus bhí radharc go farraige ar an taobh eile den oileán. Tharraing Stephanie an jíp isteach ar áit réidh le taobh an bhóthair agus stop sí an t-inneall.

'Céard tá mícheart?' arsa Tomás.

'Tada,' ar sise. 'An bhfuil cead agam an radharc a fheiceáil?'

'Tuige nach mbeadh?'

'Chaith sibhse an lá thíos ansin san áit ar theastaigh uaibh, thíos ag an séipéilín sin. Bhuel, teastaíonn uaimse an radharc seo a fheiceáil.'

'Níor chaith muid an lá thíos ansin.' Bhreathnaigh Tomás siar ar Rosemarie. 'Ar chaith muid an lá thíos ansin?'

Chroith sise a guaillí.

'Tá a fhios agaibh céard a bhí i gceist agam,' arsa Stephanie. 'Beimid ag gluaiseacht arís i gceann cúpla nóiméad.'

'Beidh mise ag gluaiseacht anois.' D'éirigh Tomás amach as an jíp agus thosaigh ag siúl ar aghaidh leis féin.

'Tóg t'am,' a dúirt Rosemarie nuair a dhúisigh Stephanie an t-inneall. 'Scaoil leis. Má tá sé ag iarraidh siúl, siúladh sé. Is maith liomsa an radharc seo freisin.' Chuir sí a lámh ar bhonnán an chairr agus bhí an-gháire ag an mbeirt acu nuair a chuaigh Tomás ag damhsa ó thaobh taobh an bhóthair, fios aige gur ag magadh faoi a bhíodar.

'Bhí sé ag fiafraí faoi Yannis,' a dúirt Rosemarie.

'Cén chaoi?' a d'fhreagair Stephanie go cúramach.

'Faoin oíche aréir.'

'Céard dúirt sé faoi?'

'Bhí sé ag déanamh iontais ar *shift*eáil tú é . . .'

Baineadh geit as Stephanie: 'Bhí sé céard?'

Thosaigh Rosemarie ag gáire. 'Mar mhagadh atá mé,' a dúirt sí.

'Ach an raibh sé ag caint faoi Yannis?'

'Bhí sé ag fiafraí cé a bhí ag damhsa linn. Shíl sé gur in éineacht le Arí agus Dimitrí a bhí muid, agus nuair a dúirt mé nach raibh siadsan ann . . .'

'Nach é atá fiosrach . . .'

'Is maith nár rug sé ort féin agus Yannis aréir!'

'Ní raibh tada ar siúl againn.' D'iompaigh Stephanie timpeall, cuma an oilc uirthi.

'Shíl mé go dteastódh tarracóirí le sibh a tharraingt óna chéile.'

'Sin é an chaoi a dhéanann siad an damhsa sin. Bhí tusa chomh dlúite leis nuair a bhí tú amuigh leis is a bhí mise.'

Bhí aoibh an gháire ar bhéal Rosemarie: 'Níl mé ag rá nach raibh, ach ar airigh tusa an rud a d'airigh mise?'

'Céard air a bhfuil tú ag caint?' Bhí faitíos uirthi go ndéarfadh Rosemarie rud eicínt ar nós 'adharc.'

'Tá a fhios agat go maith.'

'Níor airigh mise aon cheo ach a lámh ar mo dhroim.'

'Tabhair droim air,' arsa Rosemarie

'Bhuel, céard a thabharfása air?'

'Mo thóin. Níl mé ag rá nach damhsóir maith é, ach is aisteach an áit a gcuireann sé a lámh.'

'Sin é a dhéanann siad ar fad. Agus ar inis tú é seo ar fad do d'athair?' arsa Stephanie.

'Níor inis, ar ndóigh, mar ní ligfeadh sé amach arís mé.'

'Beidh sé leath bealaigh go dtí an cósta faoin am seo,' arsa Stephanie, 'muna gcoinníonn muid suas leis.'

' 'Bhfuil a fhios agat céard a bhainfeadh an-gheit as?' a dúirt Rosemarie. Dá mbeinnse ag tiomáint nuair a thiocfaimis chomh fada leis.'

'Tá an bóthar seo thar a bheith contúirteach,' arsa Stephanie.

'Ach níl carr ar bith eile air.'

'Níl taobh ar bith ceart leis an mbóthar. Dá n-imeodh duine den bhealach anseo bheifeá ag titim go tráthnóna.'

'Is fearr i bhfad an taobh seo ná an taobh eile.' Thaispeáin Rosemarie nach raibh mórán fána ar bith san áit mar go raibh barr an chnoic cothrom go maith. 'Agus beidh tusa le mo thaobh ansin. Nach féidir leat an coscán láimhe a tharraingt má bhíonn contúirt ar bith ann.'

Le grá don réiteach thug Stephanie cead di dul ag tiomáint. Thosaigh Rosemarie go mall agus chuir an smacht a bhí aici ar an gcarr iontas ar Stephanie:

'Ní hé an chéad uair agat é ag tiomáint,' a dúirt sí.

'Nár dhúirt mé leat go bhfuil mé go maith?' Chuir sé iontas orthu chomh fada is a bhí siúlta ag Tomás le linn dóibh a bheith ag caint. Ach de réir a chéile bhí Rosemarie ag imeacht níos sciobtha agus níorbh fhada go bhfuair siad radharc air. Bhí a fhios aige nach raibh siad i bhfad taobh thiar de agus gan casadh timpeall sheas sé i lár an bhóthair, a lámha sínte amach.

Ní raibh Rosemarie ag breathnú sa scáthán agus nuair a shéid gluaisteán eile bonnán taobh thiar di baineadh an-gheit aisti. Chas sí an roth tiomána ar dheis agus ag an nóiméad céanna tharraing Stephanie an coscán láimhe. Bhuail coirnéal tosaigh an jíp in aghaidh chnocán dóibh a bhí mar chosaint ar an taobh sin den bhóthar. Chuaigh an gluaisteán eile amach chomh gar sin do thaobh Thomáis gur airigh sé an ghaoth a tharraing sí léi.

'Cén saghas foicin óinsí thusa?' a dúirt sé go feargach le Stephanie nuair a thug sé faoi deara gurb í Rosemarie a bhí ag tiomáint an jíp.

'Cén sórt amadáin a sheasann ina stangaire i gceartlár an bhóthair?' ar sise ar ais leis.

Bhreathnaigh Tomás ar an jíp. 'Cé atá ag gabháil a íoc as sin?' ar sé.

'An t-árachas, is dóigh,' a d'fhreagair Stephanie.

'Agus c'fhad ó fuair Rosemarie árachas?'

'Cé aige a mbeidh a fhios gurb ise a bhí ag tiomáint?'

'Tá a fhios agamsa é.'

'Agus inseoidh tú do na gardaí é?' a dúirt Stephanie.

'Caithfear an fhírinne a insint.'

Rinne Stephanie casacht bheag. 'Insíonn daoine an fhírinne nuair a fheileann sé dóibh.'

Bhreathnaigh Tomás uirthi. 'Ní shin iad na prionsabail ba mhaith liomsa a thabhairt do m'iníon.'

Níor fhreagair Stephanie cé go raibh sé ar bharr a teanga a rá nár chuimhnigh sé air sin nuair a bhí sé mídhílis dá bhean chéile ar feadh na mblianta. Chuaigh sí amach le breathnú ar an damáiste agus lean

Rosemarie í, í faiteach náireach ag breathnú. Phléasc Stephanie amach ag gáire. 'Níl tada air sin ach beagán dóibe. Fan soicind.' Chuaigh sí isteach sa jíp agus tharraing ar ais ó thaobh an bhóthair. Thóg sí T-léine a bhí bainte dhe ag Tomás agus ghlan sí an chuid sin den charr a bhí salach. 'Tú féin agus d'árachas,' a dúirt sí, ag magadh, ach í breá sásta nach raibh damáiste déanta.

'Tá an T-léine millte anois agat.'

'Tá tú féin millte,' arsa Stephanie. 'Níor chuala mé a leithéid de pheataireacht riamh i mo shaol.'

'Bhí a fhios agat go maith,' arsa Tomás go feargach, 'nach raibh Rosemarie ceaptha tiomáint in áit chomh contúirteach sin.'

'Ar mharaigh sí duine ar bith? Ar ghortaigh sí aon duine?' Bhí Stephanie ag magadh faoi arís agus ag tabhairt le fios ag an am céanna go raibh an iomarca á dhéanamh aige den eachtra.

'D'fhéadfainnse a bheith marbh. Chuaigh an carr sin amach tharam ar nós na gaoithe.'

'Do ghaoth féin a chuala tú,' arsa Stephanie agus í féin agus Rosemarie ag gáire. 'Baineadh geit chomh mór sin asat nach gcuirfeadh sé aon iontas orm do threabhsar a bheith salaithe agat.'

'A ruidín salach!,' a dúirt sé. 'An bhfuilimid leis an gcuid eile den lá a chaitheamh ag argóint anseo, nó an ngabhfaimid ar aghaidh?'

'Bhuel, cé tá ag dul ag tiomáint an uair seo?' arsa Stephanie.

'Is jab fir é,' a dúirt Tomás, ach chaoch sé a shúil. 'Bhí a fhios agam go gcuirfeadh sé sin ar buile thú.'

'Tiomáin leat,' ar sí, ag croitheadh a guaillí, 'muna bhfuil tú ag iarraidh Rosemarie a chur ag tiomáint arís.'

'As ucht Dé . . . níl mé.' Bhreathnaigh sé ar a iníon. 'Síos in áit sábháilte ag bun na gcnoc,' a dúirt sé léi. 'Ach ba mhaith liom aghaidh a thabhairt ar thrá agus dul ag snámh sa bhfarraige i dtosach.'

'Táimse scrúdta leis an ocras,' a deir Rosemarie.

'Agus mise freisin,' arsa Stephanie. 'Níl tada ceart ite againn ó mhaidin, agus tá tú dár gcoinneáil anseo ar bharr cnoic i dtír i bhfad ó bhaile. Níl sé ceart ná cóir.'

'Is mór an trua sibh,' ar seisean, ag gáire. 'Nach sibhse a bhí ag iarraidh fanacht thuas anseo leis an radharc a fheiceáil?'

'An radharc ab ansa liom anois,' arsa Stephanie, 'ná pláta mór *moussaka.'*

'Agus ba bhreá liomsa *pizza,'* a dúirt Rosemarie.

'Céard air a bhfuilimid ag fanacht?' Shuigh Tomás isteach agus thosaigh siad ag dul síos na gcarcracha mhóra ag déanamh ar an bhfarraige.

'Dá n-imeodh na coscáin anois.' Bhíodar ar thaobh an bhóthair, casadh fada á thógáil acu, titim síos na céadta troithe thíos fúthu.

'Tá tú ag cur an chroí trasna ionainn,' arsa Stephanie.

'D'fhéadfadh carr titim síos ansin,' arsa Rosemarie, a bhí ina seasamh arís, a dhá lámh ar an mbarra trasna os cionn na beirte eile, 'agus ní bhfaighfí na daoine go deo a bhí inti. Cuirfidh mé geall gur tharla sé go minic cheana.'

'Is maith nach bhfuil tada i mo ghoile,' arsa Stephanie, 'nó chuirfeadh sé seo aníos é. Is é an rud is gaire a tháinig mé riamh go tinneas farraige a fháil agus mé ar an talamh tirim.'

'Cén chaoi a maireann daoine anseo ar chor ar bith?' Bhí Tomás ag breathnú ar chúpla teach le taobh a chéile nuair a bhíodar gar d'íochtar an chnoic.

'Bíonn daoine ag rá an rud céanna faoi Chonamara,' arsa Stephanie. 'Ar a laghad ar bith tá teas ag na daoine anseo.'

'Agus an bhfuil tú ag rá,' arsa Tomás agus é i ndea-ghiúmar arís, 'nach bhfuil muintir Chonamara iad féin te?'

'Ní ar an gcaoi chéanna é . . .'

Chuadar isteach sa chéad bhialann a chonaiceadar agus d'itheadar a ndóthain den bheatha a shantaigh siad roimhe sin. Mar a rinneadar beagnach i gcónaí ag béile, roinn siad na béilí éagsúla eatarthu le go bhfaigheadh gach duine blas den bhia difriúil. Ní fhaca Rosemarie *pizza* chomh tiubh riamh, bhí oiread ann agus gur fágadh a leath ina ndiaidh tar éis don triúr acu a sáith a fháil.

Ní raibh a fhios acu cén áit go díreach a rabhadar. Ní raibh ach fíorbheagán Béarla ag úinéir na háite i gcomparáid le hóstóirí Hersonisis. Thaispeáin sé ar an léarscáil cá raibh siad. Tar éis a raibh de thaisteal déanta acu ní raibh siad ach cúig nó sé de mhílte as an áit a d'fhágadar ar maidin. Bhí an chuid is mó den lá caite acu ag gabháil timpeall ar an sliabh céanna.

'Níl do chompás chomh maith is a cheap tú?' a dúirt Stephanie le Tomás.

'Meas tú?' ar sé, ag caochadh súile uirthi. Bhí Rosemarie imithe chuig an leithreas agus thapaigh Tomás a dheis lena gháirsiúlacht a léiriú.

'A rud bhrocach. An compás a thaispeánann do bhealach duit a bhí i gceist agamsa,' ar sí leis ar ais.

'Tá a fhios ag an gceann eile a bhealach freisin.'

'Ach ní i gcónaí a bhíonn sé dírithe. Maidir leis an gceann i do chloigeann . . .'

'Nach anseo a bhí mé ag iarraidh gabháil an t-am ar fad?' an leithscéal a bhí aige.

'Inis ceann eile dúinn.'

'Nílimid i bhfad ó Mhalia,' a dúirt sé. 'Chuala mé go bhfuil trá álainn ansin. Cé atá ag iarraidh gabháil ag snámh?'

'Mise,' arsa Rosemarie a bhí go díreach tagtha ar ais.

'Parasól atá uaimse,' arsa Stephanie, 'agus deoch bhreá bhlasta agus neart leac oighir inti. Is tusa a bheas ag tiomáint abhaile,' ar sí le Tomás.

* * *

Bhí Majella suite ag ceann de na boird ar aghaidh na n-árasán nuair a d'fhill Rosemarie, Stephanie agus Tomás sa jíp go deireanach tráthnóna. Léim sí ina seasamh nuair a chonaic sí ag teacht iad agus dúirt le Rosemarie: 'Tá cead agam dul amach in éineacht leat anocht.'

'Iontach,' a dúirt Rosemarie sular chuimhnigh sí uirthi féin. Bhí sé ráite ag a hathair sular fhág siad an trá i Malia go mbeadh uirthi dul a chodladh go luath an oíche sin. 'Tá do shúile dubh, ceal codlata, agus tú cantalach chomh maith,' a dúirt sé. Tuige nach mbeadh sí cantalach, a cheap sí, nuair a d'ordaigh sé amach as an sáile í, agus ní inseodh sé di cén fáth.

Bhí a fhios aici go maith cén fáth, ar ndóigh. Bhí beirt dá haois féin nó beagán níos sine ag bualadh craicinn san uisce deich dtroithe ón áit a raibh sí ag snámh. Is ar éigean a d'fhéadfadh sí a súile a chreidiúint nuair a chonaic sí i dtosach iad. Shnámh sí níos gaire. Bhí sé soiléir ón gcaoi ina raibh siad i ngreim ina chéile go raibh níos mó ná barróg i gceist. Le teann fiosrachta chuaigh sí faoin uisce le fáil amach i ndáiríre céard a bhí ar siúl. Nuair a tháinig sí aníos bhí a hathair ag glaoch uirthi agus á hordú amach, iad réidh le gabháil abhaile, a dúirt sé. Ach bhí a fhios aici céard a bhí air.

Níor labhair sí le ceachtar acu ar an mbealach ar ais cé gur minic a tharraing siad aird ar radhairc bhreátha sléibhe is farraige. Shíl sí go raibh sí i bponc anois agus Majella á hiarraidh amach ar an mbaile mór. Ach nuair a d'fhiafraigh sí an bhféadfaidís fanacht amuigh réasúnta deireanach ní raibh sé de chroí ag Tomás í a eiteachtáil. 'Ar fhaitíos nach ligfí Majella amach arís léi,' a dúirt sé le Stephanie.

'Á, tá tú bog ina dhiaidh sin,' a dúirt sise. 'Tá croí mór agat.'

'Ach teastaíonn codladh ó Rosemarie, nó beidh sí ar nós dris' amárach.'

'Nach bhfuil an lá fada agus í ar a laethanta saoire?' a dúirt Stephanie. 'Ní call di éirí go tráthnóna.'

'B'fhéidir go bhfanaimid ar fad sna braillíní,' arsa Tomás, 'muna gcuirfidh Maria an ruaig orainn.'

'Caithfidh mise a bheith i mo shuí go luath.' Labhair Stephanie ar nós go raibh uirthi rud nár thaitin léi a dhéanamh. 'Tá Yannis ag iarraidh imeacht ar a hocht.'

'Bhí dearmad déanta agam ar an gcoinne atá agat,' a deir Tomás.

'Tú féin is do choinne,' ar sise. 'B'fhearr liom fanacht anseo in éindí leatsa.'

'Nílimse do do dhíbirt.'

'Níl,' arsa Stephanie, 'ach is breá an seans ina dhiaidh sin é cúpla punt éasca a shaothrú amach anseo.'

'Bhí sé in éindí libh aréir?'

Lig Stephanie uirthi nár thuig sí céard a bhí i gceist aige. 'Cén duine?'

'Yannis, ar ndóigh.'

'Níl a fhios agamsa cén fáth a bhfuil tú ag iarraidh rud chomh mór sin a dhéanamh as an lá amárach. Tar in éineacht linn más maith leat.'

'Cén ghnaithe a bheadh agamsa le máthair Yannis? Nó lena chuid ológ, Dia dár sábháil!'

'Ná habair níos mó faoi mar sin.' Scaoil sí lena gruaig agus chuaigh sí chomh fada le doras an tseomra folctha. 'Táimse ag dul a chodladh,' a dúirt sí.

Bhreathnaigh sé ar a uaireadóir. 'Chomh luath seo? Níl sé ach a ceathrú tar éis a deich fós.'

'Bhí mé amuigh deireanach aréir, ' arsa Stephanie, 'agus táim ag éirí go luath ar maidin.'

'Agus céard a dhéanfaidh mise?'

'Déan do rogha rud.'

'Déanfaidh, mar sin.' Bhí meangadh mór gáire air agus a bheilt á hoscailt aige.

Chuir Stephanie a lámh suas. 'Ag dul a chodladh atá mise.'

'Nár dhúirt tú liom mo rogha rud a dhéanamh?'

'Caithfidh tú é a dhéanamh leat féin mar sin.'

'Gabh suas ort féin, i bhfocla eile,' arsa Tomás.

'Ar maidin. Cén fáth nach ndúisíonn tú mé ar a sé?'

'Nílim ach ag magadh,' a dúirt Tomás. 'An cuma leat má théim amach ar feadh tamaill mar sin?'

'Mar a dúirt mé,' arsa Stephanie, 'déan do rogha rud.' Le meangadh gáire: 'Rogha ar bith eile.'

'Feicfidh mé níos deireanaí thú.' Chuaigh sé anonn agus thug póg di sula ndeachaigh sé amach.

Thíos ag an tabherna Thalassa bhí Rosemarie agus Majella suite ag bord faoin aer. 'An dtiocfaidh siad anocht, meas tú?' a d'fhiafraigh Rosemarie di.

'Tiocfaidh, cinnte,' arsa Majella. 'Dúirt Dimítrí go mbeidis ann idir a deich agus a haon déag.'

'Nár dhúirt siad an rud céanna inné?' arsa Rosemarie.

'Agus bhí siad ann, a dúirt siad.'

'Ní fhaca mé féin agus Stephanie iad agus bhíomar anseo go dtí a haon déag.'

'B'fhéidir go raibh sé beagáinín ina dhiaidh sin, ach dúirt Dimítrí go raibh siad ann cinnte.'

'Caithfidh sé go bhfuil tú féin agus Dimítrí an-mhór lena chéile.'

'Thug sé amach saor in aisce inniu mé.'

'Ar an scútar uisce?'

'Sea, agus bhí mé amuigh leo sa bhád seoil freisin,' a dúirt Majella.

'An raibh aon duine in éineacht le hArí?' a d'fhiafraigh Rosemarie.

'Bhí cúpla leaid eile in éindí leis.'

'An raibh aon chailín leis?'

'Neart cailíní, ach bhí siad ag íoc as.'

'Ag íoc as céard?' Lig Rosemarie uirthi nár thuig sí.

'Ar *ride* a fháil le hArí ar an scútar uisce sin.'

'Ní thiocfaidh siad anocht ach an oiread.' Sheas Rosemarie agus bhreathnaigh sí amach chomh fada is a bhí sí in ann ar chaon taobh. Bhí sráid an bhaile plódaithe le turasóirí, cuid acu tar éis a mbéile oíche a chríochnú sa mbialann faoin aer trasna uathu, daoine eile amuigh ag siúlóid in aer meirbh na hoíche.

'Níl siad ann?' arsa Majella.

'Tá éisc eile sa bhfarraige,' arsa Rosemarie. 'Gabh i leith.'

'Ach caillfidh muid mar sin iad. Táim cinnte go dtiocfaidh siad. Bhí siad le daoine a thabhairt ar turas sa mbád seoil. B'fhéidir go raibh moill orthu ag teacht ar ais.'

'Siúlfaimid suas agus anuas go bhfeicimid an chraic,' a dúirt Rosemarie. 'Nach bhfeicfimid iad má thagann siad.'

'Níl a fhios agam.' Ní raibh aon fhonn ar Mhajella corraí ón áit a raibh sí.

'Caithfidh sé go bhfuil na *hots* ceart agat dó siúd.'

'*Hots* mo thóin,' ar sí, 'ach nuair a deirim go mbeidh mé in áit eicínt, is maith liom a bheith ann.'

'Ar nós na hoíche aréir,' arsa Rosemarie.

'Bhí sé sin difriúil.'

'Mar nach buachaill a bhí i gceist?'

'Tá a fhios agat féin tuismitheoirí.' Chroith Majella a guaillí.

'Choinnigh siad sa mbaile thú?'

'Inseoidh mé duit arís.'

'Bhuel,' arsa Rosemarie. 'Ar fhaitíos nach ligfear amach arís thú, níor cheart dúinn an oíche seo a chur amú.'

Sheas Majella mar a bheadh drogall uirthi an áit a fhágáil fós: 'Ach tiocfaimid ar ais anseo arís?'

'Muna ndéanann muid aon mhaith suas ar an mbaile,' arsa Rosemarie. Chlaon sí a cloigeann i dtreo an bheáir: 'Níor mhaith liom fanacht anseo níos faide, an chaoi a bhfuil an dream sin istigh ag caint orainn.'

'Cén chaoi ag caint orainn? Ní féidir tada a chloisteáil leis an gceol.'

'Bheadh a fhios agat an chaoi a bhfuil siad ag breathnú orainn. *Sleazeballs.*'

Chuadar ó thábhairne go tábhairne ag féachaint isteach trí na doirse móra oscailte. Bhreathnaigh siad ar an dream a bhí ina suí ag an gcuntar nó ag damhsa i lár an urláir go bhfeicfidís an raibh aon chraic ann. 'Níl cuma ná caoi ar cheann ar bith acu,' a dúirt Rosemarie, déistin uirthi.

'Tá sé luath san oíche fós.'

'Ach níl *ride* ceart amháin ina measc.' Chuimhnigh sí uirthi féin: 'Bhfuil a fhios agat céard a chonaic mé le mo shúile féin inniu?' D'inis sí do Mhajella faoin mbeirt a bhí taobh léi san uisce i Malia.

'Gan náire ar bith orthu?'

'Chuirfidís as do mheabhair thú. Dá mbeadh fáil agam féin ar fhear ag an nóiméad céanna . . .'

'Fear ar bith?' Bhreathnaigh Majella uirthi.

'Is aisteach an rud é nuair a fheiceann tú daoine á dhéanamh. Os comhair do shúl. Bheadh fonn ort . . .'

'*Slut* cheart chruthaithe a bhí inti sin,' arsa Majella le cinnteacht.

'B'fhéidir go raibh siad i ngrá.'

'Ainmhithe. Dá mbeidís i ngrá féin ní dhéanfaidís mar sin é. Os comhair chuile dhuine.'

'Ach bhíodar faoin uisce, caithfidh sé go raibh sé go hálainn.'

'*Slut*anna bradacha,' an dearcadh a bhí ag Majella ar a bhfaca a cara i Malia.

'Bhuel, níl duine ná ainmhí thart anocht,' arsa Rosemarie, aghaidh á tabhairt aici ar an gcéad ósta eile.

Ní mórán de dhifríocht a bhí ó thabherna go tabherna ach go raibh seanfhir áitiúla ag ól i gcuid acu, cosúlacht ar chuid eile gur le haghaidh turasóirí amháin a bhí siad. Bhí an ceol mar a chéile sa chuid is mó, rac-cheol ó Mheiriceá agus Iarthar na hEorpa. Bhí an ceol chomh hard céanna sa tabherna ina raibh na seanfhir ach gur ceol Gréagach den chuid is mó a bhí le cloisteáil.

Chuaigh na cailíní ar aghaidh chuig na siopaí ceardaíochta a bhí fós ar oscailt agus d'fhan siad tamall ag breathnú ar na málaí leathair, na mílte acu de chuile chineál déanaimh agus datha. Lig siad orthu go raibh spéis i gcuid acu agus rinne lucht an tsiopa a míle dícheall iad a dhíol leo.

Bhí na praghsanna ag laghdú de réir a chéile go dtí gur dhúirt Rosemarie ar deireadh: 'Faraor gan dóthain airgid agam, tá siad ar fáil beagnach in aisce. Caithfidh mé m'athair a thabhairt liom ag breathnú orthu, ní fhéadfadh sé mé a eiteachtáil agus fáil orthu ar phraghsanna mar sin.' Chuimhnigh sí orthu freisin mar bhronntanais dá máthair agus Alison ar ais sa mbaile.

Bhí gach cineál eile ceardearra ar díol thart ann chomh maith, figiúirí clasaiceacha Gréagacha cré-umha, potaireacht, pictiúir agus dealbha Biosántacha d'Íosa Críost agus an Mhaighdean Mhuire ar chuir Majella spéis faoi leith iontu. Ag breathnú ar dhealbh acu a bhí sí nuair a thug Rosemarie anall dealbh de tharbh a raibh bod mór ag gobadh amach thíos faoi. 'Ceannaigh é seo,' ar sí, 'le Dimítrí a chur i gcuimhne duit agus tú ag dul a chodladh san oíche.' Is beag nár thit an píosa dealbhóireachta uathu, bhíodar sna trithí chomh mór sin.

Nuair a shroich siad tabherna Thalassa arís bhí Arí agus Dimítrí ansin rompu, leithscéalta móra acu faoin moill, go raibh siad amuigh ar Oileán Spinalonga sa bhád seoil agus nach raibh puth gaoithe ar feadh i bhfad len iad a sheoladh abhaile. Cheannaigh siad deochanna do na cailíní agus tar éis tamaill d'iarr Dimítrí go cúirtéiseach ar Mhajella dul ag damhsa in éineacht leis.

Bhí an áit le haghaidh damhsa beag agus cúng idir dhá chuntar ag a raibh lucht óil ina suí. Ní raibh ar an urlár ach an bheirt acu, sean*jive* de chuid Elvis Presley curtha ar an *jukebox* ag Dimítrí. Dhamhsaigh siad go maith lena chéile agus ba ghearr go raibh an lucht féachana ag bualadh bos leis an gceol agus ag moladh na ndamhsóirí.

'Mise agus tusa?' a dúirt Arí le Rosemarie, a lámha sínte amach roimhe le go mbéarfadh sí ar a dhá lámh air.

'Fan go mbeidh an dreas seo thart,' ar sí. 'Táim ag iarraidh an chuid eile a fheiceáil i dtosach.' Ag breathnú ar na gluaiseachtaí a bhí sí mar nár chleacht sí damhsa mar sin ag an dioscó sa mbaile. Bhí faitíos an domhain uirthi go ndéanfadh sí praiseach den iarracht dá mbeadh sí ar an urlár. 'Is fearr liom damhsa mall ar aon chaoi,' a dúirt sí.

Rug sé ar lámh uirthi agus thug anonn chuig an *jukebox* í go bpiocfadh sí amach amhrán a thaitneodh léi. Níor aithin sí mórán de na hainmneacha agus is amhrán de chuid Nana Mouskouri a roghnaigh sí. Nuair a tháinig deireadh leis an damhsa sciobtha thug Arí amach i lár an spáis rince í. Bhí sí chomh neirbhíseach sin go raibh áthas an domhain uirthi nuair a chuaigh roinnt mhaith eile amach ar an urlár an uair seo.

Tharraing sé chuige féin í de réir mar a bhí an damhsa ag dul ar aghaidh ach thaitin léi nach raibh sé i ngreim an fhir bháite uirthi mar a bhíodh na leaids óga sa mbaile. Bheidís dá mbrú féin isteach inti i ndamhsa mar sin. Agus an rud ba dheise ar fad ná an phóg bheag buíochais a thug Arí ar an leiceann di nuair a bhí an damhsa thart.

'An maith leat é?' a d'fhiafraigh Majella di nuair a shuigh sí síos in aice léi ag deireadh an damhsa.

'Tá sé go deas, ach ní bheinn chomh mór leis is atá tusa agus Dimítrí.'

'Caith uait.'

'Níl mé dall.'

'Tá cúirtéis ag baint leis,' a dúirt Majella. 'Le chaon duine acu.'

'Ní hiad is measa,' arsa Rosemarie go haerach, ag léim ina seasamh nuair a d'iarr Arí amach ar an urlár arís í.

Bhí an baile siúlta ag Tomás faoin am seo. Níor theastaigh uaidh a oiread a ól is a bhí diúgtha aige an oíche roimhe sin. D'fhan sé glan ar an *ouzo* agus as an *raki* an uair seo. Bhain sé triail as Budweiser agus d'ól sé buidéal de i gcúpla tabherna éagsúil. Ansin thuas i lár an bhaile chonaic sé an comhartha ab ansa leis – Guinness – scríofa os cionn an dorais. Ní raibh acu ach na cannaí ach chomh fada is a bhain sé leisean, b'fhearr iad sin féin ná deoch ar bith eile.

Bhí Gréagach mór taobh istigh den chuntar, é glórach cainteach. Roimh dó deoch a líonadh do chustaiméir, chaithfeadh sé an buidéal san aer agus bhéarfadh sé arís air, gan teip.

'Ar bhris tú ceann acu riamh?' a d'fhiafraigh Tomás den Ghréagach, duine a chuir Anthony Quinn i bpáirt Zorba i gcuimhne dó. Chaith mo dhuine buidéal san aer, sheas siar agus lig dó titim ag a chosa. Ach níor phléasc sé. Corc de chineál eicínt a bhí ar an urlár taobh istigh den chuntar. 'Ní bhriseann siad,' ar sé.

Níor thuig Tomás céard a bhí air. Míshuaimhneas. Míshástacht. Ó tháinig sé go dtí an Chréit níor fhéad sé stopadh ach ag cuimhneamh ar Mháire Áine, a bhean. Bhí an pósadh briste le tamall maith anois agus shíl sé go raibh sé thar am aige dearmad a dhéanamh de. Ní hé nach mbeadh sé ina athair ag na cailíní i gcónaí nó nach mbeadh cairdeas de chineál éigin idir é féin agus Máire Áine, ach faoin am seo, a cheap sé: 'Ba cheart dom a bheith tosaithe as an nua arís.'

Chruthaigh an tsaoire dó nach raibh sé ag iarraidh an chuid eile dá shaol a chaitheamh le Stephanie. Ní hé nach raibh sí dathúil, nach raibh caidreamh maith eatarthu an chuid is mó den am, nár fheil siad dá chéile sa leaba. Bhí sí go maith le Rosemarie, thar cionn nuair a chuirfí na deacrachtaí a bhain le bean óg in áit a máthar i gceist. Ní fhéadfadh sé locht a fháil uirthi i ndáiríre, a cheap sé.

Ach ní raibh sé i ngrá léi. Ghabhfadh sé abhaile ar ball, a cheap sé, agus focálfadh sé í. Ach sin uile a bheadh ann, focáil, *ride*áil, scriúáil. Bhainfí pléisiúr agus taitneamh as ach ní raibh dóthain ansin dó ní ba mhó. Bhí sé uaigneach ainneoin a raibh de dhaoine timpeall air, ainneoin a raibh de phléisiúr agus de chraiceann aige. Ní leor sin, a smaoinigh sé. 'Comhluadar a theastaíonn uaim.'

Ag breathnú roimhe amach ní fhaca sé ach tuilleadh den uaigneas céanna. B'fhéidir nach mbrisfeadh sé féin agus Stephanie amach lena chéile go ceann i bhfad. Bheadh mná óga eile aige dá dtogródh sé, ach ní raibh a dhóthain ansin. Theastaigh cuideachta agus comhluadar de chineál eile uaidh. Cairdeas. Cairdeas mar a bhí aige le Máire Áine agus a chaith sé uaidh.

Shíl Tomás gurb aisteach an rud é éad a bheith air le Yannis i ngeall ar Stephanie agus é ag rá leis féin ag an am céanna go raibh deireadh leo mar lánúin. 'Níl sí uaim le coinneáil,' a chuimhnigh sé, 'agus níl mé ag iarraidh go mbeadh sí ag duine eile ach an oiread. Nach iomaí fear ar m'aois a mbeadh bród air a leithéid de chailín a bheith aige agus mise anseo á lochtú.'

D'iarr sé Guinness eile ar 'Zorba.' Bhí an deoch ag dul síos rósciobtha, a cheap sé. Nuair a bhreathnaigh sé ar an gcanna thuig sé cén fáth. Is beag nach dtógfadh sé trí cinn acu sin le pionta mar a bheadh aige sa mbaile a líonadh. D'iarr sé gloine mhór ar an nGréagach agus cúpla canna eile. Líon sé suas deoch cheart dó féin mar ba dhual d'Éireannach, shuigh sé siar agus thosaigh ag baint taitnimh as an oíche.

'Chuirfeadh sí sin adharc ar fhear sneachta,' ar sé leis féin agus é ag breathnú ar bhean óg as an áit i ndamhsa aonair traidisiúnta. Bhí sí gléasta i ngúna álainn dearg, ach níorbh iad a cuid éadaigh ná a háilleacht a chuaigh i bhfeidhm ar Thomás ach an chaoi ar chorraigh sí í féin. Is mó na mothúcháin ghnéasacha a mhúscail sise ann ná an bhean a chonaic sé blianta fada roimhe sin i Soho ag baint di a cuid éadaigh go mall.

Chuaigh 'Zorba' amach ó chúl an chuntair agus thosaigh sé féin ag damhsa léi, ag léim san aer, a bhonn coise deas á bhualadh aige lena lámh ó am go ham. Bhí an slua ar bís, ag béiceach agus ag bualadh bos, daoine ag stopadh ar an tsráid taobh amuigh le breathnú. An chéad rud eile bhí an bheirt amuigh i lár na sráide, an trácht stoptha, bonnáin ag séideadh, daoine ag éirí amach as carranna go dtí gur tháinig an damhsa chun deiridh obainn, na damhsóirí ina seasamh ina stangairí, a lámha le chéile os cionn a gcloigne acu. Ansin rug an fear mór ar an mbean, thug barróg agus póg ar dhá leiceann léi agus chuaigh ar ais i mbun a chuid oibre.

'An é an teas a dhéanann é?' an cheist a chuir Tomás air féin agus é ag casadh i dtreo an chuntair ionas nach mbeadh an adharc a chuir an damhsa sin air le feiceáil ag an saol mór. Ba é an darna huair ó mhaidin a tharla a leithéid dó, an chéad uair nuair a chonaic sé an bheirt sin gan náire ag scriúáil sa bhfarraige.

Ní raibh a fhios aige an bhfaca Rosemarie iad, ach d'fhógair sé amach as an uisce láithreach í. Murach í a bheith ann bhí a fhios aige go bhfanfadh sé ag breathnú orthu go raibh deireadh déanta acu. Shíl sé go raibh cíocha beaga áille ag an gcailín óg nuair a d'ardaigh siad os cionn an uisce an chéad uair. Is ansin a thug sé faoi deara cén fáth a raibh siad ag gabháil suas is anuas, mo dhuine á bhrú féin go rútaí suas inti, í ag fáisceadh a lámha timpeall a mhuiníl nuair a bhí an pléisiúr rómhór di.

'Faraor gan mise a bheith inti, nó inti seo roimh dheireadh na hoíche.' Bhreathnaigh sé arís ar an mbean a bhí ag damhsa ar ball. 'Nach bhfuil bean i bhfad níos deise agam sa mbaile?' a dúirt sé ina intinn féin. Chríochnaigh sé an Guinness go mall, leag an ghloine ar an gcuntar, agus d'fhág an tabherna.

'Caithfidh mé béim níos mó a chur ar an taobh Gréagach den saoire,' a dúirt Tomás leis féin agus é ar a bhealach ar ais chuig an árasán. Chuimhnigh sé go gcaithfeadh sé cuairt a thabhairt ar chuid de na músaeim agus ar na suímh stairiúla. 'Tosóidh mé amárach . . .' Chuimhnigh sé ar cé chomh deireanach san oíche is a bhí sé.

Bhreathnaigh sé ar a uaireadóir: 'Bhuel, tosóidh mé níos deireanaí inniu nuair a bheas Stephanie bailithe ag breathnú ar ológa Yannis.'

'Gabh mo leithscéal,' ar sé nuair a shroich sé barr an staighre sna hárasáin agus tháinig sé ar Rosemarie agus Arí, Dimítrí agus Majella ag *shift*eáil chomh maith is a bhíodar in ann, barróga agus póga go fial flaithiúil. Scaoil sé é féin isteach an doras go sciobtha tar éis dó súil a chaochadh ar a iníon. D'airigh sé bródúil ar bhealach aisteach eicínt nuair a smaoinigh go raibh siad sách ciallmhar na fir óga a thabhairt chuig áit ina mbeidís féin sábháilte, gur furasta dóibh glaoch ar chabhair dá dteastódh sin.

Réitigh Tomás cupán tae dó féin sa chistin a bhí mar chuid den seomra inar chodail Rosemarie. Chinnteodh an tae nach mbeadh póit air lá arna mhárach mar a bhí air an mhaidin roimhe sin. Tháinig Rosemarie isteach ar ball, sórt gáire náireach ar a béal nuair a chonaic sí ansin é.

'Bhuel, *shift*eáil sibh.' Bhí sé ag súil go raibh teanga na ndéagóirí in úsáid i gceart aige.

'Uh, huh. Bhfuil a fhios agat, a Dhaid, ach tá siad chomh deas, an bheirt sin, Arí agus Dimitrí a bhí in éindí linn.'

'Níl mé in ann a rá,' ar sé, ag gáire, 'mar nach bhfaca mé ach cúl a gcinn.'

'Ach tá siad chomh deas sin mar dhaoine.'

'Níos deise ná na hÉireannaigh?'

'Níl siad garbh, agus tá siad, bhuel, cineálta.'

'Bhreathnaigh mo dhuine an-chineálta ar fad,' a dúirt a hathair, ag magadh. 'Ach nílim ag fáil locht air an fhad is atá sibh chomh cúramach is a bhí sibh anocht.'

'An bhfuil cead agam a bheith amuigh chuile oíche?' a d'fhiafraigh Rosemarie de.

'Oíche amháin ag an am,' a dúirt sé, 'ach is maith liom gur bhain tú taitneamh as an oíche anocht. Céard ba mhaith leat a dhéanamh amárach?'

'Dul chuig an trá le Majella.'

'Shíl mé go mbeadh mé féin is thú féin in ann rud eicínt a dhéanamh le chéile,' a dúirt Tomás.

'Cén sórt ruda?'

'Tá áit stairiúil ansin in aice le Heraklion, an áit a bhfuil an t-aerphort.

Tháinig muid tríd an chéad oíche ach ní raibh deis againn aon rud a fheiceáil.'

'Lá eicínt eile, b'fhéidir.' Bhí cosúlacht ar Rosemarie gur chuir an smaoineamh déistin uirthi. 'Bhí muid ar turas cheana inniu, agus tá mé cineál tuirseach.'

'Agus beidh na leaideanna ag an trá amárach.'

'Beidh.' Gháir sí. 'Ach gabhfaidh mé in éineacht leat lá eicínt eile.'

'An cuma leat má théim go Heraklion liom féin amárach mar sin?'

'Céard faoi Stephanie?'

'Tá sí ag dul abhaile in éineacht le Yannis.'

'Ná habair,' arsa Rosemarie, iontas uirthi.

'Ag dul ag breathnú ar a mhamaí.'

'Radharc breá, déarfainn.'

'Tá seans aici cur lena gnó.' Mhínigh sé faoin ola olóige chomh maith is a bhí sé in ann. 'Agus feicfidh sí cuid den tír nach bhfeiceann mórán strainséirí.'

'Agus an cuma leatsa?' a d'fhiafraigh a iníon de.

'Faoi céard?'

'Í a bheith ag gabháil in éindí leis?'

'Muna bhfuil mé in ann í a thrust . . .'

'Is maith leis í,' a dúirt Rosemarie.

'Is maith liom go leor dá mbíonn ar an mbiachlár nuair a théann muid amach san oíche, ach ní shin le rá go gcaithfidh mé iad a bhlaiseadh.'

'Is duine deas é Yannis, ar bhealach,' arsa Rosemarie. 'Is maith liom féin é ar bhealach . . .'

'Ar bhealach, ach . . .?' arsa a hathair.

'Déarfainn go bhfuil súil aige ar Stephanie.'

'Nach faoi Stephanie atá sé mar sin . . .' Níor chríochnaigh Tomás an abairt; ní raibh a fhios aige céard ba cheart dó a rá. Bhí sé idir dhá chomhairle. An raibh an ceart ag Rosemarie? Ar thug sí níos mó faoi deara ná é féin? An bhfaca sí rud eicínt an oíche cheana? Nó an raibh éad de chineál éigin uirthi mar go raibh Stephanie ag a hathair? B'fhearr gan tuilleadh a rá faoi, a cheap sé. Dúirt sí 'oíche mhaith,' agus chuaigh sé isteach sa seomra taobh istigh.

Ní raibh sé i bhfad ansin go raibh dearmad déanta ar chuile amhras a bhí caite aige ar Stephanie. Bhí sé ag sleamhnú isteach ina leaba féin go ciúin ionas nach ndúiseodh sé í nuair a rug sí ar lámh air. Chroch sí na héadaí lena taobh le go ngabhfadh sé isteach in aice léi. Bhí sí chomh te, chomh fial flaithiúil fáiltiúil féiltiúil fliuch.

Den chéad uair le fada níor fhan sé le coiscín a chur air féin. Bhí súil aige go raibh sí ar an b*pill* i gcónaí ach ag an nóiméad sin ba chuma leis. Bhí sé istigh inti agus bhí sé mar a bheadh chuile néaróg a bhí inti ag breith air in éindí. Tharraing sé siar beagán agus isteach arís chomh fada is a bhí sé in ann a ghabháil. Ansin a mhothaigh sé ag teacht í agus bhí a fhios aige nach bhféadfadh sé é féin a choinneáil níos faide. Phléasc sé, phléasc siad in éindí, pléisiúr agus paisean ag rith tríothu ar feadh scaithimh.

Agus Stephanie ag insint dó arís agus arís eile cé chomh mór is a bhí sí i ngrá leis, bhraith Tomás gur Iúdás ceart a bhí ann féin tar éis na smaointe agus na mothúcháin a bhí aige ar feadh na hoíche. Ag an nóiméad sin mhionnfadh sé go raibh sé féin i ngrá léise chomh maith. Chreid sé é. D'inis sé di é. Phóg siad a chéile agus chuimil siad a lámha ar a chéile go dtí gur thit Tomás ina chodladh ag ceapadh nach raibh seans ar bith ag Yannis sa rás áirithe sin.

Shíl sé nach raibh sé ach tar éis titim ina chodladh nuair a dhúisigh sé arís, na héadaí éadroma bainte de agus a bhod ina lámha ag Stephanie. Chaoch sí súil leis.

'Céard é féin?' a d'fhiafraigh sé di idir chodladh agus dúiseacht.

'Níl mé an-mhaith,' arsa Stephanie, meangadh gháire uirthi ó chluas go cluas.

'Céard tá ort?'

'Tada nach bhfuil tusa in ann a leigheas,' a dúirt sí.

'Beidh mé maraithe uilig agat,' a dúirt sé.

'Nach deas an bás a bheadh ann. Tá a fhios agam go bhfuil tú tuirseach ach beidh tú in ann dul ar ais i do chodladh nuair atá mise imithe amach i mbun gnó.' Chuir sí méar suas lena béal: 'Ssssh. Ná corraigh. Fan mar atá tú,' ar sí leis agus é ina luí ar a dhroim. Chuir sí cos trasna air agus chúlaigh sí síos go réidh go dtí go raibh sé go hiomlán istigh inti. Chuimil sé a lámha ar a cíocha agus ansin tharraing sé chuige í go mbeadh sé in ann cíoch a thógáil ina bhéal.

'Caithfimid cothrom na Féinne a thabhairt don chíoch eile,' a dúirt sé, ag athrú go dtí an mama eile. Dhírigh sí suas ansin agus chuir a lámh síos taobh thiar, ag teagmháil ar éigean lena mhagarlach. Chuir seisean a mhéara ar a pit agus thosaigh ag cuimilt. Luigh sí síos ansin air agus lig a cosa síos taobh istigh dá chosa, í ag fáisceadh isteach níos mó air an t-am ar fad.

'Is deise é sin ná rud ar bith,' a dúirt sé nuair a bhí a teanga ag dul isteach is amach go sciobtha ina bhéal.

'Níos deise ná aon rud eile?'

'An rud is *sexy* ar fad, déarfainn.'

'Séard atá tú ag rá nó bhfuil mé ag cur mo chuid ama amú thíos in íochtar?' arsa Stephanie, ag gáire.

'Níor dhúirt mé a leithéid de rud,' ar sé, ag iompú timpeall go dtí go raibh seisean in uachtar. Chuir Stephanie a cosa suas ar a droim agus thosaigh Tomás ag tarraingt amach beagnach ar fad agus ag brú isteach arís go sciobtha. Chríochnaigh sé roimpi an uair sin agus rinne a theanga an chuid eile.

'Beidh mé ag titim i mo chodladh sa charr,' a dúirt Stephanie nuair a bhíodar ina luí i lámha a chéile.

'An fhad is gurb é sin an t-aon chodladh a dhéanann tú leis.'

'Níl i mo shaolsa ach aon fhear amháin.'

'Sin é a deir tú leis na fir ar fad.'

'Tá a fhios agat go maith nach fíor sin.'

'Ní bheidh aon imní anois orm,' arsa Tomás, 'mar ní bheidh tú in ann é a dhéanamh arís.'

'B'fhéidir go maraíonn sé fear amach ach is dúil a chuireann sé i mbean, bíodh a fhios agat.'

'Níl aon imní orm fútsa,' ar sé, cé nár chreid sé é sin ina chroí istigh, 'tar éis a bhfuil ráite agat aréir agus arís maidin inniu.'

Bhreathnaigh sí ar a huaireadóir. 'Ó, caithfidh mé deifriú.' Léim sí suas agus isteach léi sa seomra folctha. Bhí codladh beag déanta ag Tomás nuair a tháinig sí amach arís agus thosaigh ar í féin a ghléasadh.

'Tá boladh an-deas ón gcumhrán sin,' a dúirt Tomás, 'cibé cé le n-aghaidh a bhfuil sé.'

'Dom féin,' ar sí. 'Nó b'fhéidir go mb'fhearr leat go bhfaigheadh sé an boladh a bhí orm roimhe sin.'

'Níorbh fhearr. Chuirfeadh sé sin dáir air. Tá sé sách dona mar atá sé.'

Chuaigh Stephanie anonn agus thug póg mhór dó: 'Feicfidh mé anocht thú,' a dúirt sí.

'Bain taitneamh as an lá.'

'Go mba hé dhuit. Ná déan aon rud nach ndéanfainnse.'

'Tugann sé sin *out to play* ar fad dom.' Bhí an bheirt acu ag gáire nuair a sheas Stephanie ag an doras le póg a chaitheamh ar ais leis.

*   *   *

Thug Tomás a aghaidh ar Heraklion nuair a d'éirigh sé, i bhfad amach sa lá. Den chéad uair ó shroich sé an Chréit, d'airigh sé go raibh a dhóthain codlata déanta aige. Réitigh sé tae dó féin agus thug cupán isteach chuig Rosemarie. 'Fág ansin é,' a dúirt sí agus d'iompaigh sí thart le gabháil ar ais ina codladh arís.

'Beidh mé ar ais tráthnóna,' a dúirt sé, ach ní raibh a fhios aige ar chuala sí é nó nár chuala. Scríobh sé nóta, ar fhaitíos na bhfaitíos, ag súil go mbeadh lá maith aici ar an trá agus ag cur fainic uirthi a bheith cúramach san uisce. Chuaigh sé ag siúl ansin suas go lár an bhaile agus chuir tuairisc sheirbhís an bhus go Heraklion. Dúradh leis go mbeadh bus ann chuile leathuair an chloig. Fuair sé amach go raibh fiche nóiméad le spáráil aige fós agus chuaigh sé ag tóraíocht páipéar nuachta a d'fhéadfadh sé a bheith ag léamh ar an mbealach.

Fuair sé cóip de *Star* Shasana i measc na nuachtán Gréagach i mbothán beag le taobh na sráide. Chuaigh sé tríd an fhad is a bhí sé ag fanacht leis an mbus féachaint an raibh aon cheo tábhachtach ag tarlú in Éirinn. Tásc ná tuairisc ar an tír ní bhfuair sé ach tagairt d'imreoir sacair de bhunú na tíre a raibh obráid le cur ar a ghlúin.

'Táispeánann sé sin cé chomh mór le rá is atá an tír bheag s'againne', ar sé leis féin. Chaith sé an nuachtán isteach i gciseán bruscair agus sheas ag stad an bhus. Ní raibh sé i bhfad ann nuair a tháinig dhá bhus den déanamh céanna ar dhá thaobh an bhóthair. 'Rogha an dá dhíogha,' ar sé leis féin agus é ag breathnú orthu.

Bhí Heraklion scríofa os cionn bhoth an tiománaí orthu araon. Dúirt an tiománaí gur ar an taobh eile a bhí an ceann a theastaigh uaidh, ach nach mórán difríochta a dhéanfadh sé cé acu a thógfadh sé. Ar an Heraklion céanna a bhí a thriall féin ach go gcaithfeadh sé stopadh i mbaile beag nó dhó ar an mbealach. Nuair a chuala Tomás nach raibh aon difríocht sa phraghas shuigh sé isteach leis an oiread den oileán agus ab fhéidir a fheiceáil ar an aistear.

Ní raibh an tír a bhí le feiceáil anois aige ó fhuinneog an bhus chomh difriúil sin ón méid a bhí feicthe aige i measc na gcnoc an lá roimhe sin. Ach bhí buntáiste ann sa méid is nach raibh air súil a choinneáil ar an mbóthar ach a aird iomlán a dhíriú ar na radhairc. Bhí i bhfad níos mó tithe ann, ar ndóigh, le taobh an phríomhbhóthair.

Ar bhealach amháin bhreathnaigh na tithe ar fad mar a chéile, ard, cearnógach, bán, balcóin ag gobadh amach ar chuile thaobh. Ar bhealach bhí siad ar fad éagsúil mar nach raibh na balcóiní mar an gcéanna ar aon dá theach. Bhí cosúlacht ar go leor acu gur chuir daoine seomraí nua go minic taobh ar bith a raibh spás ann dóibh. Bhí painéil agus tainceanna ar bharr a bhformhór, leis an uisce a théamh trí sholas na gréine. Shíl sé go raibh sé sin fíorspéisiúil agus rinne sé iontas faoin gcaoi a d'éireodh lena leithéid sa mbaile.

Bhí radharc breá ar an bhfarraige nuair a tháinig siad amach ar an mbealach mór go Heraklion. Bhí Tomás an-sásta ann féin gur roghnaigh sé suíochán ar thaobh na láimhe deise ar an mbus. Ní raibh sé baileach chomh sásta céanna ar ball nuair a bhíodar ag tógáil droch-chastaí ar bhóthair ard. Bhí fána thíos fúthu gan cosaint ar bith ar thaobh an bhóthair.

Ní raibh an titim chomh mór is a bhí i measc na gcnoc an lá roimhe sin ach bhí sé sách domhain le lena raibh sa bhus a mharú. Ina ainneoin sin shíl sé go raibh siúl rómhór faoin tiománaí agus nach raibh an fear céanna thar moladh beirte fad is a bhain sé lena shúile a choinneáil ar an mbóthar roimhe. An t-aon sólás a bhí aige nó gur dóigh gur thug an tiománaí céanna a chuid paisinéirí slán sábháilte go ceann cúrsa roimhe sin nó ní bheadh sé ann i gcónaí.

D'ísligh an bóthar de réir a chéile nuair a bhíodar ag teacht níos gaire do Heraklion. Bhreathnaigh sé ansin go raibh contúirt de chineál eile ann, eitleán ag éirí ón aerfort agus cosúlacht air go ndeachaigh sé amach cúpla méadar os a gcionn. Bhreathnaigh an tiománaí timpeall agus é ag gáire nuair a thug sé faoi deara chuile dhuine sa bhus ag cromadh a chinn agus an t-eitleán ag dul tharstu. Dúirt sé i gcúpla teanga go dtarlaíonn a leithéid i gcónaí.

'Coinnigh do shúile ar an bhfoicín bóthar,' a dúirt Tomás os ard i dteanga a raibh sé réasúnta cinnte de nach dtuigfeadh aon neach eile ar an mbus.

Nuair a shroich siad Heraklion shiúil sé chomh fada le caisleán mór a bhí feicthe aige ón mbus. Bhí sé tógtha ag ceann céibhe a bhí lán de bháid bheaga, iascairí a raibh obair na maidine déanta acu, ag glanadh éisc agus ag díol sliogéisc le turasóirí. Bhí sórt músaeim istigh sa chaisleán le samplaí d'ainmhithe agus d'éanacha fiáine. Chuaigh sé as sin amach ar an mbarr, áit a raibh radharc breá den fharraige ar thaobh amháin agus ar an duga is ar an mbaile ar an taobh eile.

Bhraith Tomás Ó Gráinne saor scaoilte ar bhealach nár bhraith sé le fada. 'D'fhéadfainn imeacht liom, imeacht romham,' a cheap sé, 'ag codladh faoin aer agus ag maireachtáil ar thorthaí na fíniúna agus na n-ólóg gan trácht ar thorthaí nár chuala mé trácht riamh orthu.' Brionglóid a bhí ann d'fhear a raibh cúram agus dualgais air, a cheap sé, ach ba dheas an smaoineamh é.

Sular fhág sé an caisleán léigh sé beagán faoi stair na háite. Ba dheacair a chreidiúint anois gur san áit sin a bhí an margadh is mó sclábhaíocht sa Meánmhuir tráth. Bhí Turcaigh agus muintir na Veinéise ann ina dtráth féin gan trácht ar Phól as Tarsas ar a thurais mhisinéireachta. Shíl sé gur beag an stair a bhí in aon áit in Éirinn i gcomparáid lena raibh ina thimpeall i Heraklion.

Ar Knossos cúpla míle ó dheas den bhaile a bhí a thriall i ndáiríre agus nuair a bhí cupán caife aige in aice leis an duga thóg sé tacsaí amach le go bhfeicfeadh sé a raibh fanta den phálás stairiúil a bhí ann fadó. Chuir méid agus áilleacht na háite iontas air, cuid mhaith foirgneamh ina seasamh fós cé gur leag crith talún mór millteach go leor de na blianta fada roimhe sin. Chaith Tomás cúpla uair an chloig ag siúl thart ann sular fhill sé ar Heraklion féin arís i gceann de na mionbhusanna rialta a fhreastalaíonn ar an áit.

Chuaigh sé suas i lár an bhaile agus chaith tamall i dteampall nó séipéal Ceartchreidmheach a bhí lán de freascóanna ón tseanaimsir chomh maith le soithí luachmhara. Thug boladh na túise a bhí ann siar na blianta é, ina bhuachaill óg ag freastal ar Aifreann i séipéal beag faoin tuath. Bhí an saol simplí agus sona an uair sin, nó sin é an cuimhneamh a bhí aige air. Bhí ord agus eagar, ceart agus mícheart, dubh agus bán ann. Cé nach raibh sé i gcoinne na n-athruithe chun feabhais a bhí tagtha ar an saol lena linn, bhí caitheamh i ndiaidh an tseansaoil sin a chleacht sé ina óige, saol sona suaimhneach simplí.

Chuaigh sé amach as sin agus chas ar thaobh na láimhe deise isteach i gcearnóg bheag a bhí lán de bhoird faoin aer ag a raibh daoine ag ól caife nó fíon, ag ithe ceapairí agus béilí beaga den uile chineál. Fuair sé ceibeab beag blasta chomh maith le gloine fíona agus shuigh ansin ag breathnú ar an saol mór agus a mháthair ag dul thart air.

Ba léir dó agus é ag breathnú ina thimpeall go raibh sráid amháin a bhí ag síneadh amach ón gcearnóg tógtha suas go huile is go hiomlán le margaí. Bhí margaí meánoirthearacha feicthe cheana ar an teilifís aige ach ní raibh cuma ná caoi orthu le hais an mhargaidh a bhí anois os a chomhair amach. Suas ansin a shiúil sé nuair a bhí a bhéile beag críochnaithe aige.

Ní fhaca sé a leithéid de mhargadh riamh cheana ina shaol. Bhí an tsráid cúng ach bhí idir ainmhithe, éanacha, torthaí na talún, spíosraí, earraí lámhdhéanta, agus go leor leor daoine idir dhíoltóirí agus cheannaitheoirí brúite isteach ar a chéile. Túr Baibéil de theangacha agus canúintí éagsúla a bhí measctha lena chéile ann, na daoine glórach, argóinteach ach gealgháireach ag an am céanna. Chomh maith le siopaí bhí tabherna agus bialann ag oscailt díreach isteach ón tsráid.

Chonaic sé sagart Ceartchreidmheach, fear óg féasógach, suite faoina chasóg lena chlann, is dóigh. Bean agus ceathrar gasúr, máthair. Cosúil le teaghlach ar bith i gcomparáid le saol na sagart sa chreideamh inar tógadh é féin. Shíl Tomás gur mba dheas an pictiúr é ach ní raibh sé de mhuinín aige cead a iarraidh orthu grianghraf a ghlacadh. Níor theastaigh uaidh cur isteach orthu.

De thimpiste a bhreathnaigh sé níos faide isteach sa bhialann agus bhain an radharc a chonaic sé geit as. Bhí Stephanie agus Yannis suite chun boird ansin agus iad ag caint lena chéile. Ag caint agus a súile dírithe ar a chéile ar nós nach raibh aon duine eile ar an saol. Ag caint ar nós beirt a bhí i ngrá lena chéile. Sheas Tomás ag breathnú orthu isteach thar an slua sa bhialann.

Bhí sé idir dhá chomhairle, dul chun cainte leo nó éisteacht leo ar fad. Ansin chuir Stephanie a lámh ar lámh Yannis mar a dhéanfadh sí leis féin nuair a bheidís gar dá chéile i gcroí agus anam. Níor fhág sí ann í ach bhí dóthain feicthe ag Tomás. B'ionann é agus tromluí den sórt is measa a cheap sé, ach go raibh sé ina dhúiseacht.

Shiúil sé amach tríd an slua sa mhargadh ar nós nach raibh duine ar bith ann. Bhrúigh sé go timpisteach i gcoinne daoine, ghlac sé leithscéalta gan a fhios céard a bhí á rá aige. Bhí sé faoi mar a bheadh buille mór faighte ar an gcloigeann aige, an mothú imithe as. Lean sé air ag siúl roimhe go dtí go raibh sé ar imeall an bhaile. Chuaigh sé isteach i siopa ansin agus cheannaigh sé scór toitín agus bosca cipíní solais. Las sé an chéad toitín a bhí aige le scór bliain, agus shuigh sé ar chloch ar thaobh an bhóthair.

Chuir sé suas a ordóg nuair a chonaic sé seanveain *pickup* ag teacht. Stop siad. Bhí fear agus bean sna suíocháin tosaigh. Ní raibh aon Bhéarla acu ach thaispeáin an fear le comhartha láimhe go bhféadfadh sé dul sa chúl, áit a raibh trí chaora agus gabhar beag. Ba chuma le Tomás. Ní raibh a fhios aige cá raibh sé ag gabháil. Tharraing sé é féin isteach sa leoraí beag, na hainmhithe ag breathnú air lena súile móra ar bhealach a bhí cairdiúil, cheap sé. Ba dheas an rud é an méid sin féin a fheiceáil agus a shaol ag titim as a chéile timpeall air.

Ar na sléibhte a thug lucht an veain aghaidh agus is iomaí croitheadh a baineadh as Tomás sular bhain siad ceann cúrsa amach. Scaoil siad amach ag crosbhóthar é agus thaispeáin siad an treo chuig áit a raibh Nicólas mar chuid d'ainm an bhaile. Ní raibh sé in ann breith ar an bhfocal a chuaigh roimhe sin. Síos an bóthar sin a shiúil sé go truslógach go dtí gur chuimhnigh sé nach raibh deifir ar bith air. Ní raibh sé ach ag imeacht roimhe.

* * *

Ar an trá i Hersonisis bhí Rosemarie agus Majella ag cabhrú le hArí agus Dimítrí lena gcuid oibre. Do bheirt chomh hóg leo chuir cumas na mbuachaillí airgead a dhéanamh iontas ar na cailíní. Chomh maith leis an mbád agus na scútair uisce a bhí ar léas acu, ba leo cuid de na sráideoga ar a luíodh na turasóirí. D'iarr siad ar na cailíní súil a choinneáil ar na sráideoga agus ar na parasóil agus an t-airgead a bhailiú ó na custaiméirí. Thabharfaidís cúpla turas in aisce dóibh ag deireadh an lae chomh maith le hairgead póca, a dúirt siad.

Bhí an-áthas ar Rosemarie: 'Is beag a cheap mé go n-íocfaí mé agus mé ar mo chuid laethanta saoire.'

'Is fearr é ná a bheith ag suí thart ag meilt ama,' arsa Majella. Ina suí thart a bhí siad ag an am mar go raibh na leapacha agus na parasóil ar fad ligthe amach acu. 'Agus ní fhéadfaimís a bheith i gcuideachta níos deise.'

'Nach raibh an oíche aréir go hálainn?' Shín Rosemarie í féin ar thuáille agus lig osna sástachta.

'Shíl mé go slogfá a theanga uilig.'

' Éist leat féin!'

'Céard dúirt d'athair?' a d'fhiafraigh Majella.

'Ní bhfuair sé locht ar bith air, aisteach go leor. Dúirt sé go raibh ciall againn fanacht le chéile agus a bheith in áit shábháilte.'

'Tá an t-ádh ort.'

'Ar dhúirt do mhuintirse aon cheo?'

'Ní raibh a fhios acu tada ach go raibh muid amuigh.'

'Agus dá mbeadh a fhios acu? Dá mba rud é gurb é d'athair a tháinig orainn ag barr an staighre?'

'Bhí a fhios agam go raibh sé imithe a chodladh,' arsa Majella.

'Céard a dhéanfadh sé?'

'Níl a fhios agam. B'fhéidir go ndéarfadh sé an rud céanna a dúirt d'athairse. B'fhéidir gur cic sna magarlaí a thabharfadh sé do Dhimítrí bocht agus é a chaitheamh síos staighre.'

' 'Bhfuil sórt faitís ort roimhe?'

'Níl aithne cheart agam air. Is dóigh gurb é sin é. Chaith sé deich mbliana istigh agus roimhe sin féin bhíodh sé ar a theitheadh. Ní cuimhneach liom é a bheith sa mbaile i bhfad riamh go dtí anois.'

'Ní fhaca mé do mháthair fós,' arsa Rosemarie.

Gháir Majella: 'Caitheann sí go leor ama sa leaba. An bheirt acu. Tá siad ag iarraidh na blianta nach raibh acu a thabhairt ar ais, is dóigh. Ach tá siad imithe in áit eicínt ar an mbus inniu.'

'Tá Stephanie bailithe lena *fancyman*,' a dúirt Rosemarie.

'D'athair?' arsa Majella.

'Yannis,' a d'fhreagair a cara.

'Agus céard a cheapann d'athair?'

'Ceapann sé gur imithe ag breathnú ar an bhfeirm atá siad.'

'Agus an bhfuil sí ag *shagg*áil Yannis?'

'Muna bhfuil, ba mhaith léi.'

'Cá bhfios duit?' arsa Majella.

'Bhí mé amuigh in éindí léi an oíche cheana, an oíche a raibh muide ceaptha na leaids seo a fheiceáil, agus bhfuil a fhios agat cé a bhí ann romhainn?'

'Yannis?'

'An focar.'

'Ach ní chiallaíonn sé tada go raibh sé ansin. B'fhéidir go dtéann sé chuig an áit sin chuile oíche.'

'Déarfainn go raibh coinne acu,' arsa Rosemarie i gcogar. Ní raibh am aici tuilleadh a rá mar go raibh Dimítrí ag béiceach go feargach, ag fiafraí cén fáth nach raibh siad ag tabhairt aire dá ngnaithe, ag rá nach bhfaighfidís a gcuid airgid muna ndéanfadh siad an obair.

'Cuir do jab suas do thóin,' arsa Rosemarie, ach is i nGaeilge a dúirt sí é. Chuaigh sí anonn le beirt turasóirí a thabhairt chuig leapacha a bhí folaithe ag daoine a bhí imithe i ngan a fhios do na cailíní. 'Caithfidh sé gur chuir duine eicínt neantóg suas ina thóin siúd,' a dúirt sí le Majella nuair a tháinig sí ar ais leis an airgead.

'Is ar an dream sin a dhéanann siad brabach,' a dúirt Majella. 'Bíonn íoctha as lá iomlán ag an gcéad dream, agus faigheann siad oiread céanna arís ó gach beirt eile a thagann.'

'Ceapaim go bhfuil siad uafásach santach,' arsa Rosemarie. 'Níor mhaith liom a bheith mar sin.'

'Caitheann siad maireachtáil ar feadh na bliana ar an méid a dhéanann siad anseo i rith an tsamhraidh.'

'Ní ligfeá síos Dimítrí, cibé céard a dhéanfadh sé.'

'Ní aontóinn le gach rud . . .' Thug Majella faoi deara gur ag magadh a bhí Rosemarie. 'Ach caithfimid súil níos géire a choinneáil ar na leapacha.'

'Nach cuma sa diabhal. As an méid a fhaigheann muide as.'

'Ní ar airgead a bhí mise ag cuimhneamh.'

'Ar an *shift?* Nó an bhfuil tú ag cuimhneamh gabháil níos faide?'

'Tá níos mó measa agam orm féin.'

' 'Bhfuil tú ag rá go bhfuil tú ocht déag agus nach raibh fear agat fós?'

'Bhí fear agam aréir.'

'Tá a fhios agat céard faoi a bhfuil mé ag caint,' arsa Rosemarie.

'Ní dóigh liom go mbeidh mé féin agus Dimítrí ag pósadh.'

'Agus ní dhéanfaidh tú é ach leis an bhfear a phósfas tú?' a deir Rosemarie. 'Cén sórt óinsí thusa?'

'Ní óinseach ar bith mé. Tá mo chuid prionsabal agam.'

'Téirigh agus bain airgead astu sin.' Thaispeáin Rosemarie cúpla duine eile ag luí síos ar leapacha gan íoc. 'Nó ní bheidh aon cheo againn tar éis an lae.'

Dhiúltaigh an bheirt a tháinig deireanach táille iomlán lae a íoc. Ní raibh mórán Béarla acu agus níor thuig siad céard a bhí Majella ag rá leo. Gearmánaigh óga a bhí iontu, a cheap Rosemarie, agus í ag breathnú anonn, iad fionn dathúil, cíocha móra an chailín nocht, an fear óg aclaí, láidir.

'Fan nóiméad,' a dúirt Majella agus chuaigh sí ag iarraidh Dimítrí. Níor chuala sí oiread plámáis riamh is a d'úsáid seisean leis na strainséirí, agus ba é deireadh na hiarrachta go bhfuair sé iomlán airgead lae uathu ar chúpla uair an chloig.

'Is geall le bó í,' a dúirt Rosemarie nuair a tháinig Majella ar ais chuici.

'Bó?' Níor thuig Majella céard a bhí i gceist aici.

'*Tits* mhóra,' arsa Rosemarie agus bhí an-phíosa gáire acu.

Thosaigh siad ansin ag cur cíocha na mban i gcomparáid lena chéile.

'Is ag na sean*ladies* is fearr ar fad atá siad,' arsa Rosemarie. Chuir sí a dá lámh síos chomh fada lena básta ar nós go raibh cíoch i ngach lámh léi.

'D'fhéadfadh sí sin thall cispheil a imirt leo.' Bhí Majella ag féachaint ar bhean óg agus brollach breá nocht uirthi.

'*If you want them big you must feed them Bloom.*' Bhain Rosemarie gáire as ceann d'fhógraí raidió a chuala sí go minic sa mbaile. Bhain sé le cúrsaí feilméireachta ach bhí sé mar sórt rann ag na cailíní ar scoil.

'Ar mhaith leat féin dul *topless?*' a d'fhiafraigh Majella di.

'Cheapfaí gur buachaill a bhí ionam.'

'Tá neart agat, mar a fuair Arí amach aréir.'

'Bhí Dimítrí ag dreapadh cnoic chomh maith leis, agus ghabhfadh sé suas ar níos mó ná cnoic dá bhfaigheadh sé a sheans.'

'Sin seans nach bhfaighidh sé.'

'Dá mbeadh rubar aige, an ligfeá dó?' a d'fhiafraigh Rosemarie di.

'Cén difríocht a dhéanfadh sé sin?'

'Muna bhfuil a fhios agat . . .'

'Níl mé chomh dall sin, ach ó thaobh na moráltachta de táim ag rá.'

'Caitheann duine é a thriail am eicínt.'

'Ar dhein tusa é?'

'Ní dhearna. Fós. Ach tá mise óg.'

'Níl mise chomh sean sin ach an oiread, bliain go leith níos sine ná thú.'

'Tá tú an-saonta do d'aois.' Bhreathnaigh Rosemarie isteach i súile Mhajella agus tháinig sórt aiféal' uirthi faoinar dhúirt sí. Ní neamhurchóid amháin a thug sí faoi deara ach cineál faitís freisin. Rinne sí iarracht ar í féin a cheartú: 'Nílim ach ag rá sin, tá a fhios agat . . .' Chroith sí a guaillí. 'Sórt magaidh.'

'Is cuma liomsa.' Bhreathnaigh Majella uaithi. Nílim réidh i gcomhair a leithéide sin fós.' Le meangadh gáire dúirt sí: 'Ach nuair a bheas . . .'

'Tá sé déanta ag chuile chailín Ardteiste sa scoil s'againne.'

'Déantar gaisce den sórt sin sa scoil ina raibh mise freisin,' a d'fhreagair Majella, 'ach ní chreidfinn a leath de.'

'Meas tú?' a deir Rosemarie.

'Bíonn gach aon duine ag iarraidh ligean orthu go bhfuil siad chomh maith leis an gcéad chailín eile. Caitheann siad anuas ort muna bhfuil sé déanta agat, agus tá tú i do *slag* má dhéanann.'

'Sin é go díreach an chaoi a bhfuil sé sa scoil s'againne freisin.' Chuir Rosemarie cogar i gcluas a carad. ' 'Bhfuil a fhios agat go ndearna Marjorie Mahon, cailín sa gcúigiú bliain, le triúr leaid difriúla tar éis an dioscó oíche amháin.'

'Tabhair *slag* uirthi sin ceart go leor. Níor mhaith leat cáil mar sin a bheith ort,' a dúirt Majella, 'ach b'fhéidir nach bhfuil ann ach caint, duine eicínt ag iarraidh drochainm agus droch-cháil a chur uirthi.'

'Nach í féin a bhí ag déanamh gaisce faoi. *Bloody slag*.'

Thosaigh Majella ag magadh: 'Nach mbeidh tusa ag déanamh gaisce freisin nuair a ghabhfas tú ar ais? Ag insint faoi Arí, ag rá go ndearna sibh ar an trá é agus nuair a bhí sibh amuigh ag snámh agus chuile rud.'

'B'fhéidir nach ag déanamh gaisce a bheinn . . .'

'Ní dhéanfá é?'

'Ní bheadh a fhios agat.' Chroith Rosemarie a cloigeann agus gháir sí; 'Déarfaidh mé liom féin nuair a bheas mé ag breathnú ar Arí, 'An ndéanfaidh nó nach ndéanfaidh?' agus ansin déarfaidh mé, 'Cuir isteach go beo é, a Arí, a dhiabhail.' Phléasc sí amach ag gáire agus chuir sí canúint ghalánta uirthi féin. 'Cuir go feirc ionam, a Arí, a chara. Le do thoil.'

Bhí Majella sna trithí ag gáire fúithi: 'Tá tusa uafásach.'

'Caithfidh duine é a dhéanamh am eicínt, agus nach mbeadh sé go deas é a dhéanamh le duine a thaitníonn leat?'

'Bheadh sé amaideach ar fad é a dhéanamh le duine nach dtaitneodh.'

'B'fhéidir nach dtaitneodh an duine é féin, ach go dtaitneodh an déanamh atá air. 'Bhfuil a fhios agat céard atá mé ag rá? Dá mbeadh sé slachtmhar, dathúil, aclaí, *ride* ceart, mar a déarfá, nach cuma leat?'

'Níl a fhios agam. Ní dóigh liom é,' a dúirt Majella. 'Déarfainn go gcaithfinn a bheith i ngrá leis.'

Nocht Rosemarie a cuid tuairimí féin: 'D'fhéadfadh duine a bheith álainn aclaí, *ride* ceart mar a dúirt mé, ach nach mbeadh cuma ná caoi air mar dhuine. Ina dhiaidh sin bheadh fonn ort, tá a fhios agat . . .'

'Caitheann duine cuimhneamh ar AIDS, agus galracha eile nach iad, b'fhéidir, sa lá atá inniu ann,' a dúirt Majella. 'Nuair a luíonn tú le duine tá tú ag luí le gach aon duine ar luigh sé léi cheana. Agus na fir ar luigh siadsan leo chomh maith.'

'Cac,' an freagra gearr a bhí ag Rosemarie.

'Is fíor dom é. Sin é an chaoi a scaiptear na galracha sin.'

Chaoch Rosemarie súil uirthi; 'Shíl mé gurb é a bhí tú ag rá go raibh pléisiúr chuile dhuine a bhí acu roimhe sin le fáil as an *ride*.'

'Tá a fhios agat go maith céard a bhí i gceist agam,' arsa Majella le dáiríreacht, 'SEIF, AIDS, galar gnéis ar bith beagnach.'

Ach ní raibh Rosemarie leath chomh himníoch faoi: 'Níl tú ag rá go bhfuil sé sin ar Arí?' ar sí, ag gáire.

'Tá tú ag caint ar Arí?' Bhí Arí tagtha chomh fada leo i ngan fhios.

Dúirt sé go raibh na leapacha le cur os cionn a chéile de réir mar a bhí na turasoirí ag imeacht ón trá. Ghabhfaidís amach sa bhád seoil ina dhiaidh sin.

'Sclábhaithe a theastódh uathu,' a dúirt Rosemarie, ag éirí ina seasamh.

'Ba chuma leatsa a bheith i do sclábhaí dá mbeadh máistir mar Arí ort,' a d'fhreagair Majella.

'Ní bheinn i mo sclábhaí ag éinne.' Chuidigh siad lena chéile ag bailiú na leapacha, duine ag breith ar an mbarr, an duine eile ar an mbun, iad déanta le socrú síos os cionn a chéile. D'fhágfaí ansin go maidin iad ar an trá, ceangailte le slabhra. Níor athraigh an taoille mórán i rith an lae ná istoíche. Chuirfí na parasóil isteach i mbosca mór admhaid mar gur mó an seans go ngoidfí iad sin ná na leapacha. Bhí báisíní uisce le bailiú freisin tar éis do na turasóirí an gaineamh a ní dá gcosa.

D'fhág formhór na ndaoine an trá thart faoin am céanna ar a cúig a chlog tráthnóna len iad féin a ní agus a réiteach i gcomhair dinnéir, is dóigh. Ach bhí cúpla duine anseo is ansiúd a d'fhan faoi sholas na gréine chomh fada is a bhíodar in ann. Bhí íoctha acu as na leapacha don lá iomlán agus ní fhéadfá a rá leo bailiú leo. Bhí na cailíní ar buile le beirt a d'fhan nuair a bhí an chuid eile imithe, na leapacha agus parasóil agus na báisíní bailithe.

'Ba bhreá liom,' arsa Rosemarie 'lán an bhaisín d'uisce a chaitheamh orthu len iad a dhíbirt.'

'D'fhanfaidís níos faide ansin, b'fhéidir, le go dtriomódh an ghrian iad. Seans go bhfuil siad róleisciúil chun tuáille a úsáid.'

'Bheadh muid amuigh sa mbád cheana murach iad.' Lig Rosemarie osna.

'Gabh i leith ag snámh go mbeidh siad réidh,' arsa Majella.

'Caithfimid cead a fháil ónár máistrí i dtosach.'

'Agus muid ar ár laethanta saoire?' a deir Majella.

'Má tá an t-airgead uainn. Agus níl mise ag iarraidh é a chailleadh tar éis an lá uilig a chaitheamh anseo.'

Chuadar anonn chuig na buachaillí agus dúirt go raibh gach rud bailithe ach an cúpla leaba dheireanach, go raibh siad ag iarraidh gabháil ag snámh. Chroith Arí a ghuaillí go drámatúil agus dúirt gur féidir leo snámh am ar bith, ach nach raibh an t-uisce rófhuar an t-am sin tráthnóna?

'Caithfidh tú a theacht go hÉirinn am eicínt,' arsa Rosemarie.

'Ba mhaith liom sin,' ar sé, mar nár thuig sé céard a bhí i gceist aici. 'Tiocfaidh mé ar cuairt chugat.'

'Am ar bith,' a dúirt Rosemarie, ag magadh, í ag rá lena cara i nGaeilge ag an am céanna: 'Smaoinigh ar éadan mo mhamaí dá dtagadh sé sin ag an doras.'

'Tar éis a bhfuil ráite agat cheana inniu, b'fhéidir go dtiocfaidh sé anonn fós ag breathnú ar a mhac nó ar a iníon.'

'Ní ligfinn in aice liom é gan choiscín. Mar a dúirt tú féin ní bheadh a fhios agat cá raibh sé roimhe seo. Ar aon chaoi níl a fhios agam an bh*fancy*áilim chomh mór sin é.'

Chuadar isteach san uisce agus shnámh siad suas agus anuas cúpla uair le taobh a chéile. 'An bhfeiceann tú é sin?' a dúirt Majella, ag seasamh suas tar éis tamaill, a lámha le taobh a cloigeann aici.

'Céard é féin?'

'Cac. Tá a fhios agam anois cén fáth nach dtéann mórán ag snámh anseo, tar éis a mbíonn de dhaoine ann.' Chuadar suas chuig an áit a raibh cith le fáil thíos faoin mbialann: 'Airím chomh brocach sin,' arsa Rosemarie, 'agus is beag an mhaith atá san uisce fuar le duine a ghlanadh ina dhiaidh sin.' Mhionnaigh a cara chomh maith léi nach ngabhfaidís ag snámh ansin níos mó.

'Buíochas le Dia,' a dúirt Majella nuair a chonaic sí an bheirt a bhí fanta ag imeacht ó na leapacha. Bhailigh siad suas a raibh fanta go sciobtha agus chuadar síos chuig Dimítrí agus Arí le go ngabhfaidís chun farraige ar an turas sin a bhí geallta dóibh ó mhaidin ar an mbád seoil.

* * *

Bhí Stephanie ar bís le hinsint do Thomás cén chaoi ar éirigh léi ar a turas chun na tíre le Yannis nuair a tháing sí ar ais chuig an árasán thart ar a deich a chlog. Ach bhí an t-árasán dorcha, gan Tomás ná Rosemarie ann. 'Faraor nár fhág siad nóta dom,' ar sí léi féin. 'Dá mbeadh a fhios agam cén tabherna nó bialann ina bhfuil siad, d'fhéadfainn féin gabháil chuig an áit chéanna.'

Bhí sí breá sásta lena lá oibre, go háirithe leis an gconradh a bhí á réiteach ag dlíodóir na monarchan próiseála. Conradh a bhí ann a thabharfadh cearta di féin amháin a gcuid ola olóige a impórtáil go hÉirinn. Bheadh uirthi dul ar ais arís leis an gconradh a shíniú leo, ach dúirt Yannis go dtabharfadh sé ann arís í ar an gcéad lá saoire eile i gceann seachtaine. Chuir córas próiseála na n-ológ córas na-uachtarlann nó na monarchana biatais in Éirinn i gcuimhne di sa méid is gur chuir na feilméirí áitiúla a gcuid earraí ar fáil le próiseáil in aice baile. D'fhéadfaí a rá ar bhealach go raibh ola na n-ológ a tháinig ó fheilm Yannis á ceannach aici, ach nach raibh ina chuid siúd ach dornán beag bídeach i measc na mílte tonna ón gceantar uilig.

Bhí sásamh bainte aici as an lá freisin sa méid is gur thug sé deis di an tír a fheiceáil ar bhealach nach bhfaca mórán turasóirí í, is é sin trí shúile mhuintir na háite. Is trí shúile Yannis a chonaic sí den chuid is mó í, ach casadh a mháthair uirthi freisin. Chuir sí bean tí i gConamara nuair a bhí sí ar chúrsa Gaeilge ansin fadó i gcuimhne do Stephanie, bean lách chineálta ag breathnú, le súile móra donna agus sórt diabhlaíochta iontu, ach bean nár labhair ach teanga nár thuig sise.

Bhí máthair Yannis níos óige ná mar a bhí Stephanie ag súil leis. Shíl sí go bhfeicfeadh sí seanbhean dhorcha faoi sheál dubh, ach is gléasta mar bhean mheánaosta sa mbaile a bhí sí. Ba léir don bhean óg as Éirinn go raibh an bhean eile ag magadh faoina mac mar gheall ar an gcailín a thug sé abhaile léi. Dhiúltaigh sé i dtosach na rudaí a bhí sí ag rá a aistriú, ach ansin le meangadh mór gáire, dúirt sé: 'Tá sí ag fiafraí c'fhad go mbeidh muid ag pósadh?'

'Lá ar bith anois,' a d'fhreagair sí.

'Dúirt mé léi,' arsa Yannis, 'go bhfuil fear agat cheana.'

'Agus céard a bhí le rá aici faoi sin?'

'Dúirt sí go bhfuil tú ró-óg.'

'Ach níl mé ró-óg duitse?'

Rug an bhean eile ar lámh uirthi agus bhreathnaigh sí ar an dearna. Ansin bhreathnaigh sí ar a héadan. Thug sí Stephanie anall chuig an doras go bhfeicfeadh sí an lámh níos fearr.

'Céard a fheiceann sí ann?' a d'fhiafraigh Stephanie de Yannis a bhí ag éisteacht le caint sciobtha a mháthar.

'Feiceann sí sonas, agus, bhuel, ní chreideann tú sna rudaí sin?'

'Creid nó ná creid, ba mhaith liom a chloisteáil céard a dúirt sí.'

'Feiceann sí brón sula bhfeiceann sí sonas.'

'Brón an bháis?' arsa Stephanie, ag cuimhneamh ar a hathair a raibh obráid chroí air an bhliain roimhe sin.

Chuir Yannis ceist ar a mháthair agus ansin dúirt sé le Stephanie. 'Ní ag caint ar bhás atá sí.'

'Céard air mar sin?'

'Rud maith duitse,' arsa Yannis, 'ach ní mar sin a fheicfeas tú é ag an am.'

'Deacrachtaí gnó, b'fhéidir,' a cheap Stephanie. Chuir an méid a dúirt máthair Yannis beagán imní uirthi. Ag an am céanna bhí sí ag rá léi féin nár chreid sí sa tseafóid sin. Ach idir phisreoga agus reiligiún, b'iontach mar a chuirfeadh sé duine ag cuimhneamh ag an am céanna.

De réir mar a bhí an lá ag gabháil ar aghaidh rinne sí dearmad ar na tairngreachtaí sin. Ach tháinig siad ar ais chuici anois go raibh sí suite ar an mbalcóin, cupán tae ina lámh aici agus í ag breathnú amach ar shoilse Hersonisis. 'Cén sórt bróin a bhí i ndán di? Ar bhain sé le Tomás? Céard a tharla dó? Cá raibh sé? Bhreathnaigh sí ar a huaireadóir agus shuaimhnigh sí. Ní raibh sé deireanach fós. Bhí gach tabherna ar an mbaile oscailte, eisean ag ól *ouzo*, is dóigh, ise ag déanamh imní. 'Táim iompaithe isteach i mo bhean chéile cheana féin, gan fáinne, gan phósadh,' a cheap sí.

Stop sí ansin ó bheith ag déanamh iontais cá raibh an bheirt eile. Rinne sí í féin compordach. Bhí Stephanie sásta go raibh an sos sin aici lena smaointe féin a chur i dtoll a chéile ag deireadh an lae. Shíl sí go raibh lá an-mhaith oibre déanta aici a mbeadh a thoradh le feiceáil sna blianta a bhí roimpi amach. Agus ba dheas freisin briseadh beag a fháil ó Thomás agus Rosemarie, cé go raibh sí ag tnúth len iad a fheiceáil arís anois.

Rinne sí sórt gáire beag nuair a chuimhnigh sí chomh fada is a bhí a hintinn ó na rudaí a bhí Yannis ag rá nuair a thosaigh siad ar an aistear ar maidin. Bhí sí tar éis leaba Thomáis a fhágáil, a mianta anama agus collaí sásaithe nach mór, a colainn mar a bheadh chuile néaróg inti suaimhnithe, a croí agus a hintinn go dlúth leis an bhfear a thug oiread pléisiúir di sular fhág sí. Ach bhí sí i gcarr le fear óg nach raibh uaidh ach caint ar a thír agus a mhuintir, ar fheilméireacht is ar an saol faoin tuath.

Thug sé faoi deara nach raibh sí ag éisteacht leis: 'D'fhág muid róluath?' a dúirt sé. 'Tá tú tuirseach fós?'

Lig sí suíochán an Fiat Panda siar beagán agus shín sí í féin siar, ach ní rófhada, le go mbeadh sí in ann breathnú ar an timpeallacht. 'Nílim chomh tuirseach sin, ach is maith liom mo chompord mar seo nuair a bhíonn duine eile ag tiomáint.' Bhí mothúcháin áille ag gabháil tríthi fós ón bpléisiúr agus ón bpaisean.

'Taitníonn an Chréit leat?' Tar éis a raibh de chomhrá déanta acu sa mbeár ó shroich sí an áit, bhí sé deacair ar Yannis caint a bhaint aisti.

'Go mór,' a dúirt sí, agus bhí sí ina tost arís. D'airigh sí Yannis ag éirí míshuaimhneach tar éis tamaill agus lean sí uirthi: 'Leis an bhfírinne a insint ní raibh mé lasmuigh d'Éirinn ná de Shasana roimhe seo cé's moite de choicís a chaith mé sa bhFrainc ar turas oideachais nuair a bhí mé ar an meánscoil.

'Ba mhaith liom Éire a fheiceáil,' a dúirt Yannis. 'Ar na daoine ar fad a thagann go Hersonisis, 'siad na hÉireannaigh is fearr liom.'

'Céard is maith leat faoi mhuintir na hÉireann?' a d'fhiafraigh sí de.

'An chaint. Caint agus gáire, agus cuma liom.' Mhínigh sé chomh maith is a bhí sé in ann i mBéarla. Chuir sé a lámh lena bhéal i gcomhartha óil: 'Agus an deoch. Is maith leo an deoch.'

'Ach ní ólann tú féin ar chor ar bith?'

'Ní ólaim nuair a bhím ag obair nó ag tiomáint,' a dúirt Yannis, 'ach gloine fíona le béile, is maith liom é sin.' Gháir sé. 'Agus sa gheimhreadh, *ouzo*. Ólaim *ouzo* ar nós an Éireannaigh. Siar, siar.'

'Caithfidh tú a theacht go hÉirinn le Guinness a ól,' arsa Stephanie.

'D'ól mé Guinness anseo. Fuí!' Rinne sé mar a bheadh smugairle á chaitheamh as a bhéal aige.

'Ach tá Guinness na hÉireann difriúil. Piontaí móra millteacha as an mbairille. Agus é chomh blasta sin.'

'Sin é a thugann an chaint do na hÉireannaigh?' a d'fhiafraigh sé di, ag gáire.

'Neart cainte, ach níl locht ar bith ort féin ó thaobh na cainte de. Ní bheidh stopadh ar bith ort má phógann tú Cloch na Blarnan.' Rinne sí iarracht ar an seanchas a bhaineann leis an gcloch úd a mhíniú dó.

'Ní clocha a phógaimse,' a dúirt sé, ag breathnú anall uirthi ar bhealach a chuir beagáinín náire ar Stephanie.

'Caithfidh tú do chailín a chur in aithne dom nuair a shroichfeas muid do bhaile,' a dúirt sí, ag súil nach raibh níos mó ina dhearcadh ná magadh. Tháinig ar dhúirt Rosemarie agus Tomás faoi Yannis ar ais ina hintinn. Ach cé gur thaitin sé léi mar dhuine, shíl sí féin nár bhreathnaigh sí air ar bhealach gnéasúil ar chor ar bith. Ach b'fhéidir nach shin é an dearcadh a bhí aigesean. Bhí súil aici nach raibh na *vibe*anna míchearta tugtha aici dó. Ach chuir a fhreagra ar a suaimhneas í:

'Faraor,' a dúirt sé, 'ach tá Maria san Aithin don samhradh.'

'An ag obair atá sí?' a d'fhiafraigh Stephanie de, 'nó ar saoire?'

'Ní théann Gréagaigh ar saoire,' ar sé, ag gáire. 'Daoine eile a thagann ar saoire chugainne. Is treoraí í Maria thart ar an bPartenon agus na suímh mhóra chlúiteacha san Aithin.'

'Obair an-spéisiúil,' a dúirt Stephanie, 'ach b'fhéidir go dtiocfaidh sibh ar saoire go hÉirinn sa gheimhreadh mar sin?'

'Nuair a phósann muid, sea?'

'Is cuma linn pósta nó scaoilte sibh.'

'Pósta,' a dúirt sé, ag croitheadh a chloiginn suas agus anuas. 'Is maith linn a bheith pósta.'

'Agus c'fhad go mbeidh sibh ag pósadh?'

'Trí bliana, b'fhéidir. Tá Maria ar an ollscoil.'

'Agus cén áit a chónóidh sibh?'

'Sa mbaile.' Shín Yannis a lámh amach sa treo ina rabhadar ag gabháil.

'Ach b'fhéidir nach bhfaighidh Maria jab sa mbaile,' a dúirt Stephanie.

'Tiocfaidh sí abhaile,' a d'fhreagair sé go diongbháilte.

'Le gasúir agus sicíní a thógáil,' ar sí, mar a bheadh déistin uirthi.

'Agus gabhair agus caoirigh.' Bhí Yannis ag gáire leis. 'Tá scoil in aice linn,' ar sé agus chuir sé a mhéara trasna ar a chéile ar an roth tiomána. 'Tá súil aici post a fháil ansin.'

Nuair a bhí máthair Yannis ag magadh fúithi níos deireanaí faoina mac a phósadh bhí iontas ar Stephanie nach raibh caint ar bith ar Mharia. Nuair a luaigh sí a hainm bhí cosúlacht ar an mbean eile nár thuig sí. Ach bhí sé deacair rudaí a thuiscint nuair nach raibh teanga na háite ag duine, a cheap Stephanie.

B'fhacthas di anois agus í ag fanacht ar Thomás is ar Rosemarie go raibh go leor ama imithe thart ó bhí sí i dteach Yannis sna cnoic, cé nach raibh i gceist ach leath lae. Ach tharla sé sin di go minic nuair a bhí sí an-tuirseach. Bhí an tae ólta aici agus sheas sí ar an mbalcóin féachaint an bhfeicfeadh sí Rosemarie nó Tomás ag teacht i dtreo na n-árásán. Bhí sí ag éirí imníoch arís ach chuir sí sin as a hintinn. 'Nach raibh Tomás ag rá le tamall anuas gur mhaith leis an lá a chaitheamh le Rosemarie,' ar sí léi féin.

Tar éis chomh tuirseach is a bhí sí, bhí Stephanie míshuaimhneach ansin léi féin agus gan aon fhonn codlata uirthi. Thograigh sí dul síos chuig an tabherna in íochtar. 'Ach fágfaidh mé nóta,' a chuimhnigh sí, 'nó gabhfaimid thar a chéile arís agus ní bheidh a fhios ag ceachtar againn cá bhfuil an chuid eile.'

Scríobh sí nóta agus chuaigh sí síos. Fear óg ón Ísiltír, Rudi, a bhí ag obair ann in áit Yannis an oíche sin. Chuir Stephanie tuairisc Thomáis agus Rosemarie. D'fhiafraigh sí de ar fhág siad teachtaireacht sa mbeár.

'Níor fhág,' a dúirt sé, 'ach bhí fear eile anseo ag cuartú a iníne freisin.'

'Fear ó Thuaisceart Éireann?' arsa Stephanie, í ag aireachtáil sórt fuarallais ar a droim.

Chroith Rudi a chloigeann: 'Níl a fhios agam.' Ansin chuimhnigh sé: 'Seán is ainm dó.'

'Sin é é. Tá Majella ar iarraidh chomh maith?'

'Tá siad beo,' a d'fhreagair Rudi go sciobtha nuair a thug sé faoi deara cé chomh himníoch is a bhí Stephanie. 'Tá sé faighte amach ag na póilíní go bhfuil siad amuigh i mbád seoil gan inneall, agus níl aon ghaoth leis an seol a líonadh.'

'Agus cá bhfuil Seán anois?'

'Ag an gcé ag fanacht go dtiocfaidh siad isteach.'

'Is dóigh gur ansin atá Tomás freisin,' a dúirt Stephanie.

'Níl a fhios agam.' Chroith Rudi a ghuaillí agus d'imigh sé leis le deochanna a líonadh do chustaiméirí ag bun an chuntair.

Bhí Stephanie idir dhá chomhairle, ar cheart di fanacht ansin go bhfillfidís nó dul chuig an gcé í féin. Bhí sé cloiste aici ón treoraí an lá ar shroich siad Hersonisis gurb é sin an t-aon áit ar an mbaile nach raibh sábháilte ag bean siúl ina haonar. 'Nach mbeidh Tomás ansin roimpi ar aon chaoi?' a dúirt sí ina hintinn féin agus d'ordaigh sí deoch nuair a tháinig Rudi ar ais.

'B'fhéidir gurb é seo an brón a ndearna máthair Yannis tagairt dó,' a smaoinigh sí, 'an éiginnteacht seo faoi cá mbeadh siad. Ach caithfidh sé go bhfuil seirbhísí tarrthála san áit. Garda cósta. Nach cuma faoi ach iad a bheith slán sábháilte?' Ina dhiaidh sin bhí sórt imní uirthi, mothú éigin nach raibh gach rud mar ba cheart.

Ba thrua gur tharla sé seo, a cheap Stephanie, tar éis go raibh an chuid eile den lá chomh maith sin. Chuaigh a hintinn ar ais ar bhóithríní na smaointe arís, na rudaí a bhí á rá ag Yannis agus iad ag gluaiseacht trí na cnoic ar maidin: 'Feilméir caorach a bhí i m'athair,' a dúirt sé. 'Feilméir daoine atá ionamsa. Feilméir turasóirí, feilméir Gearmánach agus Éireannach agus lucht na Breataine.' Stop sé ar feadh soicind: '*Lager louts*.' Bhreathnaigh sé uirthi, mar a bheadh súil aige go n-aontódh Stephanie leis faoi mhuintir na Breataine, mar a rinne beagnach gach Éireannach a casadh air ó thosaigh sé ag obair sa mbeár.

'Is maith liomsa na Sasanaigh,' a d'fhreagair sise, 'den chuid is mó.'

Chroith sé a ghuaillí: 'Bíonn cuid acu gránna.'

'Déarfainn go bhfuil daoine ó mhórán chuile thír mar a chéile. Bíonn maith agus dona ann.'

'Ní theastaíonn ó na Sasanaigh,' arsa Yannis, 'ach beoir agus scór.'

'Ní chuireann na hÉireannaigh ina gcoinne sin ach an oiread, agus de réir mar a fheicim, tá fir na Gréige mar a chéile maidir le beoir agus scór.'

Gháir seisean: 'Is fearr linne fíon nó *ouzo* ná beoir.'

'*Ouzo* agus scór mar sin. Nach mar a chéile é?'

'B'fhéidir gur fearr leo *ouzo* ná mná.'

Ní raibh a fhios ag Stephanie an ag spochadh aisti a bhí sé. D'fhreagair sí: 'Feictear domsa go bhfuil fir na tíre seo thar a bheith cúirtéiseach le mná, ach cloisim go bhfuil siad *macho*.' Smaoinigh sí ar ar dhúirt Sophie an oíche roimhe sin.

'*Macho*? Ní thuigim.

'Fearúil, gaiscíoch, údarásach.' Ní raibh a fhios ag Stephanie cén chaoi a míneodh sí céard a bhí i gceist aici. 'Rialaíonn siad a gcuid teaghlach agus a gcuid ban go háirid, ní ghlacann siad le cearta na mban mar is eol dúinne san Iarthar iad.'

'Tugann siad grá dóibh,' a d'fhreagair Yannis.

'Ach an mbíonn siad dílis dóibh?'

'An mbíonn fir i do thír féin dílis?'

'Ag caint ar fhir na Gréige atáimid anois.'

'Nach bhfuil fir mar a chéile gach áit?'

'Feictear domsa gur maith le fir na háite seo na mná ar mhaithe le gasúir a thógáil agus teaghlach a choinneáil, ach nach mbeadh drogall ar a bhformhór acu gnéas a bheith acu le mná ón iasacht.'

'Cén fhad anseo anois thú?' arsa Yannis. 'Seachtain, agus is féidir leat breithiúnas a thabhairt ar fhir uile na Gréige.'

'*Touché.*'

'Céard?'

'Níl ann ach leagan cainte. Tá rudaí áirithe ann atá ródheacair a mhíniú . . .'

Tar éis di féin agus Yannis teach a mháthar a fhágáil, chuadar chuig an mhonarcha, áit a raibh coinne déanta di ag Yannis leis an úinéir. Chuidigh Yannis go mór leis an margaíocht, mar cé go raibh Béarla ag an úinéir is i nGréigís a rinneadh an chruamhargaíocht mar gheall ar a líofacht ina dteanga féin. Bhí a hobair bhaile féin déanta ag Stephanie roimh ré agus bhí sí muiníneach as na socruithe a rinneadar sa deireadh. Shocraigh siad castáil leis an úinéir tráthnóna le deoch a ól ar an margadh.

Tháinig siad ar ais trí Heraklion agus bhí béile beag acu i gcaife i lár an mhargaidh ar an mbaile sin. Rinne siad tuilleadh plé eatarthu féin faoin ola olóige a iompórtáil, agus fíon chomh maith, dá n-éireodh leis an gcéad iarracht. Ag breathnú thart di sa chaife shíl Stephanie óna cleachtadh féin ar Éirinn go raibh sé aisteach sagart a fheiceáil agus é suite faoina chasóg lena bhean agus a chlann agus seanbhean eile. Ach ní raibh mórán ama aici le bheith ag smaoineamh ar na rudaí sin mar gur tháinig úinéir na monarchan agus is cúrsaí gnó a bhí á bplé acu as sin ar aghaidh.

D'fhan siad cúpla uair an chloig leis an úinéir agus is aigesean a bhí an t-eolas faoi bhia na tíre. Mhol sé éisc nár chuala sí trácht ar bith orthu riamh roimhe sin ach nach iad a bhí blasta nuair a tháinig siad ón oigheann. Bhí a fhios aige cén fíon ab fhearr freisin agus ós é a bhí ag íoc, fuair Stephanie blas ar an bhfíon is daoire a d'ól sí ariamh.

Níor ól Yannis ach gloine amháin fíona mar go raibh sé ag tiomáint, ach d'ól Stephanie a dóthain. Bhí cúpla uair an chloig fanta acu roimh thitim na hoíche agus thug sé ó thuaidh go Pelagia í agus ansin siar ar an bpríomhbhóthar cois cósta le go bhfeicfeadh sí Sisses agus Bali.

Chas siad beagán ó dheas ansin agus tháinig siad ar ais trí lár tíre. Ní raibh cuimhne aici ach ar bhaile beag amháin eile, Damasta, mar gur chuir sé 'damáiste' i gcuimhne di. Lean siad orthu as sin go Heraklion arís sular thug siad aghaidh ar an mbaile ina raibh cónaí saoire orthu, Hersonisis.

Bhí Yannis cúirtéiseach cineálta an t-am ar fad agus in ainneoin a raibh ráite ag Tomás agus Rosemarie ní dhearna sé iarracht ar bith ar lámh a leagan uirthi. Is mar a bheadh deartháir ann a chuimhnigh sí air, agus uair nó dhó leag sí lámh ar a lámh siúd mar a bheadh sí ag caint le Tomás nó le cara éigin a bhí aici le fada an lá.

In ainneoin ar chuala Stephanie roimhe sin faoin nGréig, Éire, an Spáinn agus an Phortaingéil a bheith ar na tíortha is boichte san Eoraip, bhí iontas uirthi cé chomh maith is a bhí na príomhbhóithre agus seirbhísí eile bonneagair nach iad, ar nós teileafóin agus córais cumarsáide. Murach an bhéim a bhí ar thurasóireacht, b'fhéidir go mbeadh an áit bocht, a cheap sí. Bhí an t-ádh ar mhuintir na háite teas a bheith acu chomh maith le háilleacht, seaniarsmaí agus stair.

Ag imeacht mar sin ar bhóithríní na smaointe agus ar ais ar na bóithre a bhí siúlta aici ó mhaidin a bhí Stephanie nuair a tháinig Rosemarie isteach sa mbeár. Bhí cuma fheargach, bhatráilte, shalach, thuirseach, fhliuch uirthi. 'Cá bhfuil mo Dheaide?' an chéad cheist a chuir sí.

'Nach bhfuil sé in éineacht leat?' Bhí Rosemarie ag croitheadh leis an bhfuacht. 'Gabh i leith,' arsa Stephanie agus chuaigh sí suas staighre léi. 'Caith uait na héadaí sin agus téirigh isteach faoi chith te. 'Bhfuil ocras ort?'

'Níor ith mé tada ó mhaidin.'

'Triomaigh thú féin agus cuir neart pluideanna timpeall ort. Rithfidh mise trasna an bhóthair agus gheobhaidh mé *takeaway*. Céard ba mhaith leat?'

'Is cuma liom. Rud ar bith. Bia.' Bhí Rosemarie á triomú féin anois. 'Ach cá bhfuil mo Dheaide?' a d'fhiafraigh sí arís.

'Níl a fhios agam,' arsa Stephanie. 'Níl mé i bhfad ar ais mé féin. Shíl mé go raibh sé le hathair Mhajella ar an gcé romhaibh.'

'Ní raibh duine ar bith romhamsa.' Chroith Rosemarie a cloigeann. 'Faraor nach bhfuil mé ar ais sa mbaile,' a dúirt sí.

'Beidh tú ceart nuair a bheas do dhóthain ite agat.' Chuaigh Stephanie amach chuig an mbialann agus fuair *moussaka* mór chomh maith le sceallóga agus arán na háite. Nuair a tháinig sí ar ais chuig an árasán bhí nóta ina lámh ag Rosemarie.

'Ar fhág sé nóta?' Sciob Stephanie as a lámh é.

'Sin é an nóta a bhí ar mo philiúr nuair a dhúisigh mé ar maidin,' arsa Rosemarie. 'Ag rá go raibh sé ag dul go Heraklion agus go mbeadh sé ar ais níos deireanaí. Meas tú cá bhfuil sé?'

'Seans gur tháinig sé ar ais agus nach raibh muid ann agus go ndeachaigh sé suas tríd an mbaile le cúpla deoch a ól,' a d'fhreagair Stephanie. 'Ach is mór an trua nár fhág sé nóta eile.' Bhreathnaigh sí ar Rosemarie. 'Ith suas do bhéile, tá cuma phréachta ort i gcónaí.'

'Níl aon dúil agam anois ann.'

'Ól deoch bheag mar sin leis an mothú a chur ar ais ionat.' Dhóirt Stephanie braon fuisce di. 'Caith siar é sin!' Chuir sí pluid timpeall ar Rosemarie agus d'fhan lena lámha timpeall uirthi. 'Tá tú chomh truamhéalach ag breathnú, an raibh drochlá agaibh?'

'Tá na leaids sin gránna,' a dúirt Rosemarie.

'Iad sin a raibh sibh ar an trá leo.'

'*Shitheads*,' arsa Rosemarie, 'tá an ghráin agam orthu, táim ag iarraidh teitheadh as an mbrocais seo.'

'An raibh siad gránna libh sa mbád?'

'Murach go raibh an bheirt againn in éindí . . .'

'Céard a bhí siad ag iarraidh a dhéanamh?'

'Níl a fhios agam.' Chroith Rosemarie í féin agus bhreathnaigh síos ar a cosa.

'Gnéas?' arsa Stephanie. Thosaigh sí ag cuimhneamh ar cén áit a ngabhfadh sí ag iarraidh cabhrach. Póilíní? Dochtúir?

'Cineál,' a dúirt Rosemarie.

'Cén chaoi, cineál? Bhíodar ag déanamh rud eicínt nó ní raibh.'

'Bhíodar ag iarraidh go mbainfimis dínn ár gcuid éadaigh.'

'Ar thriail siad iad a bhaint daoibh, iad a stróiceadh nó tada?'

'Ní –'

'Thriail siad rud eicínt a dhéanamh?'

Níor dhúirt Rosemarie aon rud go ceann píosa. Ansin dúirt sí: 'Ní inseoidh tú do m'athair?'

'B'fhéidir go mbeadh orm,' arsa Stephanie. 'Bhuel, ní inseoidh mise, ach b'fhéidir go gcaithfeá é a insint tú féin, má tá sé sách dona.'

'Níl sé chomh dona sin amach is amach.'

'Inis dom mar sin.'

'An dtuigeann tú?' arsa Rosemarie, 'bhíomar ag sórt *shift*eáil i dtosach, ag pógadh agus mar sin de. Mar a rinne muid an oíche cheana. Bhí sé sin ceart go leor go dtí gur thosaigh siad ag iarraidh níos mó.'

'Lean ort,' a dúirt Stephanie nuair a stop sí.

'Nuair nach ndéanfadh muid an rud eile . . . bhuel bhí siad ag iarraidh orainn rudaí gránna a dhéanamh leo.' Thug Stephanie barróg di, agus dúirt Rosemarie go tapa: 'Go dtógfadh muid inár mbéal iad.'

'Na bastaird,' a dúirt Stephanie.

'Agus bhfuil a fhios agat céard a dúirt Majella? Dúirt sí go raibh a hathair san IRA agus go raibh deich mbliana caite i bpríosún aige agus go maródh sé iad dá dtarlódh tada dúinne. Mharaigh sé daoine cheana, a dúirt sí.'

'Agus ar mharaigh?' a deir Stephanie.

'Níl a fhios agam ach bhí sé i bpríosún ceart go leor ar feadh deich mbliana. Ach ná habair gur dhúirt mise é sin, mar dúirt sí liom gan é a rá.'

'Ní déarfaidh mise tada,' a dúirt Stephanie. 'Céard a rinne siad nuair a dúirt sí é sin?'

'Dúirt siad gur cheart dóibh muide a chaitheamh amach sa bhfarraige, ach dúirt Majella go raibh a fhios ag a hathair cá raibh sí mar go raibh uirthi cead a iarraidh air dul amach sa mbád.'

'Agus céard a tharla ansin?'

'Tháinig an *Coastguard* ag fiafraí ar theastaigh uathu go dtarraingeodh siad ar ais chuig an duga muid? Chroch siad an seol ansin agus d'imigh an bád uaithi féin.'

'An raibh sibh an-scanraithe?'

'Bhí, ach dúirt siad ansin nach raibh siad ach ag magadh. Thug siad cúig chéad an duine dúinn as an obair a rinne muid dóibh ó mhaidin. Tá an t-airgead i bpóca na léine ansin.'

'Bhfuil tú sách te anois?' a d'fhiafraigh Stephanie di.

'Tá,' arsa Rosemarie, 'íosfaidh mé é sin anois.'

'Fan go dtéifidh mé suas é.' Bhreathnaigh sí ar an bhfearas cócaireachta. 'Má chuirim sa sáspan é . . .'

'Beidh sé agam mar atá sé. Meas tú cá bhfuil mo Dheaide?'

Bhí Stephanie ag déanamh iontais faoin gceist chéanna: 'Ná bíodh aon imní ort,' a dúirt sí, le Rosemarie a chur ar a suaimhneas. 'Siúlfaidh sé isteach an doras sin nóiméad ar bith.' Ansin dúirt sí rud nach raibh ráite aici le fada: 'Le cúnamh Dé.'

*   *   *

Shiúil Tomás Ó Gráinne roimhe nuair a scaoil an tseanlánúin amach as an veain é thuas i lár na sléibhte. Ní raibh a fhios aige cá raibh a thriall agus ag an bpointe sin ba chuma leis. D'airigh sé aisteach agus ag an am céanna bhraith sé nár airigh sé chomh maith riamh. Chuimhnigh sé ar sheanráiteas 'Le aon léim amháin chuaigh an laoch saor.' Bhraith sé saoirse nár bhraith sé ariamh ina shaol. Bhí sé ag fágáil a shaoil mar a bhí ina dhiaidh. 'Go fóill ar chaoi ar bith,' a dúirt sé leis féin.

Istigh ina intinn bhí Tomás cinnte ag an am céanna go ndéanfadh sé a bhealach ar ais go Hersonisis lá arna mhárach. Bhí sé róthugtha don saol stuama staidéarach a bhí aige sa choláiste, róthugtha dá chompord le hathrú rómhór a chur ar a shaol. Ach theastaigh an spás seo uaidh. Lena smaointe a chruinniú.

Thaitin leis an chaoi ar labhair an dream óg ar a gcloigne a chur timpeall ar rudaí. Sin é go díreach a theastaigh uaidhsean, spás le rudaí a oibriú amach ina intinn. Le fáil amach cé hé féin. Pé rud a dhéanfadh sé leis an saol a bhí i ndán dó anois, ba léir nach mbeadh Stephanie mar chuid den saol sin ní ba mhó. Má bhí sé in amhras roimhe sin, ní raibh dabht ar domhan anois aige faoi sin.

Níor thuig sé cén fáth ar ghoill sé chomh mór sin air í a fheiceáil ansin le Yannis. 'Nár dhúirt mé liom féin nach raibh mé i ngrá léi, nach raibh sí agam ach le haghaidh craicinn?' Ach le linn dóibh a bheith i mbun craicinn an oíche roimhe agus ar maidin bhí a mhalairt de dhearcadh aige. Sin é an fáth ar theastaigh uaidh a chloigeann a chur in inneall.

Chuimhnigh sé ar Rosemarie. Is dóigh go mbeadh imní uirthi, ach ní thabharfadh Tomás an sásamh don bhitch eile go gcuirfeadh sé scéal ar ais chuig an tabherna nó an t-árasán. Shíl sé gur dóigh go ngabhfadh a iníon a chodladh go luath agus nach mbeadh a fhios aici nach raibh sé ar ais go dtí ar maidin lá arna mhárach. Nach raibh sé amuigh deireanach an oíche roimhe sin agus ní raibh aon imní uirthi agus í amuigh lena cairde. Ag an bpointe áirithe sin shíl sé go gcaithfeadh sé tús áite a thabhairt dó féin nó ghabhfadh sé as a mheabhair uilig.

Nár mhinic ar aon chaoi nár chuala sé focal ó Rosemarie le coicís ag an am, agus ansin mar gur theastaigh airgead uaithi? Nach múinfeadh sé ceacht di dá mbeadh sí lá nó dhó gan aon rud a chloisteáil uaidh? Dhéanfadh sé teagmháil ar ndóigh murach Stephanie a bheith san árasán léi. Ní raibh sé in ann labhairt léi sin níos mó, a cheap sé, gan trácht ar ghabháil ar ais agus codladh in aice léi arís.

Ní raibh a fhios ag Tomás fós céard a dhéanfadh sé. Shiúlfadh sé leis go dtí go mbeadh sé ródhorcha siúl níos faide. Thogródh sé ansin céard a dhéanfadh sé. 'Sin saoirse,' a cheap sé, 'saoirse nach raibh agam riamh i mo shaol, gach rud socraithe, gach rud eagraithe, gach rud ordaithe.' Stad sé agus lig béic: 'Saor ar deireadh.' D'airigh sé macalla a ghutha sna sléibhte agus d'fhéach sé thart féachaint an raibh aon duine ag breathnú air. 'Nílim chomh saor sin fós,' a smaoinigh sé, 'nó ba chuma liom sa diabhal cé a bheadh ag éisteacht nó ag breathnú.'

Thíos faoi bhí an cósta le feiceáil, agus shíl sé go mbeadh sé sin lasta suas le titim na hoíche. Ní raibh mórán carranna ar an mbóithrín beag ach thógfadh sé síob i gcarr acu dá bhfaigheadh sé sin. 'Tá an tráthnóna fada fós, agus an tseachtain níos faide. Tiocfaidh mé chuig cibé áit a sheolfaidh an ghaoth mé.'

Ba chuma leis codladh amuigh faoin aer. Luíodh sé síos faoi chrann in áit éigin. Chuimhnigh sé ar nathracha nimhe agus ar scairpeanna. Ní raibh a fhios aige an raibh a leithéid sa gCréit. Theastódh foscadh de chineál éigin, ach nach raibh an t-oileán lán de thithe lóistín? Bhíodar chuile áit ach faoin tuath. Ba chuma leis siúl ar feadh na hoíche dá gcaithfeadh sé.

Chuimhnigh sé ar a mhic léinn sa choláiste agus é ag siúl leis. Cé acu a cheapfadh go n-imeodh a n-ollamh críonna stuama staidéarach roimhe, go bhfágfadh sé a shaol ina dhiaidh agus go siúlfadh sé amach. Amach cén áit? Amach ó chuile dhuine, chuile áit. Siúl amach ó chlár na cruinne. Agus a bheith sona sásta á dheanamh.

Chuimhnigh sé ar Mháire Áine, a bhean agus ar Alison, a iníon eile sa mbaile. Bheadh a gcuid scrúduithe críochnaithe acu anois le cúpla lá.

Iad ag baint taitnimh as an saol. Imithe amach b'fhéidir le béile a bheith acu lena chéile. Agus eisean ag siúl roimhe i dtír iasachta.

Ar chuimhnigh siad air aon uair? Bhí an t-am ann agus chuirfeadh smaoineamh mar sin tocht ina scornach, ach bhí an lá sin imithe. Chuile dhuine ag tochas ar a gceirtlín féin. Nach mbeidís chomh tógtha sin lena saol agus lena gcuid scrúdaithe nach mbeadh am acu cuimhneamh ar aon rud eile. Agus leis na scrúduithe thart an gcuimhneoidís ar aon rud ach ar scíth a ligean agus ar cheiliúradh? Shíl Tomás nach raibh grá ag éinne sa saol dó. 'Foc iad, foc chuile dhuine acu, foc, foc, foc . . .' Tháinig a scread ar ais mar mhacalla. Bhí sé saor.

D'aireoidís uathu a chuid airgid ceart go leor. Cá mbeidís gan an t-airgead a chuir sé ar fáil len iad a choinneáil compordach? Len iad a choinneáil ar an ollscoil agus gan tada á shaothrú acu féin. Ag foghlaim faoin bhfeimineachas, ag foghlaim faoi chomh dona is a bhí fir, faoi easpa cothromaíochta, faoi chearta na mban, agus eisean ag íoc as an gcac sin uilig. 'Bhuel, beidh deireadh leis sin,' ar sé leis féin. 'Beidh orthu foghlaim lena mbealach a dhéanamh sa saol mar a d'fhoghlaim mise.'

'Lá i ndiaidh lae,' ar sé os ard. In ainneoin a chuid smaointe faoi imeacht uathu uilig cheap sé fós go ngabhfadh sé ar ais ag a shaol lá arna mhárach, ach muna ngabhfadh? Ní bhfaigheadh Máire Áine pinsean baintrí mar nach mbeadh aon chruthúnas ann go raibh sé básaithe. Ní fhéadfadh sí an teach a dhíol mar go raibh leath de ina ainm seisean i gcónaí. Ní fhéadfaí aon rud sa choláiste a bhain leis a dhíol ar an gcúis chéanna. B'fhéidir nach mbeadh sí leath chomh sciobtha ag iarraidh colscartha air. 'Bhuel, colscaradh ní bhfaighidh sí,' a gheall Tomás dó féin.

D'admhaigh sé ina intinn féin gurb é sin i ndáiríre a bhí taobh thiar den bhriseadh. An fhad is a bhí Stephanie aige, taitníodh sí leis nó nach dtaitníodh bhí fáth eicínt aige le fanacht. Ach tar éis dó í a fheiceáil sa gcaife sin le Yannis bhí sé mar a bheadh sreang an imleacáin gearrtha. Bhí ancaire tarraingthe aige. Ní raibh aon chall dó dul ar ais. Bhí sé saor.

'Céard air a mairfidh mé?' a d'fhiafraigh sé de féin. Tar éis go raibh sé ag machnamh mar sin ina chroí níor chreid sé i ndáiríre go n-imeodh sé uilig. Nach minic cheana a chuimhnigh sé ar lámh a chur ina bhás féin, gur phleanáil sé chuile rud, gur phleanáil sé é ar an mbealach is mó a ghortódh daoine, fios aige an t-am ar fad nach ndéanfadh sé a leithéid.

Ach bheadh pléisiúr nach beag sa phleanáil. Smaoinigh sé go raibh sé seo difriúil ar bhealach eicínt.

'Céard air a mairfinn?' a chuimhnigh sé arís. Bhí a cháilíochtaí aige. Ar a laghad ar bith gheobhadh ollamh le ceimic post éigin i gcógaslann in áit eicínt. Ach dá mbeadh sé ag iarraidh briseadh iomlán? Chuimhnigh sé ar na hiascairí a chonaic sé i Heraklion, an saol breá folláin a bhí acu. Ní mórán airgid a theastódh uaidh le maireachtáil. Bheadh jabanna ar fáil i gcónaí in áiteacha turasóireachta, ag obair i mbeár, i mbialann, ag glanadh leithreas . . . Dhéanfadh sé rud ar bith le greim a choinneáil ina bhéal. Nár chuma ach a bheith saor.

Bhí a leithéid de rud agus dól freisin ann. Nach saoránach de chuid an Aontais Eorpaigh a bhí ann? Nach mbeadh sé i dteideal cúnamh dífhostaíochta chomh maith le fear ar bith a bhí gan jab? Ní mórán a theastódh uaidh le maireachtáil, nach raibh torthaí áille éagsúla ag fás ar na crainnte? Agus bhí beagán airgid ar lámh aige. Chuireadh sé fios ar a thuilleadh amárach.

Shroich Tomás sráidbhaile beag agus nuair a chonaic sé bosca teileafóin ar thaobh na sráide chuaigh sé isteach agus dhiailigh sé an uimhir náisiúnta le haghaidh na hÉireann agus uimhir Mháire Áine ina diaidh. Chuala sé an clingeadh agus ansin phioc sí suas é agus dúirt 'Heileo.' Níor dhúirt sé aon rud. Is ar éigean a tharraing sé anáil, fiú amháin ar fhaitíos go gceapfadh sí gur glao gránna a bhí ann. Chroch sí suas an fón tar éis tamaillín.

Chuaigh sé anonn chuig tabherna ar an taobh eile agus d'ól sé cúpla *raki* go sciobtha i ndiaidh a chéile. Ní raibh aon Bhéarla ag an seanfhear leis an gcroiméal mór liath taobh istigh den chuntar. Bhí Tomás ag iarraidh a fháil amach an raibh lóistín le fáil in aon áit agus nuair a chinn air freagra a fháil chuir sé a chloigeann ar a dhá lámh, an comhartha a dhéanfaí le páiste faoi dhul a chodladh.

Thuig mo dhuine ar an bpointe é agus thaispeáin seomra beag gleoite thuas staighre dó. D'íoc Tomás táille na hoíche agus shocraigh sé síos le oíche mhaith óil agus machnaimh a bheith aige. Rinne sé sórt gáire síos ina dheoch nuair a chuimhnigh sé gur ag smaoineamh ar na scairpeanna agus nathracha nimhe a d'fhág taobh istigh é. Ní raibh sé réidh do chruas an tsaoil faoin tuath fós.

Bhí an baile chomh beag sin nach raibh aon bhialann ann. Cheannaigh Tomás arán agus cáis sa siopa áitiúil, shuigh sé ar aghaidh an tabherna amach, ag ól fíona agus ag ithe as an gceapaire garbh a rinne sé dó féin. 'Seo é an chéad lá de mo shaol nua,' a dúirt sé leis féin, cé gur ar éigean a chreid sé é. 'Lá amháin ag an am. Feicfidh mé cén chaoi a mbreathnaíonn an saol ar maidin. 'Nach iontach an rud é,' a smaoinigh sé agus an t-ól ag dul trína chloigeann, 'go raibh cosa Stephanie scartha dom ar maidin, muid scartha ó chéile tráthnóna.'

* * *

'Bhí d'athair ar an bhfón,' a dúirt Máire Áine Uí Ghráinne lena hiníon, Alison, nuair a tháinig sí ar ais ó chluiche cispheile.

'Ó,' arsa Alison, iontas uirthi, 'cén chaoi a bhfuil siad?'

'Níl a fhios agam, níor dhúirt sé tada.'

'Ghlaoigh sé ón nGréig agus níor dhúirt sé tada?'

'As an gCréit.' Cheartaigh a máthair í.

'Cén chaoi a bhfuil a fhios agat gurb é a bhí ann?' a d'fhiafraigh Alison. 'Ar sheiceáil tú le Telecom gur glao idirnáisiúnta a bhí ann?'

'Tá a fhios agam gurb é a bhí ann.'

'Ca bhfios duit?'

'Tá a fhios agam. Rinne sé go minic cheana é.'

'Ghlaoigh sé agus níor dhúirt sé aon cheo?'

'Labhródh sé le duine agaibhse,' a dúirt a máthair.

'Agus ní labhródh sé leatsa? Nach labhraíonn sé leat go minic ar an bhfón nuair a bhíonn rudaí a bhaineann linne nó leis an teach le plé?'

'Bíonn na glaonna eile ann nuair a bhíonn sé míshona, nuair a bhíonn rud éigin ag cur as dó,' arsa Máire Áine, sórt imní le tabhairt faoi deara ar a guth.

'B'fhéidir gur duine eicínt eile ar fad a bhíonn ann, uimhir mhícheart nó rud eicínt den sórt sin.' Rinne sí iarracht imní a máthar a laghdú. 'Nó leaid eicínt ag cur scairt ormsa. B'fhéidir go bhfuil an t-ádh orm ar deireadh.'

'Is rud é a tharlaíonn go minic nuair a scarann daoine. Níor thuig mé é go dtí gur thosaigh mé ar chúrsa na mban san ollscoil anuraidh. Glaonn duine le guth an té a bhí mór leis tráth a chloisteáil.'

'Ach ní dhéanfadh duine glao mar sin ón gCréit?

'Tuige nach ndéanfadh?'

'Costas, an t-achar as baile, níl a fhios agam. Tá a fhios agat an chaoi a bhfuil sé faoi chostais nach bhfuil riachtanach.'

'Ach dá mbeadh duine in ísle bhrí?'

'Meas tú an bhfuil Rosemarie ceart go leor?' arsa Alison. 'B'fhéidir nach bhfuil sí ag tarraingt rómhaith léi siúd.'

'Ná bíodh drogall ort a hainm a úsáid os mo chomhair,' a dúirt a máthair. 'Bhí orm glacadh lenar tharla eadrainn, glacadh léise, Stephanie. Stephanie, Stephanie,' a dúirt sí cúpla uair. D'fhoghlaim sí ón gcúrsa cén chaoi le aghaidh a thabhairt ar ghnéithe den saol nár thaitin léi. 'Stephanie.'

'Meas tú an bhfuil grá aige duit i gcónaí?' a d'fhiafraigh Alison dá máthair.

'Tá a fhios agam go bhfuil.' Chuir an chinnteacht iontas ar a hiníon. 'Ar dhúirt sé leat é, nó cén fáth a gceapann tú go bhfuil?'

'Tá a fhios agam é.'

'Á, tá a fhios agatsa chuile shórt.' Bhí Alison ag baint a bróga cispheile di. 'Caithfidh mé mo chuid éadaigh a athrú. Bhí mé báite in allas, ceal cleachtaidh ó thosaigh mé ag réiteach do na scrúduithe.'

'Bhí mise ag baint taitnimh as an suaimhneas a bhí agam ó chríochnaigh mé,' a dúirt Máire Áine, 'go dtí gur tháinig an glao sin.'

'Níor cheap mé go raibh sé ag cur oiread sin imní ort.'

'Ach an oiread leat féin is ar Rosemarie a bhí mé ag cuimhneamh. Is cuma liom faoin mbean eile, agus tá d'athair sách fada ar an mbóthar. Ach Rosemarie. Is é an chéad uair i bhfad ó bhaile di é gan mise a bheith in éineacht léi.'

'Tá Rosemarie chomh críonna le luch,' a dúirt a deirfiúr. 'Is é a chuirfeadh imní ormsa ná go dtabharfadh sí bimbó ar Stephanie suas lena béal.'

Rinne a máthair meangadh gáire léi: 'Níl aon rud chomh maith leis an bhfírinne,' a dúirt sí. 'Ach nach dtarraingníonn siad réasúnta maith lena chéile?'

'Tá a fhios agat féin Rosemarie. Tá sé éasca í a chur ar buile. Dá seasfadh duine ar chos uirthi.'

'Is é an trua é nach bhfónálfadh sí.'

'Triail an seanbhealach a bhí agat ariamh.'

'Teileapaite?' a dúirt Máire Áine. 'Nach bhfuil mé ag glaoch uirthi i m'intinn ó fuair mé an glao eile sin?'

'Níor fhág siad uimhir theagmhála ar bith?'

'Ní raibh mé ag iarraidh go bhfágfadh agus muid i lár ár gcuid scrúduithe. Agus ansin tarlaíonn rud mar seo.'

'Ach b'fhéidir nach bhfuil tada tarlaithe, nach eisean a bhí ar an bhfón, go bhfuil an-*time* go deo acu amuigh ansin.'

'Chuir mé iachall air Rosemarie a thabhairt leis.' Bhí Máire Áine ag cuimhneamh siar cúpla mí: 'Sórt díoltais a bhí ann ar bhealach, is dóigh, cé nár smaoinigh mé air mar sin ag an am.'

'Shíl mé gurb í Rosemarie í féin a d'iarr go dtabharfaí ann í?'

'Chuir mé an smaoineamh ina hintinn nuair a luadh i dtosach go mbeadh d'athair agus Stephanie ag gabháil ann.'

'Shíl mise gur plean an-mhaith a bhí ann,' a dúirt Alison. 'Ós rud é go raibh na scrúduithe ar siúl ag an mbeirt againne. Cibé cén saghas saoil atá ag Rosemarie amuigh ansin, cuirfidh mé geall go bhfuil sé i bhfad níos fearr ná a bheith faoi chosa s'againne le coicís anuas agus staidéar ar bun againn.'

'Tá sé deacair é a mhaitheamh dó.' Bhí Máire Áine ag breathnú uaithi, mar a bheadh sí ag caint léi féin.

'Ach nach tusa a d'imigh uaidhsean i ndáiríre?'

'Is mé,' a dúirt a máthair, 'ach ní gan údar.'

'An raibh bean eile, mná eile i gceist? Níor dhúirt tú linn i gceart riamh ach go gcaithfeá do shaol féin a mhaireachtáil.'

'Cibé céard a tharla is idir d'athair agus mé féin atá sé.'

'Ach nach fearr an fhírinne lom a inseacht?' arsa Alison, 'ná amhras den chineál sin a fhágáil orm?'

'B'fhearr liom gan aon rud a rá,' arsa Máire Áine, 'aon rud a thiocfadh idir thú féin is d'athair. Tá mo thaobh claonta den scéal agamsa, a thaobh féin aigesean, chaon duine againn ciontach ina bhealach féin.'

'Fágfaidh tú anois mé ag déanamh iontais ar bhuail sé thú nó an raibh sé ar dhuine de na fir sin a bhíonn ag plé le gasúir.' Chroith Alison a guaillí: 'Ní léir domsa cén fáth ar fhág tú é.'

'Ag plé le gasúir fásta,' a dúirt Máire Áine go ciúin, 'leis na mic léinn.'

Chuaigh Alison anonn agus leag sí a lámh ar ghualainn a máthar: 'Go raibh maith agat,' a dúirt sí, 'shíl mé go mb'fhéidir gur rud eicínt níos measa ná sin é.'

'Agus cén fáth a gceapfá é sin?'

'Nach mbíonn cásanna ar na páipéir chuile lá. Ní bhíonn cead ainm an duine fhásta a lua mar go dtarraingneodh sé aird ar an té a rabhthas ag plé leis. Fágann sé sin go leor daoine amhrasach. Agus nuair a tharla sé chomh tobann . . .'

Bhreathnaigh a máthair uirthi: 'Bhí tú á choinneáil sin istigh leis na blianta? Amhras mar sin ort agus níor inis tú dúinn é.'

'Ní bhfuair mé freagra díreach riamh ar cén fáth ar scar sibh óna chéile. Shíl mé go gcaithfeadh údar eicínt eile a bheith leis.'

'Tháinig lá nach raibh an grá ann níos mó,' arsa Máire Áine.

'Ach dúirt tú go bhfuil sé i ngrá leat i gcónaí?'

'Ní bhfuair d'athair é sin amach go dtí go raibh sé ródheireanach.'

'Agus tusa?' Shíl Alison go mb'fhéidir go raibh sí ag dul rófhada, ach d'fhreagair a máthair: 'Ní fhéadfaimis an rud atá briste a cheangal arís, ach ní dhéantar dearmad ag an am céanna ar an gcion a bhí ann, ar na huaireanta maithe.'

'An féidir linn aon rud a dhéanamh lena fháil amach cén chaoi a bhfuil siad?' arsa Alison ar ball.

'D'fhéadfaimis teagmháil a dhéanamh le hAmbasáid na Gréige, ach nuair nach bhfuil aon fhianaise againn go bhfuil aon cheo mícheart . . . Céard is féidir a dhéanamh ach suí in aice leis an bhfón, is dóigh, go nglaonn Rosemarie.'

'Cuir an teileapaite ag obair.'

Chuir Máire Áina a dhá lámh suas le taobh a cloiginn: 'Cuir glao orm, a Rosemarie. Téirigh chuig an bhfón anois. Pioc suas é. Diailigh . . .'

'Beimid ag fanacht, déarfainn.' Bhí Alison ag gáire agus í ag breathnú uirthi.

'Glaofaidh sí taobh istigh de cheithre uaire fichid,' a dúirt a máthair. 'Cuirfidh mé geall.'

'Punt, sin é an méid atá agam,' arsa Alison.

'Tá go maith.' Smaoinigh Máire Áine os ard ar ball. 'Dá mbeadh drochrud eicínt tarlaithe nach mbeadh póilín nó duine éigin i dteagmháil linn?'

Dhúisigh Rosemarie go luath ar maidin lá arna mhárach agus chuaigh sí isteach sa seomra eile féachaint ar tháinig a hathair ar ais. Bhí Stephanie suite amuigh ar an mbalcóin agus í ag breathnú uaithi. 'Bhí mé ag súil go bhfeicfinn ag teacht timpeall an choirnéil sin é le cúpla uair an chloig,' a dúirt sí.

'Cá bhfuil sé?' a d'fhiafraigh Rosemarie di, a himní le feiceáil ina héadan agus í ina seasamh ansin faoi éadach éadrom codlata.

'Dá mbeadh a fhios agam . . .'

'Céard a dhéanfaimid?'

'Tabharfaimid cúpla uair an chloig eile dó,' arsa Stephanie, a bhí ag smaoineamh air seo le fada an mhaidin sin. 'Nó fanfaimid go meán lae. B'fhéidir go ndeachaigh sé amú, gur thóg sé bus siar in áit bus aniar. Tá sé furasta dul amú i dtír iasachta nuair nach bhfuil an teanga ag duine.'

'Ach chuirfeadh sé scéal chugainn.'

'Cén chaoi? Cén áit?'

'Ag an tabherna.'

'Sheiceáil mé é sin aréir, ach b'fhéidir nach raibh an uimhir aige. Ní raibh sí agamsa ach an oiread nuair a chuimhním air.'

'Ach bheadh sé sa leabhar teileafóin,' a dúirt Rosemarie.

'Bheadh is dóigh, ach faoi cén t-ainm? Is dóigh go bhfuil céad tabherna nó níos mó i Hersonisis. B'fhéidir gur faoi ainm an úinéara atá sé, ach cé aige a mbeadh a fhios sin i bhfad ó bhaile?'

'B'fhéidir gur bhain timpiste dó,' arsa Rosemarie.

'Déarfainn go mbeadh scéal tagtha dá dtarlódh sé sin. Bhí a phas agus a thicéad fillte ina phóca aige.'

'Ach ní bheadh seoladh na háite seo air sin.'

'D'fhéadfaidís é a fháil amach ón aerfort nó ón gcomhlacht saoire.' Chroith Stephanie a cloigeann le hiontas. 'Le cúnamh Dé, agus ní minic a deirim sin, ach le cúnamh Dé níl tada mar sin tarlaithe nó bheadh scéal faighte againn faoin am seo. Ach céard a bhain dó? Céard a tharla dhó? Níl a fhios agam.'

'Ar cheart dúinn dul chuig na póilís?'

'Ba cheart, is dóigh, agus gabhfaidh, muna mbíonn sé ar ais ag a dó dhéag.' Bhreathnaigh Stephanie ar a huaireadóir. 'Tabharfaimid an méid sin ama dó. Ní mó ná buíoch a bheadh sé na póilís a theacht ina dhiaidh muna mbeadh ann ach míthuiscint, nó dul amú mar a tharlódh do dhuine ar bith.'

'Bheadh bus eile faighte ar ais aige.' Chuaigh Rosemarie chuig an mbalcóin agus bhreathnaigh sí síos ar an mbóthar. Bhí neart daoine ag siúl thart ann ach ní raibh a hathair ina measc.

'B'fhéidir nach raibh aon bhus eile go maidin.' Chuimhnigh Stephanie ar chuile chineál leithscéil.

'Tá tacsaithe chuile áit.'

'Ach tá a fhios agat féin t'athair maidir le costais mar sin. Bheifeá ag caint ar aistear leathchéad míle nó níos mó.'

'Ní bheadh sé chomh santach sin i dtaobh airgid,' a dúirt Rosemarie go loighiciúil, 'nuair a bheadh a fhios aige go raibh imní ormsa. Bíonn sé cúramach le hairgead, ach ní bhíonn sé chomh cúramach sin ar fad!'

'Tá imní ormsa chomh maith leatsa.' Labhair Stephanie go ciúin.

Bhreathnaigh Rosemarie uirthi: ' 'Bhfuil?'

'Tá grá agamsa do d'athair, a Rosemarie. Ní hionann is an grá atá agatsa, ach tá oiread imní ormsa is atá ortsa.'

'Cén fáth a raibh tú ag plé le Yannis mar sin?'

'Ní raibh mé ag plé le Yannis.' Chuir Stephanie béim mhór ar 'ag plé' mar a rinne Rosemarie í féin.

'Tá tú an-mhór leis agus chaith tú an lá inné in éindí leis. Ní hiontas ar bith é imní a bheith ar mo Dheaide.'

'Ar dhúirt sé leat go raibh imní air?'

'Dúirt.' D'fhreagair Rosemarie le cinnteacht, cé nach raibh sí in ann cuimhneamh go díreach ar an gcomhrá a bhí aici lena hathair faoi Stephanie agus Yannis.

'Cathain a thaispeáin sé an imní seo?'

'Nuair a d'imigh sibh maidin inné.'

'Ach shíl mé go raibh tusa i do chodladh,' a dúirt Stephanie, 'gurb in é an fáth ar fhág sé an nóta sin duit.'

Shiúil Rosemarie isteach sa seomra agus shuigh ar leaba a hathar. 'Dúirt sé am eicínt é,' a d'fhreagair sí.

'Ach níl a fhios agat cén uair?'

'Níl sé i bhfad ó shin. Is mar gheall ortsa agus Yannis a bheith ag imeacht in éindí ar feadh an lae a dúirt sé é.'

Bhraith Stephanie ar a rá: 'Níor imigh muid in éindí,' sa chiall a bheadh ag Rosemarie leo sin, ach cén mhaith a bheadh ann? Ina ionad sin dúirt sí: 'A mhalairt de scéal a d'inis sé domsa. Shíl sé gurb iontach an smaoineamh é le cur le mo ghnó, agus is mar sin a d'oibrigh sé amach.'

Thaispeáin 'Huth,' Rosemarie nár chreid sí an leagan amach sin.

'Is fíor dom é,' arsa Stephanie. 'Ní raibh tada idir mise agus Yannis. Creid do rogha rud. Fuair sé gnó dom agus táim buíoch de dá bharr. Sin é an méid.'

'Is beag nach ndeachaigh sé in airde ort an oíche sin ag an dioscó.'

'B'fhéidir go raibh tusa ar meisce nó rud eicínt, go bhfaca tú rud nach raibh ann, ach níl caint mar sin féaráilte domsa ná do Yannis.'

'Murach thusa ní imeodh mo Dheaide,' a dúirt Rosemarie agus chuaigh sí chuig a seomra féin agus chaith í féin ar a leaba, a héadan ar an bpiliúr.

Lean Stephanie amach í ach níor dhúirt sí aon rud. Chuir sí uisce ag fiuchadh sa sáspan beag agus réitigh sí dhá chupán caife. Thug sí cupán anonn chuig Rosemarie agus shuigh sí síos ar cholbha na leapa.

'Cibé céard a cheapann tú fúmsa, a Rosemarie,' a dúirt sí, 'goileann sé seo ar a mbeirt againn. Ar mhaithe le d'athair atá gach duine againn, fiú más fáthanna difriúla atá againn, nó grá difriúil againn dó. Tá lá fada romhainn ag plé le póilís agus ag cuardach chomh maith is atáimid in ann. Is é sin muna dtagann sé ar ais as a stuaim féin.'

Dhírigh Rosemarie ina suí sa leaba agus rug sí ar an gcupán. Lean Stephanie uirthi leis an méid a bhí á rá aici: 'Ní haon mhaith é an bheirt againn a bheith ag troid. Is amhlaidh a dhéanfaidh sé rudaí i bhfad Éireann níos measa agus níos deacra. Ól an caife sin, maith an cailín, agus beimid réidh le tosú ar a dó dhéag.'

'B'fhéidir gur maraíodh é,' a dúirt Rosemarie go faiteach, 'agus gur caitheadh a chorp san fharraige.'

'Déarfainn go mbíonn tú ag breathnú ar an iomarca scannán. Níl cáil an fhoréigin ar mhuintir na háite seo.'

'Níl a fhios agam.'

'Tá tú ag cuimhneamh ar na leaids sin aréir?' Bhreathnaigh Stephanie uirthi. 'Ach ní dhearna siad aon cheo i ndáiríre, aon rud nár inis tú dom?'

'Scanraigh siad muid, mise ar chaoi ar bith,' a d'fhreagair Rosemarie. 'Ach bhí Majella thar cionn.'

'Tógadh ise in áit ina mbíonn ar dhaoine breathnú amach dóibh féin ó bhíodar óg,' arsa Stephanie.

'Meas tú an mbeadh a hathair in ann cabhrú linn?' arsa Rosemarie.

'Glacfaimid le cúnamh ar bith atáimid in ann a fháil,' a d'fhreagair Stephanie, 'ach fanfaimid tamaillín go bhfeicfimid an dtiocfaidh sé ar ais.'

'Ach b'fhéidir go bhfuilimid ag cailleadh ama a dhéanfadh andifríocht ar fad.'

'Seans é sin a chaithfimid a thógáil,' arsa Stephanie. 'Ach ná bí ag súil le mórán ó na póilís ach an oiread. Muna bhfuil coir eicínt déanta nó dlí briste nó cruthúnas ann nár imigh sé dá dheoin féin, d'fhéadfadh sé nárbh fhéidir leo mórán a dhéanamh.'

Níor thuig Rosemarie céard air go díreach a raibh Stephanie ag caint: 'Céard tá i gceist agat?'

'Níl a fhios agam faoin tír seo, ach chuala me ar an raidió sa mbaile nach mórán a bhíonn na Gardaí in ann a dhéanamh má fhaigheann siad tuairisc go bhfuil duine ar iarraidh ach a phictiúr a thaispeáint sna beairicí agus mar sin de. Fágann roinnt mhaith daoine an baile agus nuair nach bhfuil aon dlí briste ní féidir mórán a dhéanamh.'

'Ní dhéanfadh mo Dheaide rud mar sin.'

'Tá a fhios agam.' Leag Stephanie a lámh ar a gualainn. 'Oibreoidh chuile rud amach i gceart. Beidh míniú eicínt air nár chuimhnigh muid ar chor ar bith air.' Ach ní raibh sí chomh cinnte ina hintinn féin.

'B'fhéidir gur *shift*eáil sé.' Bhí Rosemarie ag cuimhneamh os ard.

'An gceapann tú?' Ní raibh Stephanie an-tógtha leis an smaoineamh.

'Ní bheadh a fhios agat. B'fhéidir go raibh sé i dtabherna eicínt, cúpla deoch ólta aige, nach raibh a fhios aige céard a bhí ag tarlú.'

'Ní dóigh liom go mbeadh sé chomh dallta sin.' Ghortaigh an smaoineamh Stephanie ach thuig sí gur rud é a gcaithfeadh sí aghaidh a thabhairt air, b'fhéidir. Bhí sé sin ar cheann de na fáthanna nach ndeachaigh sí chuig na póilís fós. ''Bhfuil a fhios agat céard a dhéanfas tú?' ar sí le Rosemarie. 'Rith síos chuig an mbeár agus fiafraigh ar tháinig aon teachtaireacht teileafóin ó mhaidin.'

Bhí Stephanie ag dul trí leabhrán grianghraf nuair a tháing Rosemarie ar ais gan scéal ar bith ón tabherna. 'Caithfimid pictiúr a thaispeáint do na póilís,' a dúirt sí, 'go mbeidh a fhios acu cé atá siad ag tóraíocht.'

'Níl cuma ná caoi ar an gceann sin,' a dúirt Rosemarie faoi ghrianghraf dubh is bán a raibh Stephanie ag breathnú air.

'Ní paráid faisin a bheas ann,' a d'fhreagair sise. 'Nach in é an ceann atá ar a phas?'

'Is é, ach is cosúil le seanfhear ann é.'

'D'fhéadfaimis pictiúir eile a thaispeáint freisin,' arsa Stephanie, 'ach bheadh sé tábhachtach ceann lena phictiúr pas a bheith acu, ar fhaitíos go mbeadh sé ag iarraidh an tír a fhágáil.'

Bhain an smaoineamh sin croitheadh as Rosemarie: 'Cén fáth a mbeadh sé ag imeacht ón tír?'

'Níl tuairim dá laghad agam, ach caithfimid cuimhneamh ar gach rud. Meath ar a chuimhne, cuir i gcás.'

'De bharr óil?'

'Stróc beag, b'fhéidir nó gortú dá chloigeann. Is minic a chloisfeá caint ar *loss of memory* ar an raidió nuair a bhíonn duine ar iarraidh.'

'Meas tú ar cheart dom scéal a chur chuig mo mháthair?' arsa Rosemarie nuair a chuala sí é sin.

'Cén mhaith imní a chur uirthi gan aon ghá?' a d'fhreagair Stephanie. 'Sách luath a chloisfidh sí faoi má tá aon rud tarlaithe.'

'Faraor gur tháinig muid anseo ar chor ar bith,' arsa Rosemarie go gruama.

'Tá an saol mar sin,' arsa Stephanie, 'laethanta maithe agus droch laethanta, ní bhíonn a fhios agat ó lá go lá.'

'Is mó drochlaethanta . . .'

'Nuair a chuimhníonn tú siar cúpla oíche agus tú ag *shift*eáil bhí a mhalairt de thuairim agat, agus beidh uaireanta mar sin arís ann.'

'*Bolix* ceart a bhí san Arí sin, níl a fhios agam céard a chonaic mé ann.'

'Is é an trua é ach go gcaitheann muid ar fad foghlaim ón saol. Ní fhaigheann aon duine éasca é.'

Bhí Rosemarie ciúin ar feadh tamaill. Dúirt sí ansin: 'An bpósfaidh tusa mo Dheaide?'

'Níl iarrtha aige orm ach ar aon nós tá a fhios agatsa chomh maith liomsa nach bhfuil sé saor le pósadh.'

'Ach nuair a fhaigheann sé colscaradh?'

'Níl aon chaint air sin.'

'Bíonn caint ag mo mháthair air.'

'I ndáiríre?' Bhí iontas an domhain ar Stephanie mar nár dhúirt Tomás aon rud riamh léi faoi cholscaradh.

'Nár dhúirt sé leat é?'

'Níor phléigh muid an t-ábhar sin riamh!' Labhair sí go foirmeálta le Rosemarie faoi, ar nós cuma liom nó mar a bheadh sí ag déileáil le rud éigin san oifig. 'An bhfuil aithne cheart agam ar an bhfear seo a bhfuil mé ag maireachtáil leis, leath an tsaoil?' a d'fhiafraigh sí di féin. D'fhiafraigh sí de Rosemarie: 'Agus an bhfuil siad i bhfad ag caint ar cholscaradh?'

'Le cúpla mí . . .'

'Agus an bhfuil aon rud déanta faoi, mar a déarfá?'

'Bhí mo mhamaí ag caint le dlíodóir cúpla uair. Tá a fhios agam an méid sin, ach níl a fhios agam céard a dúirt sí léi,' arsa Rosemarie.

'Agus d'athair?' Bhí sórt náire ar Stephanie go raibh sí chomh fiosrach sin, ach ní fhéadfadh sí ligean le rud mar seo gan iomlán na fírinne a fháil.

'Bhí sé ar buile. I dtosach báire ar chaoi ar bith.'

'Mar nár inis sí dó?'

'Déarfainn gur mhaith leis gabháil ar ais chuici arís le go mbeimis inár dteaghlach mar a bhí muid,' a d'fhreagair Rosemarie.

'An gceapann tú?' Ní raibh a fhios ag Stephanie cén uair a bhí Rosemarie i ndáiríre faoi na cúrsaí seo nó cén uair a bhí sí ag iarraidh sórt díoltais a imirt uirthi féin as a hathair a ghoid, mar a b'fhacthas di é. 'Is dóigh go mbeinn féin mar a chéile i gcás mar sin,' a cheap sí.

'Níl mo mhamaí dhá iarraidh ar ais. Tá an ghráin aici ar na fir ó thosaigh sí ar an gcúrsa sin faoi chearta na mban. Bíonn sí i gcónaí ag cur fainic orm féin agus ar Alison faoi bhuachaillí.' Chroith sí a guaillí agus dúirt sí: 'Ní thugann muid aird ar bith ar an tseafóid sin, ar ndóigh. Nuair a fheiceann tú stumpa fir ní ag cuimhneamh ar é a bheith ag níochán na soithí a bhíonn tú.'

'Bhuel,' arsa Stephanie, 'chonaic tú aréir go bhfuil cuid mhaith den cheart aici ina dtaobh, nach mórán de na fir atá le trust.'

'Níl siad ar fad ar nós an dá bhollox sin.'

'Tá roinnt mhaith acu amhlaidh.'

'An raibh mórán fear agatsa roimh mo Dheaide?' a d'fhiafraigh Rosemarie amach go lom díreach.

Rinne Stephanie meangadh gáire: 'Ní bhaineann sé sin leatsa.'

'Ach an raibh?' Ní raibh Rosemarie ag dul ag ligean léi.

'Ní fhéadfainn a inseacht, nó d'inseofá do d'athair arís é.'

'Ní inseoinn.' Chuir Rosemarie a lámha trasna i bhfoirm na croise ar a brollach. 'I ndáiríre.'

'Duine nó beirt, ach ní raibh aon duine acu chomh deas le d'athair.' Ón rud a chuala sí faoin gcolscaradh nár inis sé tada di ina thaobh, ní raibh a fhios aici céard a cheap sí faoi Thomás, nó conas a sheas cúrsaí eatarthu. Ach is idir í féin agus é féin a bhí sé sin. Níor bhain sé lena iníon.

'An raibh siad go maith sa leaba?'

'Rosemarie?' Bhreathnaigh Stephanie uirthi, iontas ina súile, mar dhea, agus gáire ar a béal.

'Bhuel, an raibh?'

'Maith go leor,' arsa Stephanie, ag gáire, 'ach ní hé sin an rud is tábhachtaí, ach caidreamh agus cairdeas agus cuideachta. Tá an rud eile ceart go leor ach ní chuireann sé im ar an arán.'

Phléasc Rosemarie amach ag gáire agus chuir sí a lámh lena béal ag iarraidh stopadh.

'Céard é féin?' a d'fhiafraigh Stephanie di.

'Tada . . .' Bhris an gáire uirthi arís agus dúirt sí: 'Bhí mé ag cuimhneamh ar an rud a dúirt tú, cén chaoi a gcuirfeá im ar an arán leis.'

'Bheadh sé cineál *messy* ceart go leor.'

'Ní phósfaidh mise go deo,' arsa Rosemarie go tobann nuair a bhí dóthain gáire déanta acu faoin im is arán.

'Tuige?' arsa Stephanie.

'Mar ní oibríonn a leath acu. Bíonn siad amuigh ag *shag*áil mná eile in áit aire a thabhairt dá ngnaithe féin sa mbaile.'

'Oibríonn roinnt mhaith póstaí ina dhiaidh sin,' arsa Stephanie. 'Ach is dóigh gurb é an príomhrud ná a bheith sona sásta, más pósta nó scaoilte muid.'

Bhreathnaigh Rosemarie ar an gclog agus lig osna mhór mhillteach: 'Níl sé ag teacht ar ais,' ar sí.

* * *

Dhúisigh Tomás Ó Gráinne agus é in ardghiúmar. Ainneoin a raibh siúlta aige an lá roimhe sin agus a raibh d'ól déanta aige san oíche ní raibh tinneas cinn ná tuirse air. 'An chéad lá de mo shaol nua é,' a dúirt sé agus é ag breathnú suas ar na neadracha damháin alla sa seomra beag compordach. 'Nó an é an darna lá é? Lá idir eatarthu a bhí sa lá inné, a smaoinigh sé. 'Inniu an chéad lá. Ach nach cuma? Cén dochar? Táim saor. Saor ar deireadh.'

Shíl sé go mbeadh an baile beag ina raibh sé go deas le socrú síos ann. Bhí na daoine a casadh air lách gealgháireach flaithiúil, mar a fuair sé amach sa tabherna an oíche roimhe sin. An t-aon locht a bhí ar an áit ná nár thuig éinne Béarla agus thógfadh sé tamall airsean Gréigis an lae inniu a chur ar an nGréigis chlasaiceach a d'fhoghlaim sé ar scoil. Bhí na focla teicniúla céanna ann i gcónaí ach ba mhór ina dhiaidh sin idir an tsean-agus nua-Ghréigis.

Cibé céard eile a bhí sé a dhul a dhéanamh, chuimhnigh sé go gcaithfeadh sé dul chuig banc i mbaile mór agus cúrsaí airgid a shocrú. Smaoinigh sé ansin ar Rosemarie agus ar Stephanie. Rinne sé iarracht ar iad a chur as a intinn ach níor fhéad sé. Bheidís ag éirí imníoch faoin am seo, a cheap sé, 'nó b'fhéidir gur cuma leo sa diabhal fúm, Stephanie go háirid.'

Bhí sé níos deacra Rosemarie a ghortú, agus Alison, a iníon is sine sa mbaile. Chaithfeadh sé cuimhneamh ar bhealach le scéal a chur chucu go raibh sé beo agus gan aon imní a bheith orthu. Agus go raibh grá mar a chéile aige dóibh i gcónaí. 'Is fíor dom é,' ar sé, agus é ag glanadh deoir bheag a tháinig lena shúil.

Ach cen difríocht a bhí idir seo i ndáiríre agus scaradh lena bhean roinnt blianta roimhe sin? Bhí sé sin i bhfad níos deacra orthu an uair sin. Bhíodar níos óige. Ní raibh eolas acu ar aon saol eile seachas saol an teaghlaigh mar a bhí sé acu go dtí sin. Bhíodar fásta suas anois. Bheidís ag dul ina mbealach féin go luath. Nach raibh críochnaithe cheana ag Alison san ollscoil? Bheadh jab aici gan mórán achair. Ní bheadh Rosemarie i bhfad ina diaidh.

D'aireoidís uathu an tamaillín a chaithfidís leis chuile sheachtain. Gach coicís amanna, nuair a bhíodh sé cruógach. Na sceallóga agus na scannáin, nó na béilí amuigh le blianta beaga anuas. Ach an aireodh siad uathu é? An é nach raibh sna laethanta sin ach sórt rúibricí foirmeálta seachtainiúla. B'fhéidir go raibh an ghráin acu ar na hócáidí sin, gurbh fhearr leo i bhfad a bheith ag breathnú ar an teilifís, a bheith amuigh lena gcairde, a bheith ag caint le fir óga.

'Seo é an t-am ceart le haghaidh briseadh iomlán,' a dúirt sé leis féin, 'má tá a leithéid de rud agus am ceart ann.' Bheadh sé réidh le Stephanie tar éis na saoire fiú gan Yannis a bheith ar an láthair. Bhí tréimhsí maithe acu le chéile ach is sa leaba is mó a bhí siad sin. Bheadh mná agus cailíní eile ann, an fharraige lán d'éisc.

Chuimhnigh sé ar an mbean óg Ghréagach a dhamhsaigh sa tabherna an oíche cheana. Anois, mar le bean. Nach bhféadfadh lá a theacht go mbeadh bean óg mar í ag seacáil suas leis i dteachín beag faoin tuath, ar nós Gaugin ar an oileán mara úd ó dheas.

'Níl mé óg, ach níl mé sean ach an oiread.' D'éirigh Tomás agus chuir sé air a chuid éadaigh. Ní raibh aon duine eile ina shuí, ní bheifeá ag súil go mbeadh tar éis chomh deireanach is a bhíodar sa tabherna aréir. Bhí a lóistín íoctha cheana, ba chuma leis faoi bhricfeasta. Shiúil sé amach as an teach. Bhraith sé saor ar bhealach faoi leith mar nach raibh aige ach na héadaí a bhí air.

Cheannaigh sé ruainne aráin agus buidéal bainne gabhair sa siopa. Níor thaitin blas an bhainne leis, ach ní raibh bainne bó acu. Ar mhaithe lena ghoile a d'ól sé é, le dochar an óil a mhaolú. D'ith sé an t-arán agus é ina shuí ar bhruach scairdeáin uisce i lár an tsráidbhaile. Shiúil sé go mall amach ar an mbóthar, ag súil go dtiocfadh veain nó carr nó leoraí a thabharfadh síob dó.

Chas sé amhrán dó féin agus é ag siúl leis ar thaobh an bhóthair. Ní raibh a fhios aige cén fáth gurb é *The Mountains of Mourne* a tháinig chun a chuimhne thar amhrán ar bith eile. Bhíodh an t-amhrán sin ag a athair fadó agus é i mbun a chuid oibre. Athair nár chuimhnigh sé air le fada agus bhí iontas air go mbeadh sé ag siúl lena thaobh inniu, d'fhéadfá a rá, ar an mbóthar sin i bhfad ó bhaile.

Cá bhfios nach raibh leithéidí aingle coimhdeachta ann a chuimhnigh sé, nó nach dtabharfadh do mhuintir cúnamh duit ón taobh eile den uaigh. 'Rófhada atá mé imithe ó mo chreideamh,' a cheap sé. Ní bheadh sé ag dul ar ais chuig an Eaglais Chaitliceach, ach shamhlaigh sé é féin agus cailín faoi éadaí daite as pictiúr de chuid Gaugin ag dul chuig seirbhís i séipéilín beag álainn Ceartchreidmheach, cúpla gasúr le craiceann dorcha ag rith lena dtaobh.

Tar éis a raibh de phleananna agus de bhrionglóidí aige ó d'éirigh sé shíl sé nach gcuirfeadh sé iontas ar bith air é féin a fheiceáil ag seasamh isteach ar bhus chuig Hersonisis an tráthnóna céanna. Ba mhó an seans go ndéanfadh sé é sin, a cheap sé nó imeacht uilig. Ach ar a laghad bheadh machnamh déanta aige ar na roghanna a bhí roimhe amach.

' 'Bhfuil gluaisteán ar bith sa tír seo?' a d'fhiafraigh Tomás de féin nuair a bhí cúpla míle siúlta aige agus gan radharc ar charr ar bith. 'B'fhéidir nach n-éiríonn siad go tráthnóna.' Bhí sé cortha traochta agus chuimhnigh sé nár chodail sé sách fada, go raibh giúmar na maidne sórt bréagach, go raibh tuirse an lae inné agus na hoíche roimhe ag breith suas air.

'Ag faire ar Ghodot.' Smaoinigh sé ar dhráma Bheckett. Fanacht, fanacht, mar a bhí orthu a dhéanamh ag an aerfort ar an mbealach. Bhí Rosemarie agus Stephanie sínte ar na cathaoireacha gorma ina gcodladh, eisean ina shuí ar fhaitíos go n-imeodh an t-eitleán gan iad. Bhí air súil a choinneáil ar gach rud, a bheith freagrach as gach rud. Mar a tharla i gcónaí. Bhuel, bhí deireadh le freagracht . . .

Ní raibh tada le breathnú air anseo mar a bhí ag an aerfort. Comharthaí: Exit, Taxi. Teileafón. Slí Amach. Sólaistí. Chuimhnigh sé mar a bhreathnaigh sé ar na scáileáin le liostaí na n-eitleán mar a bheadh sé ag breathnú ar an teilifís sa mbaile. Ach tabhair leadránach air, áthas air nuair a thagadh athrú ar bith, eitilt eile curtha siar de bharr ceo in áit eicínt.

Tháinig an liosta ar ais ina intinn, bhíodar de ghlanmheabhair aige, Malaga, Nua-Eabhrac, Sionainn, Gaillimh, Ciarraí, Cnoc Mhuire, Atlanta, Stansted, Zürich, Exeter. Cé a bheadh ag gabháil ó Exeter go hÉirinn? Tuige an raibh aerfort in Exeter ar chor ar bith? Déarfaidís an rud céanna faoi Chiarraí nó Chnoc Mhuire. Aerfort i chuile dhiabhal áit anois. Nach iontach mar a d'athraigh an saol.

Thabharfadh Tomás rud ar bith ag an nóiméad sin ach a bheith ar ais i Hersonisis agus imeachtaí an lae roimhe sin curtha taobh thiar de. 'Ní raibh mé chomh tríná chéile riamh i mo shaol,' a cheap sé. 'Meas tú an bhfuil mé imithe as mo mheabhair? 'Bhfuil mé imithe uilig ón saol réadúil?'

'B'fhéidir nach imithe as mo mheabhair atá mé ar chor ar bith, ach á fáil ar ais.' Thaitin an smaoineamh sin leis mar gur réitigh sé lena raibh ar siúl aige. 'Nach duine ciúin coimeádach a bhí riamh ionam? Duine stuama staidéarach. Róstuama, róstaidéarach. Nach bhfuil sé in am agam briseadh amach mar a rinne mo chomhghleacaithe sna seascaidí agus sna luathsheachtóidí, nuair a bhí mise i mbun staidéir?'

Shíl sé nach raibh aon óige aige mar a bhí ag mic léinn eile a linne. Nuair a bheadh seisean ag teacht abhaile ó na seomraí eolaíochta tar éis tráthnóna a chaitheamh i mbun trialacha ceimiceacha, d'fheicfeadh sé a chomhdhaltaí taobh amuigh den Dáil, nó i mbun picéid agus agóidí in áiteacha eile.

Bhí teacht Spriongbhoic na hAfraice Theas agus cuairt an Uachtaráin Nixon ó na Stáit Aontaithe mar scéalta móra na linne, mar a bhí Gluaiseacht na gCearta Sibhialta i dTuaisceart Éireann, ach deamhan suime a chuir sé sna cúrsaí sin ag an am. Ní raibh am aige. Chuir ina dhiaidh sin, ar ndóigh, nuair a bhí a dhochtúireacht bainte amach aige agus am aige nuachtáin a léamh i gceart. Tháinig íomhá amháin ar ais chuige ón uair sin fadó, póstaer a raibh greann i ndáiríre ag baint leis: 'IRFU, FU.'

Is beag an tsuim a chuir sé sna mná ach an oiread, a chuimhnigh sé, go dtí go raibh a cháilíochtaí agus a dhintiúir uilig mórán bainte amach aige. De thimpiste a casadh Máire Áine air agus é ag siúl i bhFaiche Stiabhna ag am lóin lá amháin i lár an tsamhraidh. Bhí sé chomh tógtha le staidéar agus le taighde ag an am nár chuimhnigh sé ar dhul ar saoire in aon áit cé go raibh pingineacha deasa á saothrú aige mar léachtóir.

Déarfadh daoine go raibh sé rómánsúil, soineanta, b'fhéidir, dá ndéarfaí leo gur casadh a bhean air agus bia á thabhairt aici do na lachain. Agus bhí sé rómánsúil ar bhealach, cé gur mó de náire a bhí air ag an am. Bhí sé tar éis seasamh i gcac madra ar an gcosán agus é ag iarraidh a bhróg a ghlanadh san uisce le slám féir nuair a bhuail sí bleid cainte air.

Ba chuimhin leis fós an chéad rud a dúirt sí leis: '*Where there's muck, there's luck,*' agus ar feadh roinnt mhaith blianta ina dhiaidh sin d'fhéadfá a rá gurbh fhíor di. Bhíodar sona sásta lena chéile agus lena gcuid gasúr ar feadh deich mbliana ar a laghad, a cheap sé, ag cuimhneamh siar.

Bhí sé cúthail místuama nuair a casadh air í. Ní raibh a fhios aige fós cén chaoi nó cén fáth ar shiúil siad chomh fada le Bewley's lena chéile, ach chaith siad uaireanta an chloig i mbun comhrá. Níor labhair sé mar sin le haon bhean riamh, agus sula raibh a fhios aige é, beagnach, bhíodar ag gabháil amach lena chéile. Cheap siad beirt ag an am go raibh siad déanta dá chéile, go raibh sé sa chinniúint go gcasfaí ar a chéile iad.

D'fhiafraigh sé de féin cén fáth ar mhill sé chuile shórt? Cén fáth ar thosaigh sé ag plé le cailíní óga nuair a bhí bean agus clann chomh deas is a bhí ag aon duine riamh sa mbaile aige? Ba í Máire Áine an chéad duine riamh a dúirt leis go raibh sé dathúil. Bheadh sé slachtmhar, a dúirt sí, murach go raibh sé i bhfolach taobh thiar d'oiread sin gruaige.

Sin é a bhí mar stíl ag an am agus ba chosaint freisin í don té a bhí cúthail. Thug sí léi é chuig gruagaire agus siopa faisin, lena réiteach amach mar ba dhual do léachtóir ollscoile. Chuir an slacht a chuir siad sin air iontas air féin fiú amháin.

Ní raibh a fhios aige an é an slacht sin a mheall na cailíní, nó gur chaith an sórt oibre a bheadh ar bun acu le chéile ina mbeirteanna le chéile rómhór iad. Bhíodh mic léinn onóracha go háirithe ag iarraidh obair bhreise a dhéanamh tar éis na ngnáthuaireanta ollscoile. Ní hé go raibh an oiread sin cailíní i gceist roimh nó i ndiaidh Stephanie, a smaoinigh sé.

Bheadh duine in aghaidh na bliana den chuid is mó, an duine céanna le cúpla bliain uair amháin mar gur theip uirthi an bhliain roimhe. Sheachain sé coimhlintí eatarthu. Ní ghabhfadh sé ach le duine amháin ag an am. Bhíodar fíorchúramach i gcónaí, ní hamháin le nach mbeadh a fhios ag Máire Áine aon rud faoi, ach le nach mbeadh a fhios ag na mic léinn eile ach an oiread.

Rinne sé iontas cá raibh Rose anois, an chéad duine acu, an bhliain chéanna inar rugadh Rosemarie. As sin a tháinig a hainm nó leath de ar chaoi ar bith. Bhí Máire Áine an-tógtha léi, cé nach raibh a fhios aici faoin rud eile, ar ndóigh. Ise a d'iarr air an mbeadh mac léinn ar bith ag iarraidh airgead póca a shaothrú as aire a thabhairt d'Alison nuair a bheidís féin amuigh san oíche. Bheadh an páiste ina codladh agus d'fhéadfaidís staidéar a dhéanamh agus cúpla punt úsáideach a shaothrú ag an am céanna. Chuir sé nóta ar an mbord agus ba ó Rose a tháinig an chéad iarratas.

Ní raibh sí ard ná dathúil, ach bhí an ghruaig is rua dá bhfaca sé riamh timpeall a héadain phlucaigh. Ba í an cailín ba raimhre a bhí riamh aige, agus ag breathnú siar anois ní fhéadfá locht ar bith a fháil air sin. Buntáiste a bhí ann dáiríre, mar go raibh sí mórchroíoch, mórchíochach, flaithiúil leis ar chuile bhealach.

'Bastard ceart a bhí ionam,' a cheap sé nuair a chuimhnigh sé gurb í an oíche a raibh Máire Áine san ospidéal tar éis do Rosemarie a theacht ar an saol a chéadluigh sé le Rose. Bhí sí sa teach ag tabhairt aire d'Alison nuair a tháinig sé féin abhaile sách súgach tar éis dó breith a iníne a cheiliúradh in óstán lárchathrach. 'Níl a fhios agam cén chaoi a ndeachaigh mé abhaile an oíche chéanna,' a smaoinigh sé.

Thug sé cuireadh do Rose an dea-scéal a cheiliúradh leis agus d'óladar braonta maithe. Ní raibh a fhios aige fós cé acu díobh a chuir tús leis, ach ghlac sé leis gurb air féin a bhí chuile mhilleán. Thosaíodar ag damhsa, ina dhiaidh sin ag pógadh a chéile agus an chéad rud eile bhí sé sáite inti ar an ruga ar aghaidh na tine amach. Bhí náire an domhain air ach deamhan locht a bhí aici féin air. 'Nach bhfuil na *hots* ag chuile chailín sa rang duit?' ar sí.

Aisteach go leor, a cheap sé, níorbh é an gníomh féin is mó a rinne dochar dá shaol ach an rud a dúirt sí. Faoi na *hots* a bheith ag na cailíní dó. 'Ní gan údar a bhíonn siad ag casadh *'Those brown eyes,'* a dúirt sí, 'nuair a fheiceann siad ag teacht isteach sa rang thú.' Den chéad uair ina shaol thosaigh sé ag cuimhneamh go raibh sé mealltach do mhná agus do chailíní óga. Don Astráil a chuaigh Rose agus chuala sé ina dhiaidh sin go raibh ag éirí thar cionn léi, roinnt cógaslann dá cuid féin aici thart ar Bhrisbane.

Bhí náire air, ar ndóigh, nuair a mhol Máire Áine go dtabharfaidís Rose ar an gcailín beag a bhí saolaithe aici. Ag breathnú siar anois air shíl sé go mb'fhéidir go raibh amhras eicínt uirthi faoi féin agus Rose. Bhí Máire Áine mar sin. Ní déarfadh sí rud amach díreach, ach chuirfeadh sí bior ionat ar bhealach eicínt eile. Dúirt sé féin léi ainm a mháthar féin 'Marie' a thabhairt uirthi agus is mar sin a tháinig siad ar an ainm 'Rosemarie.'

Dhúisigh Tomás óna thaibhreamh lae nuair a chuala sé an chéad charr ó mhaidin. Ní raibh am aige éirí suas agus a ordóg a shíneadh amach. 'Munar carr póilís atá inti,' a cheap sé. Tháinig an smaoineamh chuige: 'Meas tú an gcuirfidh siad na póilís i mo dhiaidh? Ach cén choir atá déanta agam? Nach bhfuil cead ag saoránach de chuid an Aontais Eorpaigh na bóithre a shiúl nó síob a iarraidh ar a rogha duine?'

'Is fearr siúl fada ná seasamh gearr.' D'iompaigh Tomás an seanfhocal ar a chloigeann agus thosaigh sé ag siúl. Agus muna dtagann carr ar bith eile an bealach? Oíche eile sa tabherna céanna. 'Ní bheadh locht ar bith agam air.'

Chuir dreach na háite a raibh sé ag siúl tríd áiteacha sceirdiúla i gCiarraí, Conamara agus Tír Chonaill i gcuimhne dó. Chomh maith leis an saoire thar lear chuile bhliain nuair a bhí na gasúir ag éirí aníos, chaith siad cúpla seachtain le chéile mar theaghlach áit eicínt in Iarthar na hÉireann ó Inis Eoghain go Beanntraí.

Ag breathnú ar na cnoic seo agus ar na crainn fhánacha ag fás anseo agus ansiúd orthu, chuir siad ceantar an Líonáin ar theorainn Mhaigh Eo agus na Gaillimhe i gcuimhne dó. Chuimhnigh sé ar áit amháin cúpla míle ó thuaidh den Líonán a raibh cnoic arda ar thaobh na láimhe deise, abhainn sa Ghleann, bóthar lena taobh agus roinnt droichead beag leis an uisce ó na sléibhte a ligean isteach san abhainn. Bhí an ceantar inar sheas sé an-chosúil leis sin ach go raibh níos mó den dath buí i gclocha na Créite.

'An áit a bhreathnaigh go deas i bhfad uait,' a cheap sé, 'is minic nach bhfuil sé leath chomh deas nuair atá tú ina gar.' Talamh tirim, crua, spalptha a bhí thart air, in ainneoin chomh deas is a bhreathnaigh sé. Ba mhinic an fharraige bréan agus gránna freisin de bharr séarachais agus salachar agus feamainn lofa, cé go raibh cuma álainn ghorm uirthi i bhfad uait.

'Focin Cretans,' ar sé, agus é ag breathnú siar an bóthar ag súil le carr a theacht as áit eicínt. Shíl sé go raibh sé sin barrúil, cé go raibh ciníochas ag baint leis, ar ndóigh. Smaoinigh sé nach mbeadh aon duine anois aige a d'fhéadfadh sé scéal beag barrúil a insint dó. Chuala sé in áit éigin gurb é an rud is deacra i dteanga ar bith a fhoghlaimíonn duine ná greann a dhéanamh. 'B'fhéidir gur fearr dom mo shaoirse a bhaint amach i dtír ina dtuigtear céard tá mé ag iarraidh a rá,' a cheap sé.

'Ach cén tír í féin?' An rud ba tharraingtí faoin áit ina raibh sé ná an teas. Teas na gréine ar feadh na bliana, d'fhéadfá a rá, chomh maith le daoine lácha cineálta gealgháireacha. 'Agus nach bhfuil Béarla breá ag cuid acu?' Chuimhnigh sé ar Yannis ach toisc gur chuir sé sin drochghiúmar air, chuir sé amach as a intinn arís é.

'Ach cén deabhadh atá orm? Nach bhfuil agam go Deireadh Fómhair le m'intinn a dhéanamh suas. Bhuel, Meán Fómhair ar a laghad. Má fhágaim ródheireanach é, tosóidh siad ag éirí mífhoighdeach, ag smaoineamh ar léachtóir a chur i m'áit, ar mé a bhriseadh uilig, más féidir leo, cé go gceapaim nach féidir.'

Chonaic sé dusta ag ardú i bhfad uaidh sna cnoic trasna an Ghleanna, leoraí ag teacht anuas ón ard agus ag déanamh ar an bpríomhbhóthar. 'Faraor nach bhfuil mé ag an gcrosbhóthar beag sin,' a cheap sé, 'go bhfaighinn síob.' Níor chuimhnigh sé go dtiocfadh an leoraí ina threo agus ar aon chaoi, a cheap sé, ní raibh aon mhaith ansin mar nach mbeidís ag dul an bealach a theastaigh uaidh a ghabháil.

'Ach nach cuma liom cén chaoi a ngabhfaidh mé? Níl aon cheangal orm. Má stopann siad, gabhfaidh mé in éindí leo. Fágfaidh mé an chinniúint faoin tiománaí.' Stop an leoraí. Fear réasúnta óg a bhí ann. Bhain Tomás úsáid as ceann de na focla Gréigse a bhí aige 'Agora.' *The market,'* a tháinig mar fhreagra, agus thug sé comhartha do Thomás suí isteach in aice leis. Go Charakas a bhí sé ag dul, thíos in íochtar na tíre. Ba chuma le Tomás cá raibh sé ag dul ach é a thógáil ón mbóthar sin.

Shíl an Gráinneach tar éis tamaill sa leoraí dó, gurb é an rud is fearr a tharla riamh d'Éirinn ná go raibh foireann réasúnta maith sacair ag an tír le blianta beaga anuas. Ní den chéaduair é ó tháinig sé go dtí an Chréit gurbh é ainm Jack Charlton nó Paul Mc Grath nó Roy Keane a chuir tús le comhrá nó a choinnigh ag imeacht é. Is beag eolas eile a bhí ag daoine ar Éirinn nó ar Éireannaigh, ach d'aithin siad agus mhol siad na peileadóirí a bhain cáil amach i bpáirceanna i bhfad ó bhaile . . .

Chuir sé iontas ar an tiománaí nach raibh aon mhála ná balcaisí de chineál ar bith ag Tomás, ach ba é a fhreagra seisean ná gur ar thuras lae a bhí sé agus gur theastaigh uaidh lár na tíre a fheiceáil. 'Ní fheicim maith ar bith a bheith ag meascadh leis na turasóirí eile istigh sa mbaile mór,' a dúirt sé. 'Má táim ag iarraidh labhairt le Gearmánaigh, gabhfaidh mé chuig an nGearmáin.'

'Ag iarraidh aithne a chur ar Chréitigh?' a dúirt an tiománaí agus d'fháisc sé an lámh ba ghaire dó, lámh dheas Thomáis lena mheas ar an bhfear seo as Éirinn a fuair sé ar an mbóthar a thaispeáint.

'Is maith liom an tír seo.' D'airigh Tomás go raibh a lámha á n-úsáid aige ar nós duine as an áit nuair a bhí sé ag iarraidh é féin a chur in iúl.

'Ba mhaith liom cónaí anseo, agus an chuid eile de mo shaol a chaitheamh ann.'

Thosaigh an fear eile ag gáire agus chroith sé a chloigeann. 'Tír chrua í le maireachtáil inti,' a dúirt sé. Chuir sé a órdóg siar i dtreo an stuif a bhí ar chúl an leoraí: 'Go leor oibre. Gan mórán airgid.'

'Ach tá teas ann agus áilleacht.'

'Ní féidir iad sin a ithe.'

'Tá margadh ann do do chuid earraí.'

'Obair chrua, obair chrua,' a dúirt an tiománaí cúpla uair.

Rinne Tomás iarracht an seanfhocal faoi adharca fada ar bha thar lear a mhíniú dó. Níor éirigh leis. Ach ba léir go raibh an chiall chéanna ag 'adharc' sa Créit, agus ní le cloigne na n-ainmhithe amháin a bhain an míniú sin. 'Bíonn adharca móra ag fir na hÉireann freisin?' a d'fhiafraigh an tiománaí.

'Ag corrdhuine . . .'

'Gabhfaidh mise go dtí do thírse, Éire?' a dúirt an fear eile. 'Tiocfaidh tusa chun cónaithe anseo agus tabharfaidh mé duit mo bhean agus mo ghasúir, mo mhadra, mo ghabhair, mo leoraí.' Bhí siad ag baint taitnimh as cuideachta a chéile. 'Agus beidh do bhean agamsa, agus do chlann . . .'

'Níl aon bhean agam,' arsa Tomás, agus in aghaidh a thola ar fad tháinig tocht ina ghlór, sórt gáire briste. Leag an tiománaí a lámh ar a ghlúin agus dúirt sé: 'Tá an t-ádh ort. Ba mhian liomsa go n-imeodh mo bhean freisin. Agus rachaidh an bheirt againn chuig an mbaile mór agus gheobhaimid cailíní óga dúinn féin. Sea?'

Nuair a shroich siad Charakas pháirceáil an fear eile a leoraí. In áit a ghabháil chuig an margadh lena chuid earraí a dhíol thug sé Tomás isteach i dtabherna agus chuir sé líne de ghloiní beaga raki os comhair na beirte acu. Thosaíodar beirt á gcaitheamh siar, agus as cúirtéis d'ordaigh Tomás an rud céanna arís. Chaitheadar siar arís. 'Sin deireadh le deora,' a dúirt an fear eile, leag a lámh ar a ghualainn agus chuaigh amach chuig a leoraí. D'ordaigh Tomás Budweiser agus shuigh sé ansin ag iarraidh a smaointe a chur i dtoll a chéile.

* * *

Bhí Stephanie agus Rosemarie i stáisiún na bpóilís faoin am seo, ach ní raibh ag éirí rómhaith leo. Bhí chuile chineál leithscéil, an chuid is mó acu loighiciúil, lena gceart a thabhairt dóibh, gan cás mór ná cás práinneach a dhéanamh as duine nár tháinig abhaile an oíche roimhe. 'Tarlaíonn sé gach lá,' a dúirt an bhean óg a bhí ag déileáil leo. 'Bíonn daoine anseo ar maidin trína chéile, iad sona sásta tráthnóna.' Luaigh sí na deacrachtaí a bhain le teanga, le míthuiscintí maidir le taisteal, le cúpla deoch sa bhreis a bheith ólta ag duine agus gur thit suan trom orthu. 'Agus ar ndóigh castar fir le cailíní, nó mná le fir,' a dúirt sí, 'agus ní bhíonn aiféal' go maidin.'

Scríobh sí síos na fíricí, dúirt go mbeadh sí i dteagmháil leis na póilís i Heraklion láithreach, go gcuirfeadh sí faics lena phictiúr chuig chuile stáisiún ar an oileán, chuig an aerfort agus na dugaí. 'Sin é an méid is féidir linn a dhéanamh faoi láthair,' a dúirt sí agus ansin, le meangadh beag: 'Ach chomh luath is a thagann sé ar ais, inis dúinn, le bhur dtoil.'

'Táim ag cur glao ar mo mháthair agus Alison,' a dúirt Rosemarie nuair a d'fhág siad an stáisiún. 'Tá sé in am fios a bheith acu.'

Níor dhúirt Stephanie aon rud. Shíl sí nach raibh mórán céille a bheith ag cur imní ar dhaoine nuair nach raibh aon scéal cinnte acu. Go háirithe i bhfianaise a raibh le rá ag an mbangharda.

'Fanfaidh mise leat ag an tabherna,' a dúirt sí. 'Seiceálfaidh mé ar ghlaoigh sé ar an áit nó tada.'

Bhí a fhios aici ón gcaoi dhrochmheasúil a bhreathnaigh Rosemarie uirthi gur ag cuimhneamh ar Yannis a bhí sí.

'Bhí mé ag súil go nglaofá ón oíche aréir,' a duirt a máthair chomh luath is a d'éirigh le Rosemarie an glao a chur tríd. 'Cén chaoi a bhfuil tú?'

'Tá Deaid ar iarraidh,' an chéad rud a dúirt Rosemarie. 'D'imigh sé inné agus níor tháinig sé ar ais agus níor chuir sé scéal ná tada.'

'Ná bíodh imní ort,' a d'fhreagair a máthair. 'Tá sé beo. Níl a fhios agam céard atá air nó cá bhfuil sé, ach tá sé beo. Chuir sé glao anseo inné.'

'Agus céard dúirt sé?' Bhí Rosemarie ar bís, áthas uirthi a chloisteáil gur chuir a hathair scéal abhaile. Ach níor chabhraigh freagra Mháire Áine tada léi:

'Níor dhúirt sé aon rud . . .'

'Agus cén chaoi a bhfuil a fhios agat gurb é a bhí ann?'

'Tá a fhios agam,' a dúirt a mháthair. 'Déanann sé é sin amanna nuair a bhíonn rud eicínt ag cur as dó nó ag cur isteach air. Cén chaoi a bhfuil cúrsaí thall? An bhfuil sí sin ansin ag éisteacht leat?'

'Níl, tá sí san árasán.'

'An raibh siad ag troid nó aon cheo?'

'Ní raibh siad ag troid ach bhí sise cineál mór le fear eile anseo.'

'Cén fear?'

'Yannis atá air. Tá sé ag obair sa mbeár faoi na hárasáin.'

'Agus bhí sí ag dul in éindí leis?' Bhí iontas le tabhairt faoi deara i nguth Mháire Áine cé go raibh sí na mílte fada as láthair.

'Deir sí féin nach raibh tada eatarthu, ach . . .'

'Meas tú an mar gheall air sin a d'imigh d'athair?'

'D'fhág sé nóta ag rá go mbeadh sé ar ais tráthnóna.'

'Is aisteach an rud é. Níl a fhios agam ar cheart dom dul i dteagmháil leis an ambasáid anseo nó céard?'

'Dúirt na póilís go dtéann go leor amú ar a laethanta saoire ach go dtagann siad ar ais arís taobh istigh de chúpla lá.' D'inis Rosemarie dá máthair céard dúirt an bhean sa stáisiún faoi phictiúr a hathar a chrochadh ar fud na tíre.

'Ar mhaith leatsa a theacht ar ais abhaile?' a d'fhiafraigh a mháthair di.

'Níl a fhios agam,' a d'fhreagair Rosemarie. 'Ní raibh a fhios agam go bhféadfainn. Ó thaobh airgid agus ticéid agus mar sin de atá mé ag rá.'

'Cén chaoi a bhfuil cúrsaí idir thú féin agus í sin?' Chuimhnigh sí gur cheart di a hainm a rá: 'Stephanie.'

'Ceart go leor,' a d'fhreagair Rosemarie go patuar.

'An mbíonn sibh ag troid agus ag argóint?'

'Corruair, ach ní mórán é.'

'Chomh minic is a bhíonn tú ag troid agus ag argóint liomsa?' a d'fhiafraigh a mháthair di, ag iarraidh í a chur ar a suaimhneas.

'Bím ag argóint níos mó sa mbaile,' a dúirt Rosemarie. Bhí cuid den imní imithe di ó chuala sí go raibh a hathair beo, ach ní raibh a fhios aici ag an am céanna cén fáth ar imigh sé nó cá raibh sé. Chuir sí lena freagra ar cheist Mháire Áine: 'Tá aithne níos fearr agam oraibh agus déarfainn rudaí sa mbaile nach ndéarfainn le stráinséir.'

'Cuirfidh mise glao ar ais ort,' a dúirt a mháthair, 'nó beidh do chuid

airgid ar fad slogtha ag an bhfón sin.' Thug Rosemarie a huimhir di agus
thóg sé suas le cúig nóiméad ar Mháire Áine a fháil tríd arís. 'Má tá tú
ag iarraidh a theacht abhaile, inis dom é,' a dúirt a máthair, 'agus socróidh
mé rud eicínt ón taobh seo.'

'B'fhearr liom fanacht go dtiocfaidh Deaide ar ais slán sábháilte,' arsa
Rosemarie. 'Ba mhaith liom a bheith anseo roimhe.'

Ní raibh a fhios ag a máthair ar cheart di tuilleadh imní a chothú trí
fainic a chur uirthi a bheith réidh le haghaidh drochscéil, cibé drochscéal
é féin, bás nó tréigean. 'An mbeidh mé in ann glaoch ort ag an uimhir
sin?' a d'fhiafraigh Máire Áine di.

'Sórt *Telecentre* atá anseo,' arsa Rosemarie. 'Bheadh sé níos éasca mé
a fháil ag an tabherna faoi na hárasáin.' Thug sí an uimhir sin dá máthair.

'Glaofaidh mé ar ais thart ar a sé a chlog ar an uimhir sin,' a dúirt sise.

'Sé thall nó a sé abhus?' arsa Rosemarie.

'Nach bhfuil cúpla uair an chloig sa difríocht? Níor chuimhnigh mé
air sin. Sé a chlog thall, mar sin.'

'Cén chaoi a raibh na scrúduithe?'

'Ceart go leor, ach inseoidh mé duit arís faoi sin. Beimid bánaithe ag
Telecom má fhanann muid ag caint mórán níos faide.'

Bhí aiféal' ar Mháire Áine chomh luath is a d'imigh sí ón bhfón.
'Cén fáth ar dhúirt mé é sin?' ar sí le hAlison. 'Ní hé seo an t-am le bheith
ag spáráil airgid.'

'Beidh go leor glaonna eile le déanamh,' a d'fhreagair sise. Bhí an chuid
is mó den chomhrá teileafóin cloiste ag Alison, agus chuir sí tuairisc na
rudaí nár thuig sí i gceart nuair a bhí a máthair ag caint le Rosemarie.
'Ba cheart domsa dul amach ann,' a dúirt Alison, 'le cúnamh a thabhairt.'

'Táimid ag maireachtáil ar *pheanuts* mar atáimid,' a dúirt Máire Áine,
'mar nár tháinig seic na míosa seo tríd fós, muna bhfuil sí ann inniu.'

'Nach é an bastard é?' Bhí mothúcháin Alison faoina hathair trína
chéile. Bhí sí ag súil go dtiocfadh sé slán as cibé trioblóid ina raibh sé
thall, ach níor thuig sí riamh cén fáth nár íoc sé an liúntas míosúil lena
bhean chéile tríd an mbanc in áit seic a scríobh chuile mhí i ndiaidh a
chéile. 'Níor dhúirt tú liom é!'

'Ní raibh mé ag iarraidh imní a chur ort le linn do scrúduithe.'

'Is dóigh nár chuimhnigh sé air agus é ag imeacht.'

'Is dóigh nár chuimhnigh.' Ina hintinn féin bhí Máire Áine ag smaoineamh gur chuimhnigh sé ceart go leor ach nach raibh ann ach bealach eile lena chumhacht a léiriú agus leis an mbróg a thabhairt di mar dhíoltas as briseadh a bpósta. Ansin bhuail smaoineamh eile í: 'Ba cheart don bheirt againn dul amach ann,' a dúirt sí.

'Muna bhfuil dóthain airgid againn le haghaidh duine amháin, cén chaoi a mbeadh beirt againn in ann gabháil ann?'

'Cuirfidh mé glao ar an Roinn Gnóthaí Eachtracha go bhfeicfidh mé.'

'Ní íocfaidís sin as do bhealach?' arsa Alison.

'Is fiú é a thriail. Má dhéanann siadsan na socruithe dúinn, gheobhaimid an t-airgead in áit eicínt.'

'Ach cén áit?'

'Tá neart airgid ag d'uncail Seoirse. Má tá cion ar bith aige ar a dheartháir Tomás, tabharfaidh sé cúnamh.' Chuaigh sí ar ais chuig an teileafón faoin staighre. Den chéad uair ó thosaigh ar staidéar na mban shíl Máire Áine go raibh cuid dár fhoghlaim sí á cur i ngníomh aici. Is beag nár chaill sí a misneach uilig sna blianta sin tar éis dá pósadh titim as a chéile. Ach anois bhí fonn uirthi dul ag plé le dream ar bith ar mhaithe lena hiníon i bhfad ó bhaile. 'Is fiú chuile shórt a thriail,' a dúirt sí. 'Níl tada le cailliúint againn.'

* * *

B'fhíor don tiománaí leoraí, a cheap Tomás. Chuir an *rakí* deireadh lena thocht, ach chuir sé deireadh le roinnt mhaith eile freisin. Bhí sórt ríl ina chloigeann agus shíl sé nárbh in an t-am le dul chuig banc le cúrsaí airgid a shocrú. D'ól sé cúpla beoir eile ag súil go leigheasfadh ribe an ghadhair é, ach smaoinigh sé ansin gur bhain an leigheas sin le hól na hoíche roimhe níos mó ná leis an téar a bhí ar siúl aige i láthair na huaire.

D'airigh sé go raibh a chloigeann róthrom dá ghuaillí agus bhí fonn codlata air. Leag sé a chloigeann ar an gcuntar ach ar éigean go raibh sé nóiméad mar sin nuair a bhí an tábhairneoir i ngreim ar a uilleann agus á bhrú amach as an mbeár. Chonaic sé suíochán cloiche ar thaobh na sráide. Chuaigh sé anonn, luigh sé síos agus chodail ar an toirt.

Bhí daoine bailithe timpeall air agus iad ag gáire nuair a dhúisigh a shrannfach féin é. Rinne duine acu aithris air agus chroith sé a chloigeann. Dúirt siad cúpla rud lena chéile ina dteanga féin agus bhailigh siad leo, ag gáire. Chuaigh Tomás isteach i mbialann ag iarraidh caife. Chuir na cupáin bheaga bhídeacha déistin air. Bhí ceithre cinn acu ólta aige sular cheap sé go raibh deoch cheart chaife aige. Agus bhí sé chomh daor sin. Ach is cosúil gur oibrigh sé. Bhí iontas air gur airigh sé chomh maith tar éis an chuma a chuir an *rakí* air níos túisce sa lá.

Thug sé faoi deara Chania scríofa ar bharr bus agus shíl sé go raibh an t-ainm sin chomh maith le hainm áite ar bith. Bhreathnaigh sé ar an mapa a bhí ag stad an bhus. Chonaic sé i dtosach chomh fada ó dheas is a bhí an áit ina raibh sé, Charakis, agus go raibh Chania siar ó thuaidh. Dá mbeadh sé ar an gcósta thuaidh nó i ngar dó, d'fhéadfadh sé an príomhbhóthar a fháil trasna go Heraklion agus as sin go Hersonisis. 'Má bhíonn fonn orm gabháil ar ais,' a dúirt sé leis féin.

Thug Tomás faoi deara agus é ag breathnú ar an léarscáil nach raibh an Éigipt i bhfad ó dheas agus smaoinigh sé ar thuras a thabhairt trasna ansin. Thóg sé bonn airgid as a phóca agus chaith sé san aer é. 'Chania inniu,' ar sé. 'Fágfaidh mé na pirimidí go dtí lá eicínt eile.'

Ní raibh a fhios aige cén fhad a bhí caite aige ina chodladh ar an suíochán sráide. Ní raibh a fhios aige cén t-am ar luigh sé síos ann, ach chuir sé iontas anois air go raibh sé amach sa tráthnóna. Bhí gach cosúlacht ar an scéal go mbeadh sé dorcha sula mbainfeadh sé Chania amach. 'Tá súil agam go mbeidh mé in ann lóistín a fháil,' a smaoinigh sé. Bhí a fhios aige go raibh sé cráite craite ag breathnú de bharr óil agus a bheith sna héadaí céanna le cúpla lá.

Bhí sé lánchinnte go bhfillfeadh sé ar Hersonisis lá arna mhárach, ní bheadh i gceist ach turas bus soir díreach ó Chania. Ach bhí sé beagnach chomh cinnte céanna nach bhfillfeadh. B'aisteach an rud é sin, a cheap sé, a bheith chomh cinnte céanna do rud amháin agus a mhalairt. Dá mbeadh sé in ann smaoineamh contrártha mar sin a chur i bhfeidhm i gcúrsaí ceimice, cá bhfios nach mbeadh fionnachtain iontach eicínt mar thoradh air?

Ach an mbeadh sé ar ais ag plé le ceimic arís? Sin ceist. Agus é ag breathnú amach trí fhuinneog an bhus ar an talamh spalptha shíl sé nach raibh an tsamhail a bhí aige go mbeadh sé ina fheilméir beag Gréagach chomh tarraingteach is a bhí an lá roimhe, nó an lá roimhe sin arís nó cibé cén lá ar chuimhnigh sé air.

Chuaigh sé siar ina intinn ag comhaireamh na laethanta agus na n-oícheanta. Ní raibh sé leath chomh fada imithe ón árasán is a cheap sé. B'fhacthas dó go raibh sé imithe leis na cianta. Ba dheacair a chreidiúint anois nach raibh sé ach cúpla lá nó trí ó bhí sé féin agus Stephanie sníofa ina chéile i mbun craicinn.

'Caithfidh mé bean a fháil dom féin anocht,' ar sé leis féin, 'lena chruthú go bhfuil an bhitch sin curtha taobh thiar díom agam. Caithfidh mé a bheith mídhílis di mar a bhí sise liomsa. Leis an slabaire buí sin, Yannis. Beidh mé in ann dul ar ais ansin.' Chuimhnigh sé ansin gur bocht an chuma a bheadh air agus é ag cuartú ban leis na héadaí agus an salachar agus an boladh allais triomaithe faoina ascaill.

Bhí leigheas aige ar an scéal sin freisin: 'Ceannóidh mé éadaí. Nach mbeidh na siopaí i Chania oscailte deireanach chomh maith le siopaí Hersonisis?' Thóg sé amach an méid airgid a bhí fanta aige agus chomhair sé é. Ní raibh oiread aige is a cheap sé ach luigh sé sin le réasún nuair a chuimhnigh sé ar an méid a d'ól sé ó d'fhág sé. Ach bhí dóthain aige le hathrú éadaigh a fháil. Bheadh sé in ann gabháil chuig an mbanc lá arna mhárach.

Nuair a shroich an bus an cósta ó thuaidh chas sí siar tar éis stopadh tamaillín i Rethymnon. D'airigh Tomás go raibh sé ag baile arís ar bhealach eicínt. Mar gheall ar gur ar an gcósta sin a bhí Heraklion, an áit a raibh an t-aerfort, nó Hersonisis, an áit a raibh siad ag fanacht. Ní bheadh sé i bhfad anois go mbeadh sé ar ais arís le Rosemarie. Oíche amháin eile a thógfadh sé air a chuid smaointe a chruinniú. Bhí sé cinnte den mhéid sin, chomh cinnte is a bhí sé faoi rud ar bith.

Déarfadh sé le Stephanie gabháil go dtí diabhal, murach go raibh sí imithe chuig an diabhal sin Yannis cheana. 'Meas tú,' ar sé leis féin, 'ar thug sí isteach i mo leaba aréir é, nuair nach raibh mé ann?' Smaoinigh sé arís. 'Ní dhéanfadh, agus Rosemarie ansin, ach ní chuirfinn rud ar bith thairsti.' Ach thaispeánfadh sé féin dóibh an oíche sin go raibh sé in ann bean óg a tharraingt i gcónaí. Nuair a bheadh sé ina fhear nua, réitithe amach ina chuid éadaí samhraidh.

Ní raibh sé chomh deacair is a cheap sé lóistín a fháil. A chárta American Express a rinne an difríocht. Ní raibh suim ar bith ag an gcailín ag an deasc ina leithscéalta gur fágadh a mhála ag an aerfort. Ní raibh suim acu ach i ndath a chuid airgid. 'Tá sé ag cosaint an t-úafás,' a cheap sé nuair a shroich sé a sheomra, 'ach is fiú é. Nuair a bheas cith agus compord agus codladh agam, beidh mé i m'fhear nua arís.'

Luigh sé siar ar an leaba agus dhiailigh sé uimhir Mháire Áine. Bhain sí croitheadh as nuair a dúirt sí: 'Tomás?' Chroch sé suas an fón ar an bpointe. Bhí a fhios aige gur cheart dó labhairt, ach ní raibh sé réidh fós. Ní raibh a chloigeann socair. 'Beidh néal beag agam i dtosach,' a smaoinigh sé, 'agus ansin ceannóidh mé éadach. Caithfidh mé gabháil ar an *town* agus bean a fháil dom féin. Múinfidh sé sin ceacht don Stephanie bhradach sin.'

*   *   *

Bhí Rosemarie ag an linn snámha le Majella mar nach raibh sí ag iarraidh a bheith i bhfad ón teileafón dá nglaofadh a hathair nó a máthair. Bhí athair agus máthair Mhajella, Seán agus Helen, sínte ar na sráideoga ar an taobh eile den ghairdín álainn. Bhí rósanna agus féithleoga ag fás go fairsing ann agus chuir boladh na mbláthanna go mór leis an atmaisféar. Ach ní ar an timpeallacht a bhí na cailíní ag caint ach ar imní na huaire.

'Chuirfinn an milleán ar fad uirthi sin,' a bhí Majella ag rá, 'mar gheall ar an gcaoi a raibh sí le Yannis.'

'Fuist!' Chlaon Rosemarie a cloigeann i dtreo dhoras an tabherna. 'Tá siad istigh ansin.'

'Shílfeá go mbeadh náire uirthi.' Labhair Majella chomh hard céanna. 'A bheith istigh ansin in éindí leis tar éis a bhfuil tarlaithe.'

'Deir sí nach bhfuil tada eatarthu.' Bhí cosúlacht ar chaint Rosemarie gur chreid sí Stephanie faoin am seo. 'Thug sé cúnamh di lena gnó. Sin é an méid.'

'B'fhéidir gur mheasc siad an gnó agus an pléisiúr.'

'Is cuma liom faoi rud ar bith eile anois ach m'athair a fháil ar ais,' arsa Rosemarie.

'Meas tú an mbeadh m'athair in ann cúnamh a thabhairt?' arsa Majella ar ball beag.

'Cén chaoi?'

'Le carr a fháil ar cíos agus tiomáint timpeall. Níl a fhios agam. B'fhéidir go bhfeicfeadh sé in áit eicínt é.'

'Dá mbeadh a fhios ag daoine cén áit le tosú . . . Chroith Rosemarie a guaillí. 'Tá scéal ag na póilís chuile áit ar fud an oileáin faoin am seo.'

'Péas . . .' Ba léir nach mórán measa a bhí ag Majella ar phóilís.

'Fanfaimid go bhfeicfimid céard déarfas mo mháthair ar a sé,' a dúirt Rosemarie. 'Ar mhiste leat gabháil agus coinneal a lasadh dom sa séipéilín beag sin?' ar sí tar éis tamaill.

'Níor cheap mé gur chreid tú sna cúrsaí sin.'

'Ba cheart chuile rud a thriail.'

'Gabh i leith uait in éineacht liom.'

'Caithfidh mise fanacht i ngar don fón.'

'Ach níl sí ag glaoch go dtí a sé,' arsa Majella.

'Ach má ghlaonn m'athair?'

'Nach bhfuil Stephanie ansin?'

'Ba mhaith liom féin a bheith ann.'

Bhí áthas ar Rosemarie ceathrú uair an chloig ina dhiaidh sin nár imigh sí le Majella mar tháinig Yannis amach le rá léi go raibh sí ag teastáil ar an bhfón. Rith sí isteach sa tabherna.

'Beidh mé féin agus Alison ansin tráthnóna amárach,' a dúirt a máthair.

'Anseo?' Is ar éigean a chreid Rosemarie í.

'Tá d'Uncail Seoirse ag ceannach na dticéad agus ghlan an Roinn Gnóthaí Eachtracha na constaicí eile as an mbealach,' a dúirt a máthair. Ba chuma le Rosemarie mórán faoin taobh sin de. Is ar theacht a máthar agus Alison a bhí a hintinn dírithe. Lig sí scread áthais.

'Céard é féin?' Tháinig Stephanie anall ag ceapadh go raibh scéal faighte aici ó Thomás.

'Tá mo mháthair agus Alison ag teacht amárach,' arsa Rosemarie.

'Anseo?' arsa Stephanie.

'Cé leis a bhfuil tú ag caint?' a d'fhiafraigh a máthair ag an am céanna ar an teileafón.

'Tá Steff anseo,' arsa Rosemarie. ' 'Bhfuil tú ag iarraidh labhairt le mo mháthair?' a d'fhiafraigh sí de Stephanie, len í a dhíbirt. Rinne sise comhartha láimhe a thug le fios gurb é sin an rud is deireanaí ar domhan a theastódh uaithi.

Chuaigh Stephanie ar ais chuig an mbeár nuair a thuig sí nach raibh Tomás aimsithe fós. 'Ar nós nach raibh dóthain trioblóide orm,' ar sí le Yannis. 'Tá a bhean ag teacht amárach.'

'Céard tá ag tarlú ansin?' a d'fhiafraigh Máire Áine dá hiníon. Bhí an chogarnaíl cloiste aici ach níor thuig sí céard a bhí ráite.

'Tháinig Stephanie amach nuair a chuala sí an fón,' a d'fhreagair Rosemarie. 'Cheap sí gur scéal faoi Dheaide a bhí ann, ach tá sí imithe arís.'

'Fág ansin í,' a dúirt Máire Áine, nuair a chuala sí go raibh Stephanie imithe ar ais sa mbeár.

'Caithfidh tú labhairt léi amárach,' a dúirt Rosemarie.

'Beidh sé sin sách luath.'

'An mbeidh tú ag glaoch arís ar a sé?' a d'fhiafraigh Rosemarie di.

'Ní fiú dom anois, ach cuir scéal abhaile má chloiseann tú tada.' D'fhág siad slán lena chéile agus d'airigh Rosemarie níos fearr anois ná mar a bhraith ón gcéad nóiméad ar chuala sí faoina hathair a bheith ar iarraidh. Bhí rudaí ag feabhsú, a cheap sí, agus bhí dóchas aici nach mbeadh sé i bhfad go bhfaigheadh sí dea-scéal faoi ó na póilís nó ó dhream éigin eile.

Ní raibh Stephanie leath chomh tógtha le cuairt Mháire Áine agus Alison. 'Níl siad ach ag cur a gcuid airgid amú,' a dúirt sí le Rosemarie. Bhí dóthain casaoide cloiste aici ó Thomás le blianta beaga anuas ar cé chomh deacair is a bhí sé air airgead a choinneáil lena bhean agus lena clann.

'Is é m'uncail Seoirse atá ag íoc as,' a d'fhreagair Rosemarie. 'Tá a chomhlacht féin aige. Agus tá an rialtas nó dream eicínt ag cuidiú leo freisin. Ní chosnóidh sé pingin rua orthu.'

'Ach caithfidh siad maireachtáil ó lá go lá.'

Chroith Rosemarie a guaillí. Ba chuma léi ach iad a bheith ag teacht lá arna mhárach. Nach mbeidh sé barrúil má bhíonn sé ar ais sula dtagann siad?'

'Ní fheicimse rud ar bith barrúil faoin scéal,' arsa Stephanie. Ba chuma le Rosemarie ag an nóiméad sin. Amach léi chuig an linn snámha agus leim sí isteach, í ag snamh ó thaobh go taobh chomh sciobtha is a bhí sí in ann.

'Tá nuacht iontach agam,' ar sí le Majella nuair a tháinig sise ar ais.

'D'aimsigh siad é?'

'Ní hea, ach tá mo mháthair agus mo dheirfiúr ag teacht amárach le cuidiú leis an gcuardach.'

'Cá bhfanfaidh siad?' arsa Majella.

'San árasán s'againne, ar ndóigh.' Bhreathnaigh Rosemarie suas ar a háit chónaithe.

'Ní bheidh sí ag codladh le Stephanie, tá mé cinnte.' Bhreathnaigh Majella anonn, leathmheangadh gáire uirthi.

'Níor chuimhnigh mé riamh air sin. Codlóidh mise léi, is dóigh.'

'Ní bheidh áit do bheirt i do leaba bheag.'

'Codlóidh mise ar an urlár má gá,' arsa Rosemarie.

'D'fhéadfadh sise fanacht le Yannis.'

Bhreathnaigh Rosemarie uirthi. Ní fhaca sí greann ar bith ansin. 'Dá mbeadh m'athair ar ais anois, ba chuma liom.'

'B'fhéidir go mbeidh saoire ag an teaghlach uile le chéile fós?'

'Má táimid in ann an chuach a chur as an nead,' a dúirt Rosemarie.

'An dtógfadh do mháthair d'athair ar ais?'

'Níl a fhios agam,' arsa a cara. 'Caithfidh sé go bhfuil grá aici dó i gcónaí nó ní bheadh sí ag teacht amach anseo.'

'B'fhéidir gurb é seo an rud is fearr a tharla riamh dóibh,' a cheap Majella.

'Ní dóigh liom go nglacfadh Mam le fear ar bith anois.' Bhí Rosemarie ag smaoineamh os ard. 'Tá sí faighte an-neamhspleách ó thosaigh sí ar a cúrsa. Agus tá sí ag dul amach, sna blianta.'

'Ní fhéadfadh sí a bheith chomh sean sin,' arsa Majella. 'An bhfuil sí níos sine ná d'athair?

'Tá sí trí bliana níos óige ná é. Cúpla bliain nó trí, níl mé cinnte.'

'Ní stopann siad ag an aois sin.' Bhreathnaigh Majella anonn ar a hathair agus ar a máthair.

'Ach tá siad sin difriúil. Bhí d'athair imithe ar feadh i bhfad.'

'Bíonn daoine ceithre scór á dhéanamh. Nár léigh mé in iris dhaite inné go raibh gasúr ag aisteoir, Anthony Quinn, nuair a bhí sé ceithre scór bliain d'aois.'

'An aige féin nó ag a bhean a bhí sé?' arsa Rosemarie, ag magadh.

'Rinne seisean a chuid féin, ach bhí an bhean níos óige, ar ndóigh.'

Shín siad siar ar dhá shráideog le taobh a chéile ag sú na gréine, gan mórán eile a rá. D'fhiafraigh Rosemarie ar ball beag: 'An bhfaca tú Dimítrí nó Arí ó shin? 'Bhfuil a fhios agat nár chuimhnigh mé orthu ó thosaigh na trioblóidí seo.'

'Ní fhaca, ná níl mé ag iarraidh iad a fheiceáil ach an oiread. D'fhan mé glan ar an trá sin. Chuamar chuig an gceann sin amuigh ar an taobh eile den séipéal.'

'Ar inis tú sa mbaile é?'

'Bheadh faitíos orm céard a dhéanfadh m'athair.' Gháir sí: 'Ní fhágfadh sé bál ar cheachtar acu.'

'Bheidís níos fearr dá n-uireasa,' arsa Rosemarie. Tar éis tamaill d'fhiafraigh sí: 'An bhfuil tú ag dul amach aon oíche eile?'

'Níl a fhios agam. 'Bhfuil tusa?'

'Má oibríonn an rud eile amach . . . Ba mhaith liom gabháil amach leat féin agus le hAlison nuair a thiocfaidh sí.'

' 'Bhfuil sí chomh fiáin leat féin?'

'Mise, fiáin?' D'ardaigh Rosemarie í féin ar a gualainn agus bhreathnaigh sí ar Mhajella.

'Tá tú iontach fiáin do d'aois,' a d'fhreagair sise.

'Tá Alison ciúin, ach níl sí chomh ciúin sin ar fad. Is mó spéis aici i spórt ná mar atá agamsa. Ní fhágfadh sí an linn snámha sin dá mbeadh sí anseo, mar shampla.'

'Beidh a seans aici amárach.'

'Níl a fhios agam céard a dhéanfaidh siad má thagann scéal idir seo agus tráthnóna go bhfuil m'athair ceart.'

'Nach mbeadh sé chomh maith dóibh a theacht anois ar aon chaoi?'

'B'fhéidir nach bhfaighidh siad an t-airgead má aimsítear é.'

'Ní gá é sin a inseacht go dtí go mbeidh siad anseo.'

'Níor cheap mé go mbeadh tusa ag iarraidh bréag a insint?' arsa Rosemarie.

'Ní bréag é nuair nach bhfuil tú ag inseacht aon rud.'

Istigh sa mbeár bhí Stephanie ag rá le Yannis go raibh sí ag cuimhneamh ar ghabháil abhaile sula dtiocfadh máthair agus deirfiúr Rosemarie.

'Cén ghnaithe atá agamsa anseo?' ar sí, 'nuair atá Tomás imithe agus a mhuintir ag teacht sa mullach orm?' Bhí roinnt mhaith ólta aici, níorbh ionann agus laethanta eile nuair a chaith sí tamall fada sa tabherna.

'Nach bhfuil tú ag iarraidh é a fheiceáil arís?' arsa Yannis.

'Ach an bhfuil seisean ag iarraidh mise a fheiceáil? Sin í an cheist. Nach anseo a bheadh sé dá mbeadh sé ag iarraidh mé a fheiceáil?'

'B'fhéidir gur tharla rud éigin dó . . .'

'Cá bhfuil sé mar sin? Nach bhfuil na hospidéil seiceáilte ag na póilís, agus na marbhlanna chomh maith?'

'B'fhéidir gur bhris sé a chos, go bhfuil sé ina luí i scailp agus nach bhfaca aon duine fós é.' D'inis Yannis faoi aoire caorach ina cheantar féin a bhí ar iarraidh le coicís sular fritheadh é agus a chos briste, áit ar thit sé anuas d'aill bheag.

'Bheadh duine básaithe laistigh de choicís,' arsa Stephanie, 'agus i bhfad roimhe.'

'B'fhéidir go mbeadh i do thírse, go gcuirfeadh an fuacht den saol iad, ach maireann daoine anseo a mbíonn gabhair agus caoirigh le fosaíocht acu taobh amuigh go minic gan orthu ach seál nó pluid san oíche.'

'Casadh duine eicínt air,' a dúirt Stephanie go dubhach. 'Bean óg nó cailín dathúil. Tá sé ina *sucker* ceart dá leithéid. Mar atá a fhios agamsa.'

'Ní fhágfadh sé bean óg álainn mar thusa.'

'D'fhágfadh. D'fhág sé a iníon chomh maith. D'fhág sé a bhean agus a chuid gasúr cheana. Is fág-óir é . . . mhaithfinn chuile shórt dó dá siúlfadh sé isteach an doras sin anois.'

D'fhiafraigh Yannis di an raibh drochmhisneach nó aon cheo mar sin ar Thomás sula ndeachaigh sé ar iarraidh.

'Ní raibh – an mhaidin sin go háirithe, ach bhí rian den ghalar dubhach air nuair a tháinig sé ar saoire anseo i dtosach. Bhí drochghiúmar ceart air. Níl a fhios agam an féidir drochmhisneach a thabhairt air, ach tuirse na hoibre, chomh maith le teannas faoin saoire liomsa agus lena iníon, an dtuigeann tú? Ach chuirfeadh sé iontas an domhain orm dá gcuirfeadh sé lámh ina bhás féin nó rud ar bith mar sin. Ach arís ní bheadh a fhios agat. Bheadh sé níos éasca siúl isteach sa bhfarraige anseo nó sa mbaile. Ní bheadh an sáile rófhuar.'

Tháinig Rosemarie agus Majella isteach. 'Tá muide ag dul ag siúlóid ar feadh tamaill,' arsa Rosemarie le Stephanie.

'Siúil leat,' ar sise, ag caitheamh a lámha amach go drámatúil. 'Ní theastaíonn mo cheadsa uait. Ní mé do mháthair, cé go bhfuil mé fágtha *in loco parenthisis* ag d'athair. Bhfuil an iomarca *sisis* sa *parentis* sin? Níl a fhios agam. Déan do rogha rud.'

'Ní raibh mé ag iarraidh ach go dtógfá scéal má thagann glao teileafóin,' arsa Rosemarie go gruama.

'Labhróidh mise le Mamaí,' a dúirt Stephanie, a cloigeann á chromadh síos agus suas aici. 'Tógfaidh mé scéal uaithi.'

Bhreathnaigh Rosemarie ar Mhajella agus nuair a d'fhág siad an tabherna, dúirt sí: 'Ta an bhitch caochta.'

'Tá imní uirthi sin freisin, is dóigh.'

'Imní nach scruáilfidh Yannis a dóthain í.'

'Tá tú uafásach,' arsa Majella.

'Is fíor dom é. 'Bhfuil iontas ar bith gur fhág sé? *Bitch.*' Chaith sí an focal sin as a béal mar a bheadh smugairle ann.

Chuadar isteach i stáisiún na bpóilís le tuairisc a chur ach ní raibh aon scéal nua cinnte acu. 'Tá cúpla scéal difriúil faighte againn,' a dúirt an fear óg a bhí ag an deasc, gur facthas é i mbaile beag lár tíre, i mbaile mór ó dheas, agus i Chania freisin ar an gcósta ó thuaidh.'

'B'fhéidir go raibh sé sna háiteacha sin ar fad,' a dúirt Majella.

'Níl aon phatrún, ná aon chiall leis,' a dúirt seisean.'

'Muna mbeadh a mheabhair caillte aige?' Chuimhnigh Rosemarie ar ar dhúirt Stephanie an lá roimhe sin. 'Agus ní raibh a fhios aige cá raibh sé ag dul.'

'Tá na tithe lóistín agus na tabhernaí á seiceáil againn faoi láthair i Chania,' a dúirt sé, 'mar dúirt tiománaí go raibh fear a bhí gléasta mar sin ar a bhus inniu. Ach níor facthas é ó shroich sé an baile sin, má shroich. B'fhéidir go ndeachaigh sé amach ag stad i mbaile beag eile.'

'Ach tá sé beo? Tá tú cinnte de sin.' B'in é an rud ba mhó a bhí ag déanamh tinnis do Rosemarie.

'Más é a bhí ann,' a dúirt an póilín. 'Ceapann go leor daoine anseo go mbreathnaíonn gach turasóir mar a chéile.'

D'airigh Rosemarie níos fearr nuair a tháinig sí amach as an stáisiún. Ar a laghad ar bith bhí gach cosúlacht ar an scéal go raibh a hathair beo.

'Ach céard atá ar siúl aige?' a smaoinigh sí os ard. 'Céard tá á thabhairt ó áit go háit mar sin?'

Ní raibh aon tuairim ag a cara: 'Is deacair a rá.'

'Is cosúil nach bhfuil sé imithe le bean ar chaoi ar bith, mar nach bhfuil aon chaint ach ar fhear ag imeacht leis féin . . . Muna bhfuil a mheabhair caillte aige.'

'Ach bhreathnaigh sé ceart duit féin an lá roimhe sin?'

'Bhreathnaigh sé mar a bhí sé riamh,' arsa Rosemarie. 'Is beag a cheap mé go dtarlódh aon rud mar seo.'

Chuadar ar ais chuig an tabherna agus d'inis siad do Stephanie céard a dúradh leo i mbeairic na bpóilíos. 'An dtabharfá do charr dúinn, a Yannis?' ar sí, 'agus gabhfaimid chuig an áit seo Chania go bhfaighimid é.'

Chroith Yannis a chloigeann. 'Ní fhéadfaidh mé.'

'Tuige nach bhfocin féadfá?' Bhí Stephanie ólta go maith faoin am seo.

'Mar nach bhfuil tusa in ann gabháil in aon áit ach i do chodladh,' a dúirt Rosemarie chomh ceanúil is a bhí sí in ann.

Bhreathnaigh Stephanie uirthi, sórt ceo ina súile. Shíl Rosemarie go dtosódh sí ag tabhairt amach nó ag eascainí. Ina áit sin chuir sí lámh trasna ar a gualainn agus dúirt sí: 'Tá an ceart agat. Nach tú atá críonna. Gabhfaimid á chuartú maidin amárach.'

'Gabh i leith uait suas chuig an seomra,' arsa Rosemarie go crosta.

'Níl mé parailitic uilig,' a dúirt Stephanie ach nuair a tháinig sí anuas den stól ard gháir sí agus dúirt: 'Tá an seomra ag dul timpeall, tabhair dom do lámh.'

'Níl mise ag dul ag ól go deo arís.' Rosemarie a dúirt le Majella nuair a bhí Stephanie tugtha suas chuig an árásán agus curtha a codladh acu. 'Is é is cúis le chuile thrioblóid.'

'Ní chuidíonn sé ceart go leor,' ar sise, 'ach thuigfeá ina dhiaidh sin é nuair a bhíonn duine trína chéile.'

Chualadar Yannis ag béiceach ó bhun an staighre go raibh Rosemarie ag teastáil ar an bhfón. Chuaigh sí síos faoi dheifir agus rug ar an teileafón. 'Ghlaoigh sé arís,' a dúirt a máthair léi sula raibh am aici 'hello' féin a rá.

'Céard dúirt sé?'

'Níor labhair sé an uair seo ach an oiread.'

'Á, Maim, cén mhaith é sin?'

'Taispeánann sé go bhfuil sé beo ar chaoi ar bith.'

'Ach cén chaoi a bhfuil a fhios agat gurb é a bhí ann nuair nach ndeir sé tada?' arsa Rosemarie.

'Chroch sé suas chomh luath is a dúirt mise 'Tomás?' Níl dabht ar bith orm ach gurb é a bhí ann.

D'inis Rosemarie céard a dúradh leo i stáisiún na bpóilíos.

'Ní bheidh sé i bhfad anois go bhfaighfear é,' a dúirt a máthair. 'Feicfimid thú gan mórán achair.'

'Amárach?' a dúirt Rosemarie.

'Tá tacsaí ordaithe againn. Táimid ag imeacht as seo i gceann cúpla uair an chloig. Beimid ag an aerfort ansin thart ar a ceathair ar maidin.'

'Inniu?' Bhí iontas an domhain ar Rosemarie.

'Amárach, inniu, níl a fhios agam faoin difríocht ama, ach beimid in éineacht leat ansin i gceann ocht n-uaire an chloig nó mar sin.'

'Thar cionn.' Bhraith Rosemarie a bosa a bhualadh ach go raibh an fón ina lámh aici. 'Ní dhéanfaimid aon rud go dtiocfaidh tú.'

'Cén chaoi?' Níor thuig Máire Áine céard a bhí i gceist aici.

'Bhí mé ag cuimhneamh ar bhus a fháil go Chania le gabháil á thóraíocht san áit ar facthas go deireanach é.'

'I lár na hoíche? Ná déan a leithéid de rud. Nílimid ag iarraidh tusa a bheith ar iarraidh chomh maith, cibé faoin duine eile.'

'An bhfuil tú ag rá gur cuma leat faoi Dheaid?'

'An mbeinn ag dul amach ansin dá mba chuma? Ach tá sé sách dona duine a bheith ar iarraidh gan trácht ar bheirt. Agus ar bhealach tá sé imithe uainn cheana . . .'

'Is é m'athair i gcónaí é, agus ar aon chaoi is tusa a d'imigh i dtosach,' arsa Rosemarie.

'Nílimid ag dul trí na hargóintí sin arís ar an bhfón ón gCréit,' a dúirt Máire Áine. 'Tá ciontacht ar gach taobh. Feicfidh mé thú sar i bhfad.' Leag sí uaithi an fón agus dúirt le hAlison, 'cén fáth an mbíonn sí sin ag troid liom i gcónaí.'

* * *

Nuair a dhúisigh Tomás Ó Gráinne san óstán i Chania bhreathnaigh sé ar a uaireadóir. Bhí sé deireanach san oíche. Gháir sé os ard nuair a chuimhnigh sé ar an bplean a bhí aige ag tús na hoíche dul amach agus bean óg a fháil mar dhíoltas ar a raibh déanta ag Stephanie air. 'Cén sórt seafóide atá orm?' a d'fhiafraigh sé de féin. Cén sórt foicin amadáin mé? An bhfuil mé imithe as mo mheabhair, nó céard?'

Smaoinigh sé arís ar an gceist dheireanach sin a chuir sé air féin: 'An as mo mheabhair atá mé? Seans maith gurb ea.' Ba chuimhneach leis an cheist chéanna a chur air féin lá nó dhó roimhe sin, gur chuimhnigh sé ag an am ar dhul abhaile agus cúnamh síciatrach a iarraidh.

'Céard a tharla ó shin gur chríochnaigh mé san áit ghalánta seo, airgead mór á chur amú agam agus mé ag casaoid má cheannaíonn mo bhean buidéal fíona.' Gheall sé dó féin go n-iarrfadh sé cabhair, go ngabhfadh sé ar ais. 'Is dóigh go bhfuil chuile dhuine curtha trína chéile agam.'

An rud is mó a bhí ag déanamh tinnis dó ag an nóiméad sin ná ocras, cén chaoi a seasfadh sé go maidin? 'Nach bhfuil mé ag íoc mo dhóthain leis na deamhain seo?' a chuimhnigh sé, 'go ndéanfaidís freastal orm.' Chuir sé glao síos chuig an deasc agus ní raibh drogall ar bith orthusan bricfeasta a sholáthar dó. Ba dheas an déanamh a bhí ar an gcailín a thug a bhéile chuige ach níor bhuail sé bleid cainte ar bith uirthi seachas buíochas a ghlacadh léi. 'B'fhéidir gurb in í an spéirbhean a bhí leagtha amach dom aréir,' a cheap sé, ag déanamh gáire beag leis féin.

Nuair a bhí a dhóthain ite aige luigh sé siar ar feadh tamaill ach chinn air aon chodladh a dhéanamh. D'éirigh sé, ghlac sé folcadh, ach nuair a bhreathnaigh sé ar na héadaí a bhí air le cúpla lá anuas, dúirt sé leis féin: 'Ní raibh mé féin chomh glan ná mo chuid éadaigh chomh brocach ariamh. Nach é an trua nár nigh mé iad nuair a bhain mé díom iad.' Chuimhnigh sé go raibh i gceist aige éadaí nua a cheannach. 'Ach cá bhfaighfeá siopa éadaigh oscailte an t-am seo den oíche?'

Bhí a fhios aige nach raibh ciall ar bith le gabháil amach ar an mbóthar ag a ceathair a chlog ar maidin, ach bhí oiread deifre air ar ais go Hersonisis gurb in é an rud a rinne sé. Bhreathnaigh an cailín ag an deasc, an cailín álainn céanna a thug a bhéile chuige ar ball, go haisteach air, ar nós gur dhuine é a bhí ag éalú ó lucht dlí nó rud eicínt. 'Tá cruinniú tábhachtach agam in Hersonisis,' a dúirt sé léi agus a bhille á íoc aige.

'Is dóigh go bhfuil sí ag déanamh iontais cé aige nó cé aici a bhfuil cruinniú le fear gioblach mar mé ag an am seo ar maidin,' a cheap sé.

D'fhág sé an baile. Ní raibh duine ná deoraí, carr, bus ná leoraí ag corraí. Bhí sé cinnte ina intinn féin go gcaithfeadh sé go raibh sé ag dul sa treo mícheart. 'Deir mo chompás liom dul an bealach sin, ach deir gach loighic gur cheart dom an fharraige a choinneáil ar mo lámh chlé, más soir atá mé ag iarraidh a dhul.' Bhí am ann a d'aithneodh sé in áit ar bith más soir, siar, ó thuaidh nó ó dheas a bhí sé ag breathnú. 'Caithfidh sé go bhfuil an cumas sin imithe le gach rud eile,' a smaoinigh sé.

B'fhada leis go mbeadh sé ar ais sa bhaile. Ar ais ag obair. Ar ais ina sheomraí féin. Ag an nóiméad sin b'fhada go mbeadh sé ar ais san árasán. D'fhág sé Stephanie as an áireamh agus é ag cuimhneamh ar an 'baile' sin. Céard a bhí air Rosemarie a thréigean mar sin? Gan scéal a chur chuici. Bhí sé ar intinn aige é a dhéanamh, ach ní dhearna. Thug sé chuile ainm agus eascaine air féin as a bheith ina athair chomh dona, chomh gránna leis.

'Ach tuigfidh sí,' a dúirt sé leis féin. 'Tuigfidh sí gur tinneas atá orm, nach ndéanfainn é murach sin. Míneoidh mé chuile shórt di. Bhí mé trína chéile, imithe sa gcloigeann. B'fhéidir nach bhfuil sí ann níos mó,' a cheap sé, 'go ndeachaigh sí abhaile nuair nach raibh fáil orm.' Den chéad uair ó d'fhág sé chuimhnigh sé ar cén chaoi a mbeadh Rosemarie ó thaobh airgid de. Ghlac sé leis gan cuimhneamh go mbreathnódh Stephanie amach di. Ach cén dualgas a bheadh ar Stephanie anois go raibh sé féin agus í féin scartha ó chéile go huile agus go hiomlán?

'Ach b'fhéidir nach bhfuil a fhios sin aici,' a chuimhnigh sé. 'B'fhéidir gur cheap sí go bhféadfadh sí féin agus Yannis an dallamullóg a chur orm i ngan fhios. Ach ar chuir? Níor chuir siad dalladh ar Thomás. Níor chuir.' Stop sé. Bhí sé ag siúl leis ar thaobh an bhóthair, ag caint os ard leis féin. Bhuail an smaoineamh é: 'I mbrionglóid atá mé. Ní mise atá anseo i ndáiríre. Ní duine mar seo mise. Is ollamh mé, ollamh le ceimic, duine mór le rá i saol an choláiste, ní gealt ag imeacht ina amadán ar bhóithre na Créite mé.'

Chuaigh veain amach thairis faoi dheifir. Ní fhaca siad é, a cheap sé, ach bhí solas eile le feiceáil i bhfad siar, ag teacht ina threo. D'fheicfeadh an ceann seo é. Bhain sé dhe a léine agus sheas sé amach i lár an bhóthair, an léine á luascadh timpeall a chloiginn aige. Thug an tiománaí bleaist ar an mbonnán agus chuaigh amach thairis ar an taobh eile ar fad. *'Roadhog,'* a bhéic Tomás ina dhiaidh.

Stop sé. Bhí sé dorcha ó chuaigh sé amach thar shoilse an bhaile. Smaoinigh sé go bhféadfadh sé titim i ndíog i ngan fhios. B'fhearr fanacht san áit a raibh sé agus ligean do na carranna a theacht ina threo. Nárbh é an t-amadán é nár fhan i gcompord an óstáin go maidin? Ach bhí sé cinnte go mbeadh trácht ar phríombhóthar mar sin, fiú i lár na hoíche. Fíorbheagán, agus ní raibh stopadh ar bith ar an mbeagán sin féin.

Scread sé, bhéic sé, rinne sé eascainí. Rinne sé gáire. 'Dá gcloisfeadh aon duine mé, déarfaidís gur as mo mheabhair atá mé. Agus bheadh an ceart acu.' D'inis sé an méid sin don saol agus don spéir freisin. Chuimhnigh sé siar go dtí an t-am a raibh sé ina ghasúr nuair a cheapfadh sé amanna nach raibh ar an saol ach é féin, agus gur dó féin amháin a bhí gach duine agus gach rud ann. Sórt teist ó Dhia a bhí sa saol, agus ní raibh na daoine eile ann ach mar chuid den teist sin, go bhfeicfeadh Dia cén chaoi a ndéileálfadh sé leis na rudaí a tharlódh dó.

Ní teist mar sin a bhí anseo, cheap sé, ach ní raibh ar an saol ach é féin i gciúnas dorcha na hoíche sin. Ní raibh ann ach é féin agus réaltaí na spéire. Ní raibh an ghealach féin ann. 'Mise agus mo dhorchadas,' a cheap sé, 'agus gan de sholas nó de shólás ann ach léaró lag. Bhí Rosemarie mar léaró ina shaol, mar a bhí Alison. Cé eile? Cá mbeadh sé murach iad? Réaltaí a shaoil, ach ní fada anois go mbeidís féin imithe, fir agus gasúir acu, eisean ina aonarán uaigneach.

Ach ní bheadh. Shamhlaigh sé iad féin agus a gcuid gasúr ag teacht ar cuairt chuige sa choláiste, é bánliath, cromtha beagán, ollamh neamhairdiúil b'fhéidir i súile na ngasúr ach meas acu air ag an am céanna mar gheall ar a léann agus a thuiscintí. Thaitin sé sin leis ach bheadh ócáidí eile ann roimhe sin, Máire Áine agus é féin ag bainiseachaí mar athair agus máthair agus ní mar fhear agus bean. Ach nach iomaí teaghlach a bhí mar sin sa lá atá inniu ann?

Bheadh an méid sin aige ina shaol. Ní mórán é ach ar a laghad ba bheagán é, ní raibh an méidín sin féin ag go leor daoine. Maidir le mná ní bhacfadh sé leo níos mó. Gháir sé arís nuair a chuimhnigh sé ar an tseafóid a bhí air ag tús na hoíche. Tháinig an líne trína intinn, 'Bímis ag ól is ag pógadh na mban.' Dhéanfadh sé dá n-uireasa as seo ar aghaidh. 'Pógaidís iad féin,' más maith leo, ar sé os ard. 'Féadaidís a gcuid tóineacha Gaelacha féin a phógadh más maith leo, ach tá mise réidh leo.'

Chuir sé é féin i gcomparáid ina intinn le dornálaí a raibh a chuid miotóg á gcrochadh suas aige tar éis a bheith ag troid le blianta fada. Ba mhar a chéile agus na mná é. Bhí a chath deireanach caillte aige ach ina dhiaidh sin bhí sé in ann breathnú siar ar laethanta maithe chomh maith leis na drochlaethanta. Is ar éigean má bhí sé in ann ainmneacha cuid acu a thabhairt chun cuimhne, cé mhéad acu a tháinig idir Rose agus Stephanie, mar shampla? Ní fhéadfadh sé dearmad a dhéanamh ach oiread ar Annie a tháinig idir céad agus dara babhta Stephanie.

'Cá bhfuil sí anois, meas tú?' a d'fhiafraigh sé de féin. B'aici a bhí na póga is deise a fuair sé riamh. Bhí sí uafásach tanaí, an galar *anorexia* ag baint léi. Thar bean ar bith ariamh a raibh sé léi d'fhéadfá a rá nach raibh cíocha ar bith uirthi, ach ní raibh le déanamh ach a theanga a theagmháil lena dide len í a chur fiáin ar fad. Agus ma bhí sí tanaí féin ní raibh easnamh ar bith uirthi i gcúrsaí paisin de.

Chuimhnigh sé go mb'fhéidir go bhféadfaidís teacht le chéile arís, anois go raibh Stephanie imithe. Ach chuir sé an smaoineamh sin as a intinn arís nuair a thug sé chun cuimhne an rún daingean a bhí aige ar ball nach mbacfadh sé le bean ar bith níos mó. 'Ní fiú an tairbhe an trioblóid,' ar sé. 'Agus ní ólfaidh mé ach an oiread . . . Bhuel, corrdheoch ó thráth go chéile.'

B'fhurasta pleananna mar sin a dhéanamh i lár na hoíche dorcha, a cheap sé, ach b'fhéidir gur thábhachtaí sa bhfadtéarma staonadh ón ól ná ó na mná. Chuir na mná do chuid mothúchán trína chéile ach ar a laghad ar bith níor chuir siad duine as a mheabhair, go fisiceach ar chaoi ar bith. Ní raibh dabht ar bith ar Thomás ach gurb é an t-ól a d'fhág é sa riocht ina raibh sé. 'Gabhfaidh mé ag cruinniú AA chomh luath is a bheimid ar ais san ollscoil,' a gheall sé dó féin.

Chuaigh sé ar a dhá ghlúin nuair a chonaic sé solas cairr i bhfad uaidh. Rinne sé achainí ar Dhia an gluaisteán a stopadh dó. 'Is fada an lá ó d'iarr mé aon cheo ort, ach as ucht Dé stop an carr seo dom. Tá m'iníon tréigthe agam le trí lá. Dhá lá nó trí, níl a fhios agam, ach tá a fhios agatsa.

Lig ar ais agam í. Maith an fear, maith an Dia . . . Go maithe Dia dom é,' a dúirt sé.

Sheas sé suas ionas nach mbreathnódh sé ina amadán ceart i súile an tiománaí agus chuir sé a ordóg amach. Stop an veain.

'Rethymon?' a dúirt an tiománaí.

'Fág seo,' arsa Tomás, á tharraingt féin isteach in aice leis. Chinn air comhrá a choinneáil leis an gCréiteach, mar nach raibh aige ach corrfhocal Béarla a d'úsáid sé arís is arís eile: *'Very nice,'* agus *'Have a nice day.'* Ag breathnú amach tríd an bhfuinneog ar thaobh a láimhe clé ar na radhairc áille farraige agus trá a chaith Tomás an chuid is mó den uair go leith a thóg sé ar an seanveain Renault Rethymon a bhaint amach.

Chuaigh Tomás síos chuig an trá, fios aige nach ngabhfadh sé amú mar a d'fhéadfadh tarlú dó i lár na cathrach. An fhad is a choinneodh sé le taobh na farraige ag gabháil soir, bheadh sé ceart, a dúirt sé leis féin, mar go raibh Heraklion agus Hersonisis ar an gcósta céanna ó thuaidh le Chania agus Rethymon.

Ní fhaca sé trá chomh fairsing leis an gceann seo riamh, í ag síneadh chomh fada soir is a bhí sé in ann a fheiceáil. Siar uaidh bhí calafort ina raibh a lán bád iascaigh chomh maith le roinnt soithí móra bána, báid farantóireachta agus pléisiúir. Sheas óstáin agus árasáin go hard os cionn na trá, tabhernaí, agus bialanna agus áiteacha beaga sólaistí. Cé go raibh sé luath ar maidin, bhí sráideoga agus parasóil socraithe cheana féin ar a raibh daoine óga agus seandaoine, buí agus bán, agus corrdhuine dóite dearg ón iomarca ama a chaitheamh faoi scalladh na gréine an lá roimhe sin.

Is ar éigean a bhreathnaigh Tomás ar chíocha nochta na mban níos mó. Siar leis chomh fada leis an gcalafort a bhí cosúil le dhá mhéar ag gobadh amach sa bhfarraige. Bhraith sé seasamh isteach i gceann de na báid farantóireachta agus imeacht cibé áit a raibh a triall, ach smaoinigh sé ar Rosemarie, agus theastaigh uaidh imeacht ar ais go Hersonisis ar an bpointe, maithiúnas a iarraidh uirthi, agus a bheith mór léi arís. Maidir le Stephanie . . .

* * *

Dhúisigh Stephanie de gheit. Bhí daoine ag caint amuigh sa seomra eile. 'Ná habair go bhfuil siad tagtha cheana féin,' a smaoinigh sí. Bhí a cloigeann tinn agus theastaigh uaithi dul chuig an leithreas. Bhí gráin aici ar an saol, an rud a thosaigh ina shaoire ag críochnú ina thromluí. Chuimhnigh sí an raibh aon bhealach a d'fhéadfadh sí éalú ón árasán gan dul amach tríd an áit a raibh bean agus beirt iníonacha Thomáis cruinnithe. 'An mbeadh sé contúirteach léim ó bhalcóin go balcóin?'

Nuair a chuala sí canúint an tuaiscirt ar cheann de na guthanna d'éist sí níos cúramaí. Majella a bhí ann in éineacht le Rosemarie. Ní raibh aon ghuth eile le cloisteáil. Chuaigh sí chuig an leithreas, rud nárbh fhéidir a dhéanamh san árasán beag cúng gan do ghnaithe a chur in iúl dá raibh san áit.

'Ar mhaith leat braon tae?' a d'fhiafraigh Rosemarie di nuair a tháinig sí amach. D'athraigh sí sin go 'Nó caife?' nuair a thug sí faoi deara an chuma a bhí ar Stephanie, a súile dorcha, a gruaig in aimhréidh.

'Cén t-am den oíche é?'

'Leathuair tar éis a cúig,' a dúirt Rosemarie. 'Táimid ag fanacht inár suí go dtí go dtiocfaidh Mam agus Alison.

'Cén t-am a bhfuil siad ceaptha a bheith ann?' Thóg sí an caife ó Rosemarie. 'Go raibh maith agat.'

'Beidh cúpla uair an chloig orthu fós, idir a seacht agus leathuair tar éis.'

'Beidh mise imithe roimhe sin,' a dúirt Stephanie.

'Cén áit?' arsa Majella.

'As an mbealach,' a d'fhreagair Stephanie. 'In áit eicínt.'

'Chuig Yannis?' Bhí an focal as a béal sular chuimhnigh Rosemarie uirthi féin.

'Foc Yannis,' arsa Stephanie. 'Táimse ag gabháil abhaile.'

'Ní bhfaighidh tú bealach chomh héasca sin,' a dúirt Majella.

'Má tá an ambasáid in ann é a dhéanamh do dhream amháin, ba cheart go mbeidís in ann a dhéanamh do dhuine eile,' arsa Stephanie. 'Cén ghnaithe atá anseo agam agus clann Rosemarie thart?'

'Ní bhfuair muid mo Dheaide fós, d'fhéadfá cúnamh a thabhairt.'

'Céard atá mise in ann a dhéanamh ach an oiread le duine?'

'A bheith linn,' arsa Rosemarie. 'Nach leatsa a tháinig sé?'

'Agus nach uaimse a d'imigh sé de réir cosúlachta?'

'B'fhéidir nach raibh aon neart aige air.' Sheas a iníon suas dó.

Lig Stephanie osna: 'Ní hé go bhfuil mé ag iarraidh imeacht, ach tá a fhios agat féin . . . Níor casadh do mháthair ariamh orm . . .' Chuir sí comhairle ar na cailíní: 'Déan cinnte go gcloífidh sibh le haon fhear amháin,' a dúirt sí leo, 'mar is é díol an diabhail é baint a bheith agat le duine pósta.'

'Is é an trua é nach bhfaigheann daoine é sin amach go mbíonn sé ródheireanach,' a dúirt Majella.

'Is cuma céard a deir tú le duine, nó céard a déarfaidh sé leat,' arsa Stephanie, 'má thiteann tú i ngrá nó má cheapann tú go bhfuil tú i ngrá, is beag difríocht a dhéanann tuairim aon duine eile.'

Níor aontaigh Majella léi: 'Ach má tá prionsabail ag duine.'

'Is beag prionsabal atá in ann seasamh in aghaidh an ghrá ach is uafásach an phian a thugann sé leis.'

Ar phraiticiúlacht an tsaoil a bhí intinn Rosemarie dírithe: 'Níl mo mháthair chomh dona sin,' a dúirt sí. 'Ní call duit imní a bheith ort.'

'Imní, neirbhís, níl a fhios agam céard é féin, ag castáil le duine nár casadh ort cheana. Agus tar éis a bheith mór lena fear céile, níl a fhios agam.' B'fhada ó d'airigh Stephanie chomh neirbhíseach sin.

'Ní gá a bheith anseo nuair a thiocfaidh sí.' Bhí Rosemarie ag iarraidh rudaí a dhéanamh níos éasca di. 'D'fhéadfá dul chuig an mbeairic ag an am sin, féachaint an bhfuil aon scéal nua acu.'

'Níor chuimhnigh mé go mbeidís oscailte,' arsa Stephanie. 'Smaoineamh maith, is dóigh go mbíonn a leithéid sin oscailte ar feadh na hoíche.'

'Tiocfaidh mise in éindí leat, más maith leat,' a dúirt Majella.

Bhí smaoineamh eile ag Stephanie: 'Cén fáth nach dtéann an triúr againn amach le haghaidh bricfeasta?'

'Níor mhaith liomsa a bheith imithe nuair a thiocfas siad,' arsa Rosemarie. 'Bheadh sé uafásach teacht chomh fada sin ó bhaile agus gan duine ar bith romhat.'

'Fanfaimid anseo leat go dtí a seacht,' a dúirt Majella, 'agus beimid imithe as an mbealach ansin nuair a thiocfaidh siad.'

'Is cuma liom i ndáiríre,' a dúirt Rosemarie. 'Faoi bheith anseo liom féin, atá mé ag rá. Is gearr go mbeidh sé ina mhaidin.'

Sheas Stephanie: 'Siad do mhuintir iad, agus ba cheart an méid sin príobháideachais a bheith agaibh. Tá sé chomh maith domsa mé féin a réiteach.'

'Beidh tú an-tuirseach nuair a thiocfaidh siad,' arsa Majella le Rosemarie. 'Titfidh tú i do chodladh agus tú ag caint leo.'

'Ní fhéadfainn codladh agus iad ar an mbealach. Is maith liom go raibh tú in ann fanacht. Beidh tusa tú féin maraithe tuirseach.'

'Is cuma liom.' Chroith Majella a guaillí. 'Nach bhféadfainn luí faoin ngrian le taobh na linne snámha ar ball?'

'An t-aon rud maith a tháinig as an saoire seo,' arsa Rosemarie le Majella, 'ná gur casadh orm tusa.'

'Go raibh maith agat.' Bhreathnaigh Majella cúthail agus tostach ar feadh tamaillín sular fhreagair sí: 'Is é an trua é gur thit rudaí amach mar a tharla, ach d'fhéadfadh rith an rása a bheith leat fós.'

'An cuimhin leat na chéad laethanta nuair nach raibh caint againn ach ar bhuachaillí agus Budweiser?'

'Agus *shift*eáil. Is uait a d'fhoghlaim mé an focal sin,' arsa Majella. 'Ní bhíonn sé againn sa mbaile.

'Bhí tú in ann chuige freisin.'

Tháinig Stephanie ar ais.

'Ó, tá tusa ag breathnú go deas,' a dúirt Rosemarie léi.

'Nach mbím i gcónaí?'

'Tá tú an-ghléasta le haghaidh gabháil amach chuig bricfeasta,' arsa Majella le hiontas.

Thuig Rosemarie a meon níos fearr: 'Tá sí réidh le castáil le mo mháthair.' Níor chuir sí fiacail ar bith ann.

'Ní shin é . . . Bhuel níl mé ag iarraidh a bheith ag breathnú mar a bheadh straoill ann.'

'Beidh sé cosúil le seó faisin idir an bheirt agaibh,' a dúirt Majella.

Níor aontaigh Rosemarie léi: 'Ní bheidh, agus mo mháthair tar éis a bheith ag taisteal le hocht n-uaire an chloig.'

'Seans nach gcasfar ar a chéile ar chor ar bith muid,' arsa Stephanie.

'Beidh an baile seo róbheag don bheirt agaibh.'

'Majella,' a dúirt Rosemarie.

'Ní *dogfight* nó *bitchfight* a bheas ann,' a dúirt Stephanie. 'Bheadh chaon duine againn sásta dá mbeadh muid in ann an té atá ar iarraidh a fháil slán sábháilte, agus an rud seo ar fad a chur taobh thiar dínn.'

'Nach fearr dúinn dul chuig an mbeairic,' a mhol Rosemarie, 'go mbeidh a fhios agam an bhfuil aon scéal nua ann sula dtiocfaidh siad. Beidh mé ceart go leor an fhad is atá mé ar ais anseo roimh a seacht.'

Chuadar chuig stáisiún na bpóilís ach ní raibh scéal nua ar bith acu sin. Bhí tuairisc curtha acu i ngach teach lóistín agus brú i Chania ach ní dhearnadar aon mhaith. Ní raibh tásc ná tuairisc ar Thomás Ó Gráinne ná ar dhuine ar bith a bhí cosúil leis i gceann ar bith acu.

'Céard faoi na hóstáin?' arsa Stephanie.

'An mbeadh sé ag fanacht in óstán?' arsa an póilín. 'Tá na hóstáin an-daor i Chania. Thuig mé nach raibh ar an bhfear seo ach na héadaí inar sheas sé.'

'Bhí a phas agus a chárta American Express ina phóca i gcónaí aige,' a dúirt Stephanie.

'Caithfidh mé glao a chur ar phóilíní Chania,' a dúirt an fear a bhí ag déileáil leis an gcás. 'Ar mhiste libh suí thall ansin sa seomra feithimh?'

'Ach ní fhanfadh sé in áit mar sin,' a dúirt Rosemarie. 'Tá sé *scabby* faoi airgead a chaitheamh go fánach mar sin.'

'Má bhíonn duine faoi bhrú . . .' Níor chríochnaigh Stephanie an abairt agus shuíodar ansin i dtost ar feadh tamaill an-fhada.

Bhreathnaigh Rosemarie ar a huaireadóir ar ball agus dúirt sí: 'Caithfidh mise imeacht, nó ní bheidh a fhios ag Mamaí ná Alison céard tá tarlaithe mura mbíonn aon duine rompu.'

Nuair a chonaic an póilín ag imeacht í tháinig sé anall. 'D'fhan an fear sin in óstán i Chania aréir, ach d'fhág sé tar éis a ceathair a chlog ar maidin.'

'Cén sórt cluiche atá ar bun aige?' arsa Stephanie. 'Bhfuil sé ar dhrugaí nó céard?' Dúirt sí le Rosemarie: 'Gabh ar ais agus bí ansin rompu. Má fhaigheann muid aon scéal inseoidh muid duit é ar an bpointe.'

'B'fhéidir gur ag glacadh drugaí atá sé,' arsa Majella nuair a bhí Rosemarie imithe.

Chroith Stephanie a cloigeann: 'Ní dóigh liom é, ní hé sin an saghas duine é, ach ná fiafraigh díom céard atá ar bun aige.'

Shuíodar ansin tamall maith eile go dtí gur insíodh dóibh nach raibh tásc ná tuairisc ar Thomás ó d'fhág sé an t-óstán. 'Tá sé imithe mar a bheadh sé imithe den saol,' focla an phóilín.

'Íosfaidh muid bricfeasta mór millteach,' arsa Stephanie, 'agus feicfimid céard a tharlós ansin.'

Chuadar isteach sa chéad bhialann a chonaic siad agus bhí éisc rósta ar ghualach le harán na háite agus an oiread caife a theastaigh uathu, níorbh ionann agus na cupáin bheaga bhídeacha a bhí ar fáil ar ócáidí eile.

* * *

Nuair a shroich Tomás Heraklion d'fhág sé an leoraí ina bhfuair sé síob as Rethymon sular chas an tiománaí isteach i dtreo an aerfoirt. Torthaí úra le heaspórtáil a bhí ar bord aige sin, cóilis agus leitís agus trátaí ar an mbealach go Frankfurt. Ghlac Tomás buíochas leis agus bhí sé sásta go maith leis féin mar nach raibh i bhfad le gabháil anois aige, thart ar fiche míle, leathuair an chloig ar an mbus.

Bhí sé luath fós, ceathrú chun a seacht agus ní raibh mórán tráchta ar an mbóthar. Chuir sé a lámh amach ag iarraidh bus a stopadh ach chuaigh sí amach thairis, agus trí cinn eile ina diaidh, busanna le turasóirí ón aerfort, iad lán go doras.

Nuair a bhí sé ina sheasamh tamall ar thaobh an bhóthair thograigh sé siúl ar ais isteach faoin mbaile mór. Bhí a fhios aige cá raibh stáisiún na mbusanna agus d'fhéadfadh sé cupán caife a fháil sula bhfágfadh sí. Bhí tart an diabhail air tar éis a bhricfeasta shaillte agus dusta na mbóithre. Choinneodh sé an ordóg amach ar an mbealach agus dá stopfadh carr go Hersonisis is b'amhlaidh ab fhearr é, a cheap sé.

'Bhí mé ar an mbealach ar ais cheana,' ar sé leis féin, 'agus tháinig constaicí sa mbealach orm.' Dheimhnigh sé ina intinn nach ligfeadh sé d'aon rud é a choinneáil an uair seo. B'ionann agus a bheith i mbrionglóid ar bhealach é. Bhí tú ag iarraidh gabháil in áit eicínt nó rud éigin a dhéanamh, ach thosódh rudaí eile nach raibh aon tsúil leo.

Nach minic tástáil cheimiceach a bhí ar siúl sa tsaotharlann a tharla ina bhrionglóidí, é ag cinnt air an meascán ceart a dhéanamh, agus baol ann an t-am ar fad go bpléasfadh an rud uilig. Dhúiseodh sé, fuarallas ar a dhroim, áthas ar a chroí nach raibh sé féin, na mic léinn ná an coláiste séidte san aer aige.

Fuair sé amach cén t-am a mbeadh an chéad bhus eile ag imeacht, cheannaigh sé cupán caife agus cóip de Times Londan an lae roimhe sin. Ní raibh aon nuachtán eile i mBéarla ar fáil. Ba bheag nuacht a bhain le hÉirinn a bhí ann, cuid d'fheisirí Aontachtaithe an Tuaiscirt ag cur na gcos uathu i bParlaimint Shasana faoi go raibh siad á mbrú isteach in Éirinn Aontaithe. 'Agus an ceart ar fad acu,' a cheap sé, 'cé nach bhfuil trua ar bith agam dóibh.'

'Cosúil liom féin atá siad,' a smaoinigh sé, 'níl siad ag teastáil i ndáiríre ó aon duine, ach amháin nuair is féidir úsáid a bhaint astu.'

Chorraigh sé é féin: 'Tá tú ag ligean don fhéintrua agus don drochmhisneach greim a fháil arís ort. Breathnaigh ar an taobh eile: is gearr go bhfeicfidh tú Rosemarie, go mbeidh deireadh leis an tromluí seo.' D'fhág sé an páipéar ansin gan léamh ach an méidín sin, cheannaigh sé ticéad agus chuaigh isteach sa bhus.

Moill. Bhí sé mar a bheadh an saol uile ag obair ina aghaidh. Bhí an roth tiomána nó rud eicínt as feidhm. 'Is maith go bhfuair siad amach anois é,' a cheap Tomás, nuair a chuimhnigh sé ar chuid de na castaí ar an mbóthar ard le fána thíos fúthu. Ach bhí moill á coinneáil orthu, gach rud ag dul ina choinne. Ach ansin aistríodh go bus eile iad agus d'imigh sí sin agus luas fúithi.

Ní raibh a fhios ag Tomás cén fáth ar thosaigh na deora ag rith síos a éadan chomh luath agus a bhí a fhios aige go raibh sé ar an mbealach 'abhaile' cinnte. Níorbh ionann agus an tocht a bhí air cúpla lá roimhe sin, deora a thug faoiseamh intleachtúil agus mothúcháin dó a bhí ann an uair seo. D'fhan sé ag breathnú amach tríd an bhfuinneog ar an bhfarraige le nach bhfeicfeadh na daoine eile na deora.

Ní raibh a fhios aige céard a bheadh roimhe i Hersonisis, an mbeadh Rosemarie agus Stephanie imithe nó an mbeadh aon fháilte roimhe? Ach ar a laghad ar bith bheadh sé tosaithe ar a bhealach ar ais, ar a bhealach abhaile. Bheadh sé in ann éalú ón Ifreann seo a bhí déanta dó féin aige le cúpla lá. Bhí a fhios aige go raibh sé ráite ag duine mór le rá eicínt gurb é is Ifreann ann daoine eile. 'Ach is é m'Ifreannsa mé féin,' a cheap sé. 'Is iad na daoine eile, agus daoine muinteartha go háirithe a fhágann nach Ifreann amach is amach atá sa saol.'

D'airigh sé brocach, brúite, briste ag teacht ón mbus, drogall air aghaidh a thabhairt ar an árasán sin arís. Stop sé ar an mbóthar nuair a bhí sé i ngar dó agus bhreathnaigh sé suas. Bhí na comhlaí admhaid a bhí taobh amuigh de na fuinneoga dúnta. 'Caithfidh sé go bhfuil siad imithe abhaile. Céard a dhéanfaidh mé anois?' Ag an nóiméad sin tháinig Maria amach ar cheann eile de na balcóiní. Ag breathnú síos di agus ar a fheiceáil di, lig sí béic: 'Irische . . .'

*   *   *

Shíl Alison go bhfaca sí a hathair ina sheasamh ar thaobh an bhóthair nuair a tháinig an bus amach ón aerfort. Ach bhíodar imithe thar an duine a bhí ina sheasamh ansin leis féin chomh sciobtha sin nárbh fhéidir léi a bheith cinnte. Bhí bus rompu agus ceann eile ina ndiaidh agus ba dheacair a rá leis an tiománaí stopadh. 'Ach más é atá ann?' a chuimhnigh sí, 'agus nár stop muid . . .' Dúirt sí lena máthair: 'An bhfaca tú an fear sin ar thaobh an bhóthair?'

'Cén fear?'

'Ní fhaca mar sin, duine leis féin, shíl mé gur Deaid a bhí ann, ach bhíomar imithe thairis chomh sciobtha sin . . .'

'Beimid á fheiceáil chuile áit, is dóigh,' a dúirt Máire Áine, 'ag ceapadh gurb é atá ann nuair a fheicimid duine ar bith. Is ionann é agus a bheith ag lorg snáthaide i ngarraí féir.'

'Bheadh sé uafásach é a fhágáil ansin más é atá ann.' Níor dhúirt Alison os ard é ach bhí sí ag cuimhneamh go mb'fhéidir gurb in an radharc deireanach a bheadh aici ar a hathair, go mbeadh aiféal' uirthi ar feadh a saoil nár ordaigh sí an bus a stopadh. 'Ach nach mé a bheadh i m'óinseach cheart munab é a bhí ann,' a cheap sí.

'Má tá sé chomh gar sin don áit a bhfuilimid ag dul,' a dúirt a máthair, 'tiocfaidh póilín nó duine eicínt eile air gan mórán achair.'

Ní raibh Alison sásta fós: 'Más é atá ann . . .'

'Cá bhfios nach mbeidh sé anseo romhainn,' a dúirt Máire Áine. 'Ag an bpointe seo is í Rosemarie is mó atá ag déanamh imní domsa.'

'Tá chaon duine acu ag déanamh imní domsa,' a dúirt a hiníon.

'Breathnóimid amach do do dheirfiúr i dtosach. Is duine fásta é d'athair, má tá sé ag iarraidh imeacht tá an cead sin aige. Ach is mionaoiseach í Rosemarie.'

'Is cuma leatsa faoi mo Dheaide.'

'Tá chaon duine againn tuirseach, a Alison, agus tá go leor ar intinn againn; ní am é a bheith ag tarraingt anuas ceisteanna mar sin. Mar a dúirt mé le Rosemarie aréir, dá mba chuma liomsa faoi d'athair ní bheinn ar an mbus seo ag an nóiméad seo.'

'Tá a fhios agam.' Leag Alison lámh anonn ar a lámh, aiféal' uirthi gur oscail sí a béal ar chor ar bith.

Bhí an-fháilte ag Rosemarie rompu nuair a shroich siad an t-árasán. Chuir sí ar an eolas iad ar an scéal is deireanaí a bhí aici ó na póilíní.

'Cuirfidh mé geall gurb é a bhí ann,' a dúirt Alison nuair a chuala sí gur fhág a hathair Chania i lár na hoíche. D'inis sí do Rosemarie gur cheap sí go bhfaca sí a hathair ar thaobh an bhóthair. Bhfuil léarscáil agat?'

'Sílim go bhfuil ceann ag Stephanie.' D'éirigh Rosemarie le gabháil isteach sa seomra eile.

' 'Bhfuil sí ansin?' a d'fhiafraigh a máthair di i gcogar.

'Tá sí imithe amach le haghaidh bricfeasta le Majella.'

'Imithe amach le haghaidh a bricfeasta agus d'athair ar iarraidh?'

'Caitheann duine ithe, a Mham, agus níl mórán anseo.' Bhreathnaigh sí anonn ar an gcócaireán beag. 'Agus ní raibh sí ag iarraidh a bheith anseo nuair a thiocfá.'

'Agus cé hí Majella?' arsa Máire Áine.

'Faigh an léarscáil agus is féidir libh a bheith ag caint ar na rudaí eile ansin,' arsa Alison.

D'fhreagair Rosemarie a máthair sula ndeachaigh sí isteach sa seomra eile. 'Cara liom as Béal Feirste í Majella,' a dúirt sí. 'D'fhan sí ina suí in éineacht liom aréir.'

'An mapa go beo,' arsa Alison.

'Tá tú chomh tiarnúil is a bhí tú riamh.' Fuair Rosemarie an léarscáil as an seomra eile.

'Tá muid anseo.' Bhí an mapa oscailte amach ar an leaba ag Alison. 'Chania, Chania, cá bhfuil Chania? Agus chonaic mé i ngar do Heraklion é, más é a bhí ann. Leath bealaigh, níos gaire ná leath bealaigh do Hersonisis. Cuirfidh mé geall go bhfuil sé ar a bhealach abhaile.'

'B'fhéidir nach é a chonaic tú ar chor ar bith.' Theastaigh óna máthair go mbeadh sí réalaíoch.

'An féidir tae a dhéanamh ar an rud sin?' arsa Alison.

Níor fhreagair Rosemarie í: ' 'Bhfuil airgead agaibh?' ar sí.

'Tá,' a dúirt a máthair, a sparán á oscailt aici.

'Fan go bhfeicfidh mé an bhfuil an bhialann trasna an bhóthair ar oscailt. Chuaigh Rosemarie anonn agus d'oscail sí an fhuinneog agus na comhlaí. Sheas sí amach ar an mbalcóin agus chuala sí Maria ag béiceach 'Irische'. Bhreathnaigh sí síos agus chonaic sí a hathair. 'Deaid.'

Tháinig Alison agus Máire Áine amach ar an mbalcóin. Ag breathnú suas orthu shíl Tomás gur brionglóid aisteach eile a bhí anseo. Cén chaoi a mbeadh a bhean agus a iníon ansin? D'airigh sé a chosa ag lúbadh faoi. Chuir an solas ina shúile ríl ina chloigeann, agus thit sé ina staic i lár an bhóthair.

*   *   *

Chonaic Majella agus Stephanie an t-otharcharr nuair a tháinig siad timpeall an choirnéil thart ar chéad méadar ón árasán. An chéad smaoineamh a tháinig in intinn Stephanie ná go raibh Rosemarie tar éis í féin a chaitheamh anuas ón mbalcóin. Ach nuair a tháinig sí níos gaire thug sí faoi deara Rosemarie ina seasamh beo beathach ag caint le banaltra.

'Céard é féin?' Bhí Stephanie ag rith as anáil nuair a shroich sí an láthair.

'Deaid,' arsa Rosemarie.

Chuaigh Stephanie chuig doras an otharchairr. Bhreathnaigh Tomás uirthi. Níor dhúirt sé ach 'Slán.'

'Stephanie?' Chas sí timpeall nuair a labhair Rosemarie.

'Seo í mo mháthair, Máire Áine, a Stephanie.

Sheas na mná ag breathnú ar a chéile ar feadh soicind. Bhreathnaigh Stephanie ar Rosemarie ansin agus dúirt sí: 'Tabhair leathuair dom le mo stuif a bhailiú, beidh an t-árasán agaibh féin ansin.'

‚'Ní gá . . .' Ní raibh a fhios ag Rosemarie céard ba cheart di a rá. 'Cá bhfuil tú ag gabháil?'

'Tabharfaidh Yannis lóistín dom go ceann cúpla lá.'

*   *   *

Bhí suan trom ar Thomás Ó Gráinne san ospidéal cé go raibh corrbhéic uaidh ó am go chéile: 'Táim saor. Saor ar deireadh.'